Dick
o la tristeza del sexo

Kiko Amat

Dick
o la tristeza del sexo

EDITORIAL ANAGRAMA
BARCELONA

Ilustración: © Eva Mutter a partir de una lámina de *Historia naturalis Ranarum nostratium* (1758) de August Johann Roesel von Rosenhof

Primera edición: enero 2025

Diseño de la colección: Julio Vivas y Estudio A

ISBN: 978-84-339-2954-9
Depósito legal: B. 20983-2024

Printed in Spain

Romanyà Valls, S. A., Sant Joan Baptista, 35
08789 La Torre de Claramunt

A David Papiol

A Valentín Roma y Carlos Zanón

L'adolescent riu i salta i balla, però ningú no vol veure la tristesa sexual de l'adolescent.

JOSEP MARIA DE SAGARRA,
Vida privada

Franki agarra a Perla de las patas traseras y la arrastra a través de la cocina. Es pesada; más de lo que preveía. Cuando llega al pasillo se da cuenta de que la boca ha dejado a su paso un reguero de baba verduzca y sanguinolenta que divide el salón-comedor en dos. Del ano también le ha brotado sangre mezclada con excremento líquido. Las vetas de hocico y recto se trenzan como tiras de ADN sobre la moqueta gris perla.

El chico maldice a la perra. Por su culpa tendrá que comprar un producto limpiador especial, buscar una droguería que esté lejos de su casa. Inventar excusas cuando la cosa no salga bien.

No se da cuenta de que ha entrado a una dimensión en la que todo eso carece de importancia.

Deja ir las patas traseras de la labrador, que se desploman sobre la moqueta. Se lleva las manos a la cintura, la observa con desdén. Es innegable: si ella se hubiese negado a participar en los hechos de los últimos meses, ahora no se hallaría en ese estado.

Vuelve a agarrarla. Cruza el umbral de la primera planta y tuerce a la izquierda, andando de espaldas. Llega al rellano, donde la moqueta se transforma en baldosas de loza gris salpimentada.

En su cabeza, mientras arrastra a la perra muerta, se va repitiendo la frase:

No existe casi nada que no haya matado a alguien. El mejor cordial ha resultado ser un veneno mortal.

Empieza a bajarla por las escaleras, tirando de los cuartos traseros. El cráneo y el costillar de Perla golpean cada nuevo escalón con un golpe sordo. La lengua y las orejas se le agitan a cada impacto, también las patas delanteras. Por un breve instante, da la impresión de que ha vuelto a la vida y puede echarse a ladrar en cualquier momento.

Franki siente un espasmo de depresión gástrica. Se detiene por segunda vez. Una migraña poderosa le oprime las sienes y le obliga a apretar fuerte los párpados. Percibe el flujo de sangre espesa en las venas del cuello y en las muñecas. La sangre de la retriever, por el contrario, parece cada vez más licuada.

Perla tiene la testa en un escalón, medio tronco en el siguiente, los cuartos traseros en el de más abajo. Desguitarrada. Su cuerpo se adapta a la forma de la escalera, como una alfombra. Si Dick estuviese presente, rebajaría la tensión con alguna de sus típicas salidas de tono (la he matado a polvos, en ambos sentidos de la palabra), pero no está, y Franki se guarda mucho de invocarle. De un tiempo a esta parte, la aparición del galán galáctico solo ha traído consigo acontecimientos aciagos.

Buscando animarse, el chico piensa en que cada vez queda menos para perder al animal de vista. Limpiará el nombre de los Prats, y su involucración personal en los hechos de los últimos meses, hasta donde sea posible, y luego continuará con el resto de su vida.

Él suele tener dificultades para leer determinadas expresiones o entonaciones, cuanto más sutiles peor, pero ahora, mientras mira el cuerpo inerte, con su pelaje inmóvil en la zona del pecho, lengua inerte a un lado de la boca, sabe que ha hecho lo correcto. Perla está más petrificada que su foto del comedor.

Franki se echa a reír. El sonido le pilla por sorpresa. En realidad, acallar a la labrador había sido bastante más sencillo de lo que preveía. A lo largo de aquellos cuatro meses, el chico le atribuyó tantas emociones y reacciones humanas que, por un instante, temió que se oliese el plan, llamase a algún perro policía amigo suyo, y en comisaría largara todo lo que había visto, y había hecho, en aquella casa.

Pero no. La perra era una perra, nada más.

Una súbita elación estremece su cuerpo. Se le inflama el pecho. Siente ganas de arrancarse a cantar un salmo de agradecimiento a Dios, «Kumbayá» o algo de similar contenido lírico, quizás acompañado de una alegre contradanza.

Excelente, Franki. Excelente, piensa. Ojalá pudieses contarle esto a alguien.

Por desgracia, piensa también, contárselo a alguien estaría en directa contradicción con el propósito mismo de la acción original, que era silenciar a alguien.

Bueno, esta perra no se va a enterrar sola, dice, en voz alta, en mitad de las escaleras. Se agacha, la toma de las patas traseras y continúa arrastrándola hacia el garaje.

Marzo

Cuatro meses antes de envenenar a Perla, el chico ve a su madre desnuda. Sucede cuando llega a casa, tras salir del instituto. En el pasillo de la entrada grita hola, para escuchar su propia voz. La madre nunca le contesta, y a esa hora el padre se encuentra aún en Barcelona, dando clase en la facultad, o en la redacción del periódico, dependiendo del día.

Se pasa la mano por el pelo y lo frota. De su cabeza salen despedidas varias gotas que pintan un círculo húmedo en la moqueta. Una inofensiva pero molesta llovizna de marzo le pilló a medio camino, cerca de la cuesta de Correos. Se quita el guardapolvo cruzado del abuelo y lo cuelga en el colgador.

Perla suelta un ladrido diplomático, al otro lado de la puerta del garaje. Es una labrador retriever bien educada; «con papeles», decía el anuncio. Su padre, el de Franki, la adquirió y trajo a casa un día, unos tres años atrás, simulando que era un regalo para el hijo.

El chico abre la puerta metálica. Wuena pewa, wuena Perla, dice, imitando a Papá. Chien ech mi pewicha wonicha. Chien ech, ¿eh?

La retriever agita el rabo sin entusiasmo mientras olisquea a Franki. Realiza un par de órbitas geosincrónicas a su alrededor y, cuando culmina el proceso, desaparece escaleras arriba. Sus uñas repiquetean en cada escalón.

Las palabras de Franki no han conseguido engañarla ni por un momento. El amor que él les profesa a los animales en general, y a Perla en particular, no invita al escrutinio.

La lluvia golpea contra la uralita del bajante, y también contra el asfalto de la calle Sant Pere. El aire huele al sabor que deja en la boca un guijarro de río. La silueta del Opel Senator granate está perfilada con aceite en el suelo de cemento, como el cuerpo de una escena del crimen. Un olor combinado de aceite de motor, madera romática, cajas de cartón húmedas y yeso desconchado. En un rincón, el plato circular que su padre hizo inscribir en una tienda de impresión digital: PERLA. Al fondo del todo, contra la pared opuesta, un congelador grande, de sarcófago, que nunca usan.

Media hora después se encuentra de rodillas sobre la alfombra, de cara a su cama, en la habitación del sótano, a la que llama búnker. Pantalones y calzoncillos bajados hasta media pantorrilla. Un tafanario lampiño, con un par de asas marcadas en cada nalga, por la fuerza muscular que realiza. Sostiene un libro abierto con una mano en forma de atril.

Se agarra el falo y concentra su imaginación, y en un breve instante es él mismo, encarnado en el *extraordinariamente dotado* Dick, quien protagoniza el relato.

Escenario: Plaza de Grève, París, 1792. Ejecución de un miembro de la corte de Luis XVI, condenado a muerte por la Convención Nacional. Clara Pou, símbolo sexual del instituto y pubilla en activo, se encuentra entre el público. Lleva un gorro frigio en estado cuestionable, ladeado en su cabeza, y más de un forúnculo, venéreo o no, en el rostro. Su aspecto la señala como *sans-culotte*.

Un desconocido se pega a la popa de la chica. Tiene una visible cicatriz en forma de media luna bajo el pómulo derecho; ojos de un añil diluido, casi transparente. La quijada en forma de trapecio isósceles y la mejilla abultada. Un palo sobresale de la comisura de su boca.

La guillotina no era tan mal invento, dice, tras extraerse el chupachups con tres dedos en pinza. Tiene una profunda voz masculina, rica y resonante cual didgeridoo australiano. Lástima que se les fuese de las manos.

¿Se dirige usted a mí, caballero?, dice ella, volviendo el testuz.

Mi nombre es Dick, Dick Loveman, le susurra el hombre. Galán disoluto y pervertido, y agente espaciotemporal. Mi día libre coincide con tu día de suerte, pequeña *enragée*.

¿Suerte, señor?

Sí, monada. La suerte de quien va a ser sometida a una extensa serie de ultrajes en su aliviadero fecal, por parte de uno de los más famosos amantes de la galaxia.

¿Galaxia, señor? Me temo que no entiendo.

No hay nada que entender. Solo escupe en tu mano.

¿Que escupa, señor?

Sí.

...

Caramba. Tu salivazo no tiene muy buena pinta, guapa. Si en tu siglo tuvieseis algo parecido a la medicina, mi consejo sería llevar eso a analizar.

Tengo fama de ser muy limpia, señor.

Me alegra escucharlo. Sostén esto en tu recién lubricada palma, te lo ruego.

Como usted diga, señor... Oh.

Lo sé, pequeña, lo sé.

Pero no entiendo. Estoy confusa. ¿Tal vez se ha hecho

usted a un lado y ha permitido que un percherón de gran tamaño depositase su descomunal vergajo en la palma de mi mano?

Franki empieza a subir y bajar la piel de su pölla, que ostenta una erección prometedora. El glande aparece y desaparece, como un besugo sacando y metiendo la cabeza dentro de un jersey de cuello alto.

No, pero entiendo la confusión. Veamos, cierra la mano ahora. Haz puño con ella. Bien. Y ahora agítala adelante y atrás. No, parece que no basta con eso. Tu mano es demasiado pequeña, Pou. Trae la otra. Mejor. Ahora hazlo con las dos, arriba y abajo, como si tratases de desenredar una manguera.

¿Así, señor?

Más o menos. ¿No podrías aplicarle al asunto un poco más de vigor? Parece que sufras linfatismo, hija mía.

Es que lo sufro, señor. Por culpa de esos pérfidos aristócratas llevo tres días sin haber comido otra cosa que una patata podrida...

Sí, sí, es una terrible injusticia. No pares ahora, continúa con lo que estás haciendo mientras yo te levanto las faldas. Asumo que, haciendo honor al mote de tu colectivo, no llevarás bragas.

¿Bragas, señor? ¿Acaso pretende...?

Mi intención, si deseas conocerla, es escupir mi semilla en el interior de alguna de tus cavidades, con preferencia por el angosto sendero de Sodoma, en el preciso momento en que la cabeza del ricachón guillotinado se desprenda del cuerpo y caiga al cesto. Y te recomiendo que te sujetes a algo, porque no serías la primera a la que mi catapulta seminal dispara hacia el cosmos.

¡Franki!

Mi nombre es Dick, nena.

¿Estás en casa, Franki?

Maldita sea. Su madre está llamándole a gritos. A decir verdad, ni siquiera ha tenido que gritar. El lecho conyugal de los padres está comunicado con el búnker del hijo por un bajante de intermitentes cualidades acústicas.

Deja caer el libro, que se queda abierto sobre la cama por el cuento de la sodomía revolucionaria. Lo observa a la vez que se pone en pie. Se promete solucionar esa inconveniencia lo antes posible, pues cada vez más libros eróticos se quedan así. Dados.

«Her name was Lola, she was a showgirl...», canta lo que parece un hombre, desde dentro de la habitación conyugal, a ritmo de música «disco». El ancestro le hace coros con un tarareo afónico.

Él golpea la puerta con los nudillos. Ella le dice que pase. Él obedece, y al instante es presa de una viva aprensión.

Su madre está en sujetador y bragas, en mitad de la estancia y de cara a la puerta.

Oh, lo siento. Hace ademán de replegarse.

No, no, entra.

Se trata de un conjunto de ingenioso diseño, sensual color salmón, que prima lo estético sobre lo práctico. No es la primera vez que él ve a su madre cubierta por tan poca ropa, pero en las anteriores ocasiones su «cambio» viril no había tenido lugar. Los recuerdos de Mamá desnuda se almacenaron, así, sin voluptuosidad, inmaculados, como si fuesen los de otra persona: su yo pre-masturbador.

«At the copa (co) Copacabana (Copacabana)...», canta la voz del casete.

«COPA, COPACABANA», corea el ancestro, a destiempo y demasiado fuerte. Da una vuelta de 180º sobre sí misma y, medio bailando, se acerca a la cama, separa las piernas, se dobla por la cintura y pulsa Stop en la casetera (la canción cesa). Tiene un tafanario rotundo y firme en forma de corazón invertido. Las nalgas amenazan con escapar de la parte inferior del conjunto, que no es un tanga pero lo será tras una lavada en caliente. Vuelve la cabeza hacia el hijo.

Tardabas mucho, empezaba a preocuparme, miente ella.

Me he quedado un rato en la puerta del insti hablando con amigos, miente él. En realidad no estuvo con nadie, porque su único amigo, Bruno Berniola, no le habla por aquello de su hermana.

Ella se mete el dedo índice en la goma de las bragas y lo desliza de abajo arriba. La tela en esa zona es monstruosamente escasa; el fabricante debe provenir de un país derrotado y sujeto a racionamiento de posguerra, Polonia o algo parecido, piensa él.

¿Quieres que venga luego?, dice, mirando hacia otro lado. Veo que estás liada.

Ella ejecuta otra vuelta de 180º, queda de cara al hijo. No seas absurdo. Te he llamado precisamente para que me des tu opinión.

Mi opinión sobre qué.

Sobre qué va a ser. Esto, dice, y desliza la mano plana, palma hacia arriba, por encima de su cuerpo. Luego pone los brazos en jarras, de modo que sus axilas quedan en un ángulo de 75º. Él se esfuerza por no mirarlas. Sus brazos y pecho y muslos están salpicados por pecas que en otra figura resultarían simpáticas, pero que en ella solo consiguen resaltar la amenaza de su presencia, como el pelaje de un jaguar. El pelo blondo, de apariencia britona, se le derrama sobre los hombros con una suave curvatura.

Margarita, Marga, Ribas es su nombre. Metro setenta y cinco de estatura, treinta y siete años cumplidos en el momento de la narración, y Franki está enamorado de ella de manera no-platónica, con todas las complicaciones afectivas, sociales, familiares, morales, incluso legales, que algo así conlleva.

¿Lo encuentras demasiado... extremado?, pregunta.

Él supone que se refiere al conjunto de ingenioso diseño, por un momento no sabe qué decir, «extremado» para qué, en qué contexto debe juzgarlo, piensa, ¿extremado para una peregrinación a La Meca junto a varios libaneses de filiación radical?, ¿extremado para el entierro de algún devoto pariente burgués de la rama Ribas?

Si él pudiese expresarse con absoluta sinceridad, contestaría que el conjunto es demasiado extremado para todos los contextos que se le pasan por la cabeza, exceptuando una cabina de Peepshow. Es testimonial. Sobrepasa todos los límites del decoro imaginables, en su pueblo o en algún lugar de moral reposada como Francia. Los testigos, de haberlos, se manifestarían de forma unánime al respecto.

Ella le exige opinión. Le recuerda que, de niño, él siempre le decía cómo le quedaba la ropa, cuando ella aún trabajaba de modelo a nivel regional y le hacía pases privados. Tenías un gran sentido estético, dice.

Sí, «de niño», dice él.

En el lado materno del cabecero del lecho se distingue el espacio vacío del último libro erótico que pilló. Franki piensa que nadie lo echará de menos.

¿Has visto el libro que había ahí, por cierto?, dice ella, haciendo contacto visual. Ojos gris ceniza, muy poco comunes, de aspecto felino.

No, dice él. Lo habrá cogido Papá.

Ella suelta una carcajada.

Sí, seguro. El gran profesor, leyendo esas «bagatelas».

Él fuerza una risa. La aversión endémica, o desagrado congénito, hacia el trabajo crítico, literario y docente del padre, y la elevada opinión de sí mismo que nace de ellas, es una de las cosas que todavía comparten su madre y él.

No, lo más seguro es que lo haya dejado yo en el baño. Se sujeta los pechitos con las manos, experimentando fijación y forma del sostén. No hay mucho que se pueda hacer con estas tetas, añade. ¿Tú crees que son muy pequeñas?

Él vacila un instante. Sabe que no puede decir ¡no, Mamá, son perfectas, me vuelven loco!

Mi punto débil, añade ella. Estira una pierna hacia atrás, doblando el pie desnudo por la punta. Se mira al espejo. Pero este pompis ya lo querrían muchas. Se vuelve hacia el hijo. Bueno, ¿le otorgas el sello de aprobación estética Frank Prats? Se mete tras la oreja un mechón.

El chico distingue otro flash de axila recién depilada. Se ve a sí mismo, encarnado en Dick, metiendo la chola debajo del sobaco, como si su cabeza fuese una nuez y la axila el eje del cascanueces, chupeteando ese ángulo salado, con la misma avidez con la que, de niño, sorbió la leche de sus senos.

Desvía la mirada. Sacude la cabeza. Realiza una contorsión facial. Trata de expulsar lo que acaba de pasársele por la cabeza. No es la primera vez, y no va a ser la última.

¿Le otorgo mi sello a qué?

Al modelito, a qué va a ser.

Es realmente precioso, Mamá (carraspea). Aunque un tanto exiguo, añade, mirando a otro punto de la estancia.

Su madre protesta por el uso de la palabra «exiguo». Le explica que ahora se llevan así, «es la moda», y le compara con el inquisidor español Tomás de Torquemada. ¿Y sabes qué?, añade. Que si el modelito es un poco extremado, mejor que mejor; a ver si tu padre se da por aludido. Tengo treinta y siete años, maldita sea, aún estoy de buen ver. No me digas que no.

A él le sobreviene un molesto tic en el ojo izquierdo. No sabe si su madre espera respuesta o se trata tan solo de una figura retórica. Le viene a la mente una frase del Levítico que memorizó en los salesianos:

La desnudez de tu padre, o la desnudez de tu madre, no descubrirás; tu madre es, no descubrirás su desnudez.

¿Hemos terminado?

Sí, simpático.

Él abandona la estancia. Creía que iba a mearse allí en medio, aunque sabe que el acto sería inejecutable, a no ser que buscase hacerlo en su propia cara. No se atreve a mirar hacia abajo. Tras los vaqueros, su verga ejecuta una vívida imitación de un arco de competición recién tensado, y apunta directamente a su cabeza.

Recorre el pasillo, pero incluso la motricidad más elemental no está exenta de dificultad. Percibe los huevos inflamados mientras se desplaza, patizambo; le duelen con cada nuevo roce. Reza por que su madre no haya reparado en esa súbita conmoción hidráulica, pero a la vez está contento de haberla sufrido; de que tras la hernia le quede algo allí.

Lo que sea, a decir verdad.

Franki atranca con una silla la puerta del búnker. En tan solo otro minuto, tiene los pantalones bajados y está de rodillas frente a la cama. El libro abierto de nuevo ante el rostro, sujeto por una mano en forma de atril.

Veamos, ¿dónde estábamos? Resigue unas cuantas líneas de texto, y entonces conjura a Dick, en el momento en que decía te recomiendo que te sujetes a algo, porque no serías la primera a la que mi catapulta seminal dispara hacia el cosmos.

¿Te dispones a invadir mi angosto sendero de Sodoma?, dice ella, sin dejar de sacudir la piel del priápico pilum. Tus ojos destellan con todos los signos del desenfreno, apuesto visitante de las estrellas.

Me alegra que menciones las estrellas, ricura, pues todo apunta a que vas a visitarlas, o al menos verlas, cuando invada el estrecho asilo de tus deleites.

La *sans-culotte* suelta el pudendo y con ambas manos se separa dos nalgas extrañamente limpias y tersas para el año 1792. Estoy lista, Dick. Introduce sin más dilación tu terrible maza en mi antro tenebroso.

Allá voy, pues, contesta él. Con la mano izquierda mantiene levantadas tres capas de faldones y enaguas, mientras con el puño derecho se agarra un aparato de dimensiones asniles. Lo dirige hacia el orificio sodómico de la *sans-culotte*, a la vez que dice: Es posible que duela un poco.

¡Oh, caminos tortuosos!, exclama ella al percibir la entrada del buque en su ensenada. ¡Esto es maravilloso! No entiendo por qué he esperado tanto para saborear los más dulces goces en el seno del incesto y la infamia.

¿Incesto?, dice Dick, interrumpiendo el ayuntamiento carnal. Hablas como si estuviésemos emparentados, pequeña.

Calla y sigue ofrendando mi impío altar del sacrificio, «Dick». ¿O debería llamarte por tu nombre verdadero, Franki? Soy yo, Mamá.

¡No!, grita Franki, poniéndose en pie y separando las manos de su entrepierna. ¡No, he dicho! Y sigue diciéndose que no a sí mismo mientras pega tumbos y se cae al suelo y se levanta y se sube eslips y pantalones a la vez que trata de sustituir la imagen de su madre por cuerpos de prisioneros amontonados en Dachau; bebés deformes de talidomida; un perro lamiendo vómito en la acera; y la cara desencajada de Bruno Berniola masturbándose en la ventana de la casa de enfrente.

Con la última imagen, el chico nota cómo su pölla abandona la tensión y empieza a encogerse dentro de los eslips.

Le ha ido de poco, esta vez.

CASO 84. *Maschalagnia*. C., de treinta y cuatro años, profesor de colegio secundario. Madre neuropática, padre nervioso. En la infancia sufrió convulsiones. A los diez años se empezó a masturbar, con sensaciones lujuriosas asociadas a ideas extrañas. Proclive a excitarse con las axilas de las mujeres; pero como deseaba imaginar algún tipo de coito, y era inocente en materia de sexo, empezó a imaginar que las axilas alojaban los órganos sexuales femeninos. Desde entonces todos sus vívidos deseos sexuales giraban alrededor de esta idea. Esbozaba dibujos que representaban brazos y torsos de cuerpos griegos anatómicamente correctos, pero con vaginas alojadas en la zona de la axila. Su única fantasía era tener relaciones sexuales con la axila pilosa de una mujer. Era incapaz de excitarse imaginando un coito con penetración convencional. Un día, en un autobús, vio a una chica de familia modesta que se sujetaba de la barra con la mano y en su axila hirsuta reconoció su ideal de perfección. La siguió a su casa e inmediatamente le explicó su caso y le propuso matrimonio. Tras ser rechazado, regresó allí una y otra vez hasta que fue arrestado.

(*Tratado de psicopatía sexual*, Dr. Viktor Scholtz-Klink, primera edición, 1888)

En el bar del instituto, Franki separa la punta del Lucky Strike de la servilleta de papel, adherida al vaso con saliva. El fuego del agujero se aviva, para apagarse al momento. El chico compite consigo mismo, a ver cuántas quemadas aguanta el papel antes de resquebrajarse y dejar caer la moneda. Es el juego de bar de moda.

Quema de nuevo la servilleta con el pitillo. La moneda aguanta. De fondo se escuchan las pelotas de básquet que botan sobre el cemento de la pista principal.

Normalmente, en un día como este, estaría fantaseando con Dick; hoy se esfuerza por vetarle de su cabeza. Necesita concentrarse en el romance real. Si pudiese expresarse con absoluta sinceridad, confesaría que, al contrario que el casanova galáctico, él no es ni *aproximadamente virgen*, como decían en un libro erótico. Su prisa por dejar de serlo es elevada, aunque relativa. Sabe que los quince años se considera una edad normal, incluso precoz, para «perder la flor», en cualquier país que no sea Francia.

Franki, además de ser virgen, está erotizado. El sexo ocupa toda su mente, igual que un caso grave de hidrocefalia, y aplasta la masa gris contra el cráneo. Practicarle la penetración a una mujer es su única meta a corta distancia. Se dice que si lo consigue solucionará varios problemas de una tacada: su patente desviación edípica; los traumas derivados de la operación de hernia; la masturbación parcialista, a la que dedica cada vez más horas; el recuerdo de Jesús Prats y lo que sucedió con el *Bruce Lee*, en casa de los abuelos.

Sacude la crisma. Vuelve a quemar la servilleta con su Lucky, consumido hasta la mitad, del que casi no ha fumado. La moneda aguanta; el chico siente un alivio pueril en su interior.

Además de ser virgen y estar erotizado, el chico tiene la desgracia de no ser apuesto, como el lector no tardará en atestiguar. De hecho, la formulación de la frase debería ser su perfecto inverso: el chico no es apuesto, y por esa razón sigue virgen y erotizado. La no-hermosura es la causa primordial de la infraerotización de su cuerpo y la supraerotización de su mente. Su fealdad linfática, unida a su temperamento dramático, timidez, superiores facultades cogitativas y excitabilidad, todo ello agravado por las secuelas de la hernia, comparten la culpa de que sus intentos de mantener un vis a vis venéreo con una persona del sexo contrario hayan culminado, hasta la fecha, en rotundo fracaso.

¡Croac, croac!, gritan los tripitidores que entran al bar. Los reconoce. Nunca han pasado de primero, y tienen diecisiete años.

Dónde está la ranita, Prats, dice uno de ellos.

Tengo un sapo gordo aquí, Prats, ven, que te lo enseño, dice otro. Si le das un beso en la calva se transforma en príncipe.

Franki, quien pese a su corta edad ha leído mucho (algunos dirían que demasiado), está tentado de subirse a una silla e informar a aquel estulto de que en la fábula original de los hermanos Grimm, el sapo se transformaba en príncipe cuando la princesa, una repipi malcriada de ánimo inconstante, le arrojaba contra una pared para matarle.

Antes de que lo haga, si es que realmente iba a hacerlo, los tripitidores se mueven hacia el lado derecho del establecimiento, sin dejar de gritar Croac-croac-croac.

Él regresa a sus pensamientos, cuyo carácter, en la época que se relata en estas páginas, es de orden invariablemente pecaminoso. Lleva desde el junio pasado, tras el viaje de fin de curso en Mallorca y el incidente de los yanomamis, masturbándose con diligencia, a razón de dos veces diarias. Cuando se masturba, suele imaginarse a sí mismo, encarnado en Dick, haciéndolo con Clara Pou, pubilla oficial y símbolo sexual del instituto. A decir verdad, se imagina haciéndolo también con el resto de las chicas del pueblo, en gradación descendente de atractividad.

Seis meses atrás, al empezar primero, se marcó una pragmática pauta de selección que consistía en descartar a las bellezas inaccesibles que no se dignaban ni a devolverle el saludo, ni le veían cuando se cruzaba con ellas por los pasillos. Clara Pou, irónicamente, no formaba parte de la lista.[1]

Prosiguió con una criba de los varios centenares de chicas que, pese a ser «del montón», como las definía él

1. Expresado en forma de paradoja: la pubilla era una deidad demasiado elevada para formar parte de un vulgar sorteo como aquel, pero no para ser imaginada arrastrándose, semidesnuda y suplicante, por los sucios arrabales de la imaginación frankiana.

mismo, tampoco reaccionaban a sus avances de un modo discernible, y le invitaban a pasar de largo con expresiones de inconfundible contenido anti-Franki. Según fueron pasando los meses, el chico se quedó con un clúster experimental de seis chicas impopulares, que eligió por poseer algún defecto físico visible (o se rumoreaba de ellas que lo tenían invisible), aroma turbador o dicción defectuosa. Una a una, hasta llegar a cinco, las chicas le fueron rechazando. Solo quedaba una, que él había decidido descartar por razones que quedarán claras a su debido tiempo. Pero incluso así, era imposible no sentir la presión.

¡Qué pasa, vicioso!, grita una voz familiar.

Él levanta la cabeza. Se trata de Bruno Berniola, el sexperto. Su mejor (único) amigo. Está en la puerta del bar, anda dos pasos hacia el interior. Su crisma pelirroja, macrocéfala, resalta sobre el estuco bitonal de la pared ocre. En su rostro, las salpicaduras melaninosas parecen unirse en una grotesca imitación de bronceado, como un banco de peces cuya sombra evocase a un gran mamífero acuático. Es la primera vez que le habla desde lo de la hermana.

Se planta ante la mesa. Por un instante él teme que vaya a meterle un puñetazo en la nariz. Su amigo separa una silla, le da la vuelta, se sienta y apoya los codos en el respaldo. Lleva una sudadera Dunlop de color gris, con capucha, y Pumas de ante con cordones gordos. Berniola es «breaker», en teoría, pero él nunca le ha visto bailar, ni pintar grafitis, ni siquiera escuchar música «rap».

Hey, Bruno, dice él. Su alivio por no haber padecido una agresión debe ser patente, pero trata de parecer relajado.

¿Te has cansado ya de violar ranas, pervertido?, le contesta el otro.

Bruno Berniola tiene un año más que él. Su familia regenta un videoclub, El Elefante Verde, en la esquina de Víctor Balaguer con Oviedo, pero su residencia se encuentra en la calle Sant Pere, un número más allá de los Prats-Ribas. El vecino repitió séptimo en el Don Bosco y por eso va aún a primero, a una clase distinta. La explicación oficial continúa siendo que repitió curso por culpa de las paperas. Él no tiene que emplearse a fondo para demostrar la falsedad de esa afirmación.

En primer lugar, las aptitudes escolásticas de Berniola no admiten el menor escrutinio. Franki pasó el mismo tiempo que él postrado en la cama, por culpa de la hernia, y no repitió curso.

En segundo lugar, el pelirrojo empezó aquel año, tras su primera, y precoz, revelación masturbatoria, a *abandonarse a las más abominables impurezas*, como las llamaba el reverendo George Trosse, y a consecuencia de ello sus esfuerzos académicos acabaron desterrados a la baldía periferia de su mente.

Mira quién fue a hablar, le dice. El voyeur.

Una de las ventanas de los Berniola da al patio de los Prats-Ribas y, por consiguiente, a la ventana del dormitorio conyugal. Él ha distinguido más de una vez a su amigo tras las cortinas, los días de *toilette* de Mamá, con una inequívoca expresión de demencia erótica en el rostro.

De qué cojones hablas, dice Berniola.

Creo que lo sabes.

No tengo ni la menor idea.

Decide no insistir. Sabe que si el sexperto niega su voyerismo no es por vergüenza, de la que parece carecer, sino por temor a que se cancele uno de sus principales entretenimientos. Franki, en cualquier caso, no puede acusarle de entrometerse venéreamente con familia ajena, después de lo que sucedió con la hermana.

Su vecino realiza un gesto admonitorio con un dedo erecto, le dice que debería darle vergüenza, a ver si va a tener que hacerle pum-pum en el culito. La idea de recibir unos azotes de la mano de Berniola le provoca a Franki demasiada repugnancia para ser imaginada, ni siquiera por descuido.

Me alegra que le encuentres el lado cómico, dice él (carraspea). Oye, qué te iba a decir (aprieta los labios, la voz brota de su nariz), necesito «material». Ya sabes (guiña el ojo).

El sexperto frunce el ceño y encoge los hombros. Lo siento, pero no tengo terrario.

Muy gracioso. Hablo de (carraspea) revistas de (titubea) contenido adulto. Porno, hablando claro.

¿Qué pasa, tú no tienes? ¿Con qué te haces pajas?

Franki no puede contarle, ni a él ni a nadie, que fantasea con ser un semental espaciotemporal llamado Dick Loveman.

Con libros, susurra. Tras decirlo baja los ojos, quema el papel del vaso con la última parte del cigarrillo, el agujero crea un cerco con el resto de los agujeros, el istmo de papel superviviente se parte y la moneda cae al fondo del vaso. Ha perdido, o tal vez ganado; ni idea. El sexperto mira la moneda, luego mira, perplejo, al chico.

¿Libros? ¿De fotos?

Él contesta que no, que son historias (carraspea) eróticas. Espachurra el Lucky en el cenicero.

Berniola le observa como si estuviese chiflado. Luego rota la cabeza a un lado y al otro, abre las aletas de la napia, se queda rígido.

Espera. ¿No lo hueles?

El qué.

Berniola se vuelve hacia la puerta del bar, en un golpe seco.

Clara Pou atraviesa el porche en ese momento. La rodea el grupo habitual de vestales y eunucos que le acarrean los libros, le ríen las gracias, le compran refrescos y, al final del proceso, le piden salir, sin que ella reaccione de forma discernible a sus ruegos. Su tránsito por el patio invita a comparaciones con una procesión de Semana Santa en la que ella oficiase el papel de efigie mariana.

Lleva bragas de deporte: los glúteos, pequeños y duros, la impulsan hacia delante en moción pistón-biela. Sus Stan Smith blancas no parecen tocar el suelo. Pelo castaño peinado en insoluble cola de caballo. Pómulos con una mancha de rubor perenne. *Tetillas duras y tiesas que inflaman la vista*, como decía el poeta.

Por si lo anteriormente descrito fuese poco, Clara Pou saca excelentes en todas las asignaturas, y es capitana del equipo de básquet. También fue escogida pubilla oficial del pueblo en el certamen folklórico de la última fiesta mayor.

Un eunuco le comenta algo. Ella pretende disfrutar con sus palabras; echa la cabeza atrás y suelta una melódica carcajada. Cuando ríe, se le cierran ambos ojos. Franki piensa que es porque no le sobra carne en ningún sitio, y la tensión de su boca tira por fuerza de los párpados.

Cinco metros por detrás, en la retaguardia de la procesión, sin relación alguna con la pubilla, ni siquiera en forma de servidumbre, cruza ahora la única persona del instituto que aún no le ha dado calabazas a nuestro héroe.

Lleva una camiseta de deporte LOS ÁNGELES 84 demasiado pequeña. Las opulencias, inmensas, se le balancean de un modo caótico a cada paso que da, como si llevase un saco lleno de gatos furiosos en el pecho.

A él le sorprende no haber reparado antes en un material de tamaño potencial venéreo. Una de dos, se dice: o le han crecido de forma espontánea, lo que parece anatómica y genéticamente imposible, o los ojos del chico las han engrandecido, tras el rechazo de las cinco últimas, con vistas a incrementar su atractivo sexual y posibilitar su alianza.

Su nombre es Montserrat Morales, solo que nadie la llama así. En el instituto, la mayoría de los alumnos, él incluido, aunque no a su rostro, la conocen como La Loca de los Gatos.

Su padre es un camionero murciano que pasa largas temporadas en la carretera. Su madre murió de lupus. Los dos, padre e hija, viven en una de las cuestas de la montaña de Sant Ramon, la que da a los polígonos del delta del Llobregat, donde solo hay terrenitos de chabolas y caravanas sujetas con bloques de cemento.

En las clases, Montse se sienta junto al chico. Necesita ayuda en la mayoría de las tareas, excepto en Plástica y Ética. Sin siquiera abrir los ojos, utilizando solo su selectiva mucosa nasal, Franki puede identificar su llegada al aula y discernir los olores que inundan la zona: axila transpirante; bollería industrial; ajo frito; y pelo de gato.

Montse padece «disfunción cognitiva», como la llaman, y también dislexia, y alguna cosa más. Dicen que a su madre se le cayó el bebé al suelo y ella se quedó así, un poco lerda.

Franki suele tener dificultades en leer determinadas expresiones o entonaciones, cuanto más sutiles peor, pero cada vez que la observa en clase se dice que el rumor debe ser cierto.

La primera vez que los emparejaron fue en clase de Historia, a principios de curso, para un trabajo sobre los neandertales. Todo el mundo en la clase había hecho parejas ya, y quedaron solo ella y él. Franki rechazó mirarla, reconocer su destino conjunto, hasta que dejó de ser posible. El profesor de refuerzo estaba de baja, y por eso el maestro le rogó que se ocupase de la chica. El chico fue presa de una notable aprensión.

Estaba leyéndole a Montse un fragmento sobre pinturas rupestres, pensando a la vez en el asombroso parecido taxonómico que compartía ella con la raza del Pleistoceno, cuando algunos en la clase empezaron a cantar en voz baja: Franki y Montse, la-la-lá, lo hacen por delante, lo hacen por detrás...

Él notó cómo el labio Prats, reputado por mantener en todo momento su firmeza señorial, perdía consistencia. Deseó que no hubiese caído sobre él aquel *stigma indelebile*, como lo llamaba el viejo Sigmund. Ya tenía suficiente con su propia cruz, es lo que habría manifestado si alguien llega a preguntarle.

Montse se detiene, se vuelve y mira al interior del bar. Se sube las gafas con el dedo corazón. Una frente baja y achatada, realmente neandertaloide. Los labios, pequeños y liliales, se abren para sonreír. Muestra unos dientecillos semenosos que al chico suelen provocarle una cierta depresión gástrica.

Luego continúa su camino. La trenza de cigala, negra y aceitosa, le arrea latigazos en la espalda a cada paso. Él imagina sus sobacos extratupidos, a juego con trenza, patillas y bollo.

Di la verdad, ¿tú te harías a la Morales?, dice el sexperto.

Él sospecha que no le queda otro remedio, siendo la última del clúster y todo eso, pero sigue resistiéndose a aceptarlo. Se vuelve hacia Berniola y contorsiona vigorosamente el rostro y responde que no.

Se ve que lo hace con todos. Sin excepciones. ¿Lo sabías?

Sí, dice él, que lo ignoraba.

O sea, que no te la harías. Aunque se te abriese de piernas, con el chocho lanudo que debe tener.

Aún no estoy tan desesperado.

Si tú, el tío más virgen del Baix, no estás desesperado, ya me dirás quién lo está.

No le gusta el rumbo que está tomando la conversación. Oye, tío, ¿tú has visto cómo está la Pou?

Oh, Dios mío, dice el otro, y se santigua. Le dejaría la cara como la radio de un pintor.

Él no pregunta. Ha escuchado esa analogía antes y sabe lo que significa.

O mejor los pies, añade Berniola. Continúa narrando con gran detalle las formas en que «mancillaría» los pies de la pubilla. Franki no imaginaba que existieran tantas. Mientras habla, el sexperto entrecierra los ojos, se lleva una mano debajo de la mesa, se rasca allí; durante unos instantes parece perdido en su blasfema ensoñación.

Volviendo a lo que te decía, necesito pe-o-erre-ene-o, insiste él.

El sexperto devuelve la mano a la mesa. Haces bien en venir a mí, muchacho. Tengo las mejores revistas y películas. Pe-o-erre-ene-o italiano, ruso, español, alemán, asiático, negro, de enanos, de viejas, sadomasoquismo, bondage, coprofilia, zoofilia (guiña el ojo otra vez). Puedo sacar lo que sea, mi padre no se entera de nada, continúa deprimido. Tú solo dime qué tienes para cambiar.

Obviamente, no tengo nada, contesta Franki. Por eso te lo estoy pidiendo.

El sexperto niega con la crisma, ejecutando una vívida imitación de un ídolo maui que hubiese adquirido propiedades motrices. Luego junta las palmas de las manos en gesto de plegaria.

Franki. Franki. Cuando te tenga enseñado me dejarás. Todo el mundo tiene cosas para masturbarse. Se pone en pie. Te garantizo que en tu casa hay algo valioso, único, que puedes ofrecerme. Busca, Franki. Busca con la mente abierta. Al final lo encontrarás, y te dirás: ¡Estaba justo aquí, delante de mis narices! ¡Un tesoro!

Él frunce el ceño y le observa.

Mira, ponte en mi piel, añade el sexperto. Qué cogería yo de tu casa, si pudiese coger algo. Qué es lo que más me gusta. Piensa, tío. Piensa.

Sigo sin enten... Ah.

Exacto. «Ah.»

Pero...

Nada de peros. Pásate por aquí el viernes por la tarde y tráeme lo que quiero. Tendré lo tuyo preparado. Si vienes con las manos vacías no habrá trato. No me decepciones ahora, Franki.

CASO 56. *Masoquismo-Fetichismo de pies-Coprolagnia.* B., treinta y un años, maestro de escuela, familia neuropática, nervioso desde la infancia, linfático, terrores nocturnos. Cleptómano desde los seis. A los siete, contusión cerebral, en dos ocasiones. A los diez, violentas migrañas. Tras estos ataques, impulso peculiar de robar los zapatos de los miembros femeninos de la familia y esconderlos. Primera polución a los trece. A los dieciséis se enamora de una mujer francesa de veintiocho años. Siente una extraña debilidad por sus zapatos. Cuando nadie le observa, los cubre de besos. Eso le causa delicias sensuales, pero sin eyaculación. Es incapaz de comprender su debilidad por el pie femenino. Empieza a acudir a un burdel. Se arroja a los pies de la prostituta, le besa los pies y la sigue como un perro. Sus pies «majestuosos», embutidos en botas de cuero, le cautivan. Tiembla con excitación voluptuosa. Cuando está solo, se regodea en la fantasía del bonito pie de una mujer «imperiosa» y asocia ese pensamiento a la impresión olorosa que recibiría en su presencia. Empieza a masturbarse con la fantasía de que toca y besa un pie desnudo que ha estado todo el día metido en botas de cuero estrechas, y por tanto despide un fuerte olor. Para acercarse a la fantasía huele sus propios calcetines, los besa, muerde y mastica. En una fantasía recurrente, una mujer armada de un látigo le fustiga mientras le pisa la cara, el cuello y la boca con el pie descalzo y sucio; al final ella consiente que el esclavo huela la secreción que se aloja entre sus dedos y los limpie con la lengua. Este pensamiento le produce eyaculación inmediata. El final de su cínica existencia sexual es un matrimonio con una mujer que sufre las mismas perversiones que él. Tuvieron hijos, pero hallaron gratificación sexual únicamente en actos fetichistas y masoquistas.

(*Tratado de psicopatía sexual*, Dr. Viktor Scholtz-Klink, primera edición, 1888)

Los abuelos Prats viven en los porches del mercado viejo. Aunque su casa está a diez minutos escasos del hogar de los Prats-Ribas, ellos nunca van a verlos.

Todas las familias tienen problemas, le contestó la madre un día en que él preguntó por los abuelos, a los que saludaba con efusión por la calle pero a quienes tenía prohibido acercarse a menos de diez metros.

El padre se acarició con el dedo corazón una verruga que tenía en el mentón, y añadió, con voz engolada, mientras observaba un punto distante del horizonte: Todas las familias felices lo son del mismo modo, pero cada familia infeliz lo es a su manera.

Al escuchar el tono paterno, los dientes del chico rechinaron. El apotegma ruso aquel, además, no admitía el menor escrutinio. La infelicidad era igual para todo el mundo, espesa y homogénea, como niebla que invadía una carretera. Nadie tenía una tristeza especial. Solo variaba, tal vez, el volumen de pena que le correspondía a cada uno.

En la ocasión que va a relatarse, la yaya Rafaela hizo algo que nadie esperaba: llamó por teléfono a su nuera, por primera vez en varios años. Mamá estuvo a punto de colgar al momento, cuando escuchó quién se encontraba al otro lado de la línea. El marido le había prohibido años atrás establecer cualquier tipo de comunicación con sus suegros y, aunque ella hacía tiempo que no tomaba en consideración ninguna de las indicaciones del cónyuge, mantenía el alejamiento por una mezcla de pereza, inercia y desinterés.

La yaya la persuadió para que permaneciese al teléfono. Le dijo que el yayo estaba muy mal de la vieja peritonitis, «en las últimas», dijo. No sabían «cuánto duraría». Por eso había decidido invitarlos a la comida del día de Pascua, el lunes siguiente. Para que pudiesen verle «por última vez» y decirse adiós «como Dios manda».

Mamá se lo repitió a Papá, horas más tarde, cuando este regresó de la redacción, o de la facultad. El chico lo escuchó, de aquella manera, a través del bajante de intermitentes cualidades acústicas.

El padre rió. Por una vez, supongo, dijo, con voz magnánima, podríamos ir a ver a esos dos personajes.

Él sintió una cierta perturbación en el tracto gastro-intestinal. No conocía muchos detalles de la historia del abuelo paterno. Al terminar la Guerra Civil saltó de empleo en empleo, sin rumbo aparente. Fue vendedor a domicilio de un pelador multiuso, vigilante de pistas de tenis y encargado de una fábrica de turrones. Tras lo último se dedicó a otros empeños, que él no conseguía recordar, pero que seguían enmarcados en el espectro legal.

En el momento presente trabajaba de chispas en un camping de la autovía, y en sus ratos libres se ocupaba de la mercería. No tenía ahorros conocidos. Le gustaba cazar. Creía de forma pragmática, más resignada que otra cosa, en el Dios de los cristianos, una especie de superhebreo que, según había aprendido Franki, hacía gala de una lasitud extraordinaria para con determinados comportamientos delictivos, incluso homicidas, pero castigaba de un modo implacable las menudencias.

Por nada del mundo me perdería los últimos días del viejo, dijo el profesor Prats.

Franki acercó la oreja a la ventana del viejo bajante, pero las palabras de ambos empezaron a sonar ahogadas, como si hablasen bajo el agua. Él había pasado noches enteras con la mejilla pegada a la pared, pellizcándose los muslos para seguir despierto, incluso mojándose con agua los bajos del pijama, para que la incomodidad expulsara el sopor. Cuando conseguía permanecer en vela, trataba de convertir sus facultades cogitativas en un rayo telekinético, o telepático, y dirigirlo hacia el dormitorio conyugal, con el fin de que dejasen de reñir. Nunca surtió efecto.

Le llegaron palabras sueltas, casi todas de la madre: Tu hermano ... su secreto ... alcohólico y fascista y una cosa más que no digo por respeto a los muertos. El bajante pareció sintonizarse, por alguna razón, y él acertó a escuchar la respuesta completa del padre: A ver, ¿no hay ningún lugar reservado al arrepentimiento, a la misericordia? La madre masculló algo más, no se la escuchó, debía haberse separado del bajante. Citaba a Milton, añadió Papá. *Paraíso perdido*. La voz de ella adquirió nitidez: Vuelve a hacer eso y no respondo.

Franki se pellizcó la parte interior del muslo. Se estaba quedando frito. Una lágrima se le condensó en el ojo izquierdo. Del bajante brotó una nueva ristra de frases cortadas, casi todas maternas: Estoy sola todo el día ... depresión ... cuánto hace que no lo hacemos ... El chico realizó una contorsión facial. Papá dijo algo. Mamá le respondió: ¿Me lo prometes?

La contestación del profesor se perdió por el bajante. Él asumió que debía haber sido afirmativa, porque tras su respuesta la conversación adoptó un tinte de cordialidad aterciopelada, como si le hubiesen cubierto los hombros con un mantón de muselina. Al final, tras un breve intercambio de palabras, se hizo el silencio.

Franki se dio la vuelta en la cama, se tapó hasta el cuello y se esforzó por conjurar algún recuerdo alegre de su infancia pre-masturbatoria. Eran raros, tanto como para parecer inexistentes, o extintos, pero alguno seguro que encontraba. Tras varios minutos de búsqueda infructuosa, se decidió por una solución más sencilla, que era agarrar un calcetín de deporte e invocar a Dick.

Los abuelos se hallan en la puerta de la mercería, bajo el porche, frente a su casa de ladrillo rojo, esperando, cuando llega la fecha de la comida. El chico y sus padres aparecen por la esquina del banco. Desde hace años los dos progenitores caminan el uno al lado del otro, distantes en el espacio, pero esta vez lo han hecho pegados. Incluso en una ocasión ella le ha puesto al cónyuge una esperanzadora mano en el interior del codo.

Recorren el porche de baldosas grises, de un extremo a otro. Hace frío, pese a la avanzada fecha. Los abuelos saludan con la mano bajo el cartel rectangular de madera azul pintada. LLANES PRATS. MERCERÍA. El yayo Modesto tiene una pierna mala, de un accidente de motocicleta, y siempre escora hacia la derecha. La yaya Rafaela se tira de la piel del cuello.

Papá suelta una sibilancia péptica. Los nervios le alteran la digestión. Al hijo le sucede lo mismo con su familiar sensación de depresión gástrica. No le gusta regresar a esa casa.

Papá le sacude la mano al yayo y sobrevuela la mejilla de la yaya con un beso aéreo. Mamá encaja las manos de sus suegros y trata de borrar de la sonrisa cualquier rastro de irritación con la familia política. Se comentan un par de aspectos superficiales de la meteorología. El yayo le atusa el pelo al nieto. Le dice que hace mucho tiempo que no le ven, que ya nunca los visita y que si se ha olvidado de ellos o qué.

Un recuerdo: años atrás él solía presentarse aquí de visita a menudo, a jugar con Jesús, su padrino, hermano menor de Papá. Tras haber sido despedido de la oficina postal de un pueblo vecino, el hombre se reinstaló en su vieja habitación infantil y continuó con su vida, aunque no volvió a trabajar.

Empezó a venir a buscar a Franki algunas tardes, cuando él cursaba séptimo, a la salida del colegio, en una furgoneta Trans color semen, pese a que en el pueblo quedaba todo a media hora andando, máximo. Él aún puede verle allí, al otro lado de la puerta metálica del Don Bosco, dentro del vehículo, tamborileando con los dedos sobre el volante. A veces hablando solo.

Le traía a esta casa a espaldas de Papá y Mamá. Jugaban a juegos arcade en el Commodore 64. Al sobrino le decía que aquello tenía que ser su secreto, de los dos y de nadie más, porque el profesor Prats estaba en contra de los juegos de ordenador, y si se enteraba de aquello les prohibiría verse. También le convenció de que su relación no contravenía las prohibiciones sobre las visitas a los abuelos, pues el chico iba a verle exclusivamente a él.

Franki no puede responderle al abuelo dos de las tres razones por las que ya no aparece por aquí. Una es la muerte del tío. La otra es un secreto. Eso deja libre la tercera opción.

Es que ya tengo quince años, yayo, dice.

El yayo asiente, satisfecho con su respuesta. La yaya le pellizca la mejilla derecha. Él trata de reducir el toque a una forma menor. No le encantan las manos de su abuela. Parece que un gánster napolitano haya agarrado cada uno de sus dedos y les haya hecho nudos a modo de represalia por un pago no efectuado. Las uñas, ya que estamos, no siempre se encuentran en estado de revista.

Es verdad, dice la yaya. Cómo has crecido.

A modo de contestación, Dick saca su verga delirante. Se la muestra. ¡Esta sí que ha crecido, vieja!, le grita.

Ella, estrábica de repente, afirma que, en efecto, aquel diabólico cipote parece el dolmen de un extravagante rito fálico de la Polinesia. ¿No lo ves también así, Marido?

El yayo le da la razón a su esposa. Un gran carajo, sí señor, dice, manoseándolo, como el que trata de decidir si compra o no un cerdo de raza. Luego se lo mete en la boca y...

A Franki le sobreviene un molesto tic en el ojo izquierdo. Sacude la cabeza.

Hola, yaya, contesta.

Entran todos a la parte frontal de la casa, que se utiliza como tienda. Campanillea el timbre de la puerta. En la mercería se venden lanas, botones, cremalleras, cuellos con volantes, parches para pantalones, tirantes, ropa interior y calcetines de deporte. También productos cosméticos de marca falsa, peonzas, bisutería pasada de moda y soldaditos de plástico en sobres. Las paredes están cubiertas de ovillos de lana desde el suelo hasta el techo, de todos los colores, en disposición de colmena.

Los cinco, en fila india, rodean el mostrador y cruzan una puerta de cristal esmerilado, atraviesan un cortinaje de plástico y pasan a la sección privada de la casa. Franki intenta sellar sus discernientes senos nasales, sin éxito. El hogar de los abuelos no está precisamente limpio. Cada rincón se halla bajo sospecha, desde un punto de vista fránkico.

Pilas de revistas y periódicos se acumulan sobre secreters, chifoniers y canteranos, y también junto a las paredes. Las sortean, sin tocar nada. Se sientan en el sofá, después de que el yayo desplace a un lado varios *Mortadelo*, *Interviú* y un *Muy Interesante*.

La yaya, tras recoger los abrigos, dice: ¿Una copita de aperitivo, Marido?

El yayo le contesta que no diría que no a eso, Esposa.

Si alguien, además de Franki, piensa qué papel juega el vermut de garrafa en un tratamiento contra la peritonitis aguda, no lo comenta.

Cada cuarto de hora, minuto arriba o minuto abajo, él mira de reojo las escaleras al primer piso, por si de repente desciende por ellas el pariente muerto. Nota en la parte superior del pericráneo el calor del pecado que emana aquella habitación, cada vez más débil pero aún perceptible, como la barra de un calefactor recién apagado.

La comida sigue su curso. Cuando todos han terminado el segundo plato, el yayo se sirve otro cucharón. Franki no es médico, pero se dice que, contrariamente a lo que anunció la yaya, aquel sujeto no parece a punto de morir.

El abuelo dice algo sin dejar de masticar. Siempre habla con la boca llena, ese hombre, uno no puede evitar inventariar todo lo que hay allí dentro. El nieto adivina un segmento de col hecha pulpa y varios trozos de garrí a medio triturar.

Pregunta: ¿Perdón?

El yayo detiene el proceso de echar cochinillo dentro de su cara. Levanta un dedo que parece una rama seca de higuera. Traga.

Digo que cómo van los cuentos de marcianos.

Él no se alegra de que le hagan esa pregunta, por tres razones. En primer lugar, pretendía mantener un perfil bajo a lo largo de la comida, y hablar de su abortada carrera como escritor es lo contrario de mantener un perfil bajo.

En segundo lugar, teme que el profesor Prats se ría de las «bagatelas de marcianos» que escribe, o escribía, el hijo, y finalice el monólogo jactándose del (imaginario) éxito que está teniendo su primer libro, publicado por una editorial marginal sevillana.

Por último, el chico no desea que salga a colación el tema del concurso de relatos de ciencia ficción.

Los cuentos van regular, yayo, contesta. Estoy un poco atascado.

Escribe rápido, Frankito, porque a mí no me queda mucho tiempo, dice.

¡No digas eso, Marido!, grita la yaya. ¡Nos enterrarás a todos!

Se hace un breve silencio.

El abuelo agarra el vaso de vino, lo levanta y dice: Por el artista de los Prats. El padre de Franki levanta la vista de su plato vacío, en un conato de trágica esperanza, pero no tarda en descubrir que el abuelo se dirige al nieto. El padre mira a Franki, ahora, y no con cariño o complicidad. Él es presa de una vivísima aprensión.

Se lleva el vaso a los labios, el abuelo, un hombre al que, digan lo que digan, solo le falta subirse a la mesa y bailar el kasatschok para ser confundido con uno de los mozos casamenteros de *Siete novias para siete hermanos*. Luego se mete un pedazo de asado en la boca y dice algo más; nadie parece entenderle. Mastica. Traga.

Digo que estoy muy orgulloso de ti, no tuviste ni que ir a la universidad, como tu padre, para escribir algo. Y no solo eso, sino que encima ganaste un premio. ¡Y nadie fue a verte recogerlo!, grita, una astilla de codillo sale disparada, sobrevuela la mesa y va directa a la solapa de su hijo.

Ma-*ri*-do, farfulla la yaya.

Santiago Prats agarra una servilleta y se limpia de la solapa el escupitajo de carne que le ha lanzado su propio padre. Todo queda inmóvil, como si ellos fuesen profesores semitas y acabasen de escuchar pisadas y voces de un escuadrón de las SA subiendo al trote por las escaleras de la facultad, pero prefiriesen esperar un poco más para aseverar el alcance del peligro.

Tres años antes de envenenar a la perra, Franki fue seleccionado para el XXV Concurso Nacional de Relatos de Ciencia Ficción. Tenía doce años y cursaba séptimo de básica. Tras varias tardes esmerándose en la escritura y el pulido, entregó «Dick Loveman, agente espaciotemporal», un cuento ambientado en 1942, la época de las deportaciones masivas de judíos franceses, en el que un galán galáctico viajaba al París ocupado y se enfrentaba a nazis y colaboracionistas.

Unas semanas más tarde, en tutoría, el padre Ovidi les comunicó que Franki Prats era el único alumno del Don Bosco que había pasado a la final. La reacción que tuvieron sus compañeros ante aquella noticia podría definirse como mixta. Si él pudiese expresarse con absoluta sinceridad, admitiría que esperaba un vítor espontáneo o un hip hip hurra jovial; tal vez incluso que le sacaran de la clase a hombros. Los aplausos no voluntarios que exigió el cura se tornaron cenizas en su boca, si esa era la expresión.

La decepción se le olvidó rápido. Tenía una buena sensación alojada en el cuerpo, la primera en mucho tiempo. Ni siquiera su padre, que era decano de periodismo y redactor jefe de un suplemento literario, además de novelista inédito, por suerte, había sido premiado en un concurso, y eso que lo deseaba con todas sus fuerzas.

Él dio gracias al destino por su don.

Fueron invitados a la entrega de premios, sus acompañantes y él, un sábado primaveral por la mañana, en el colegio de los Maristas de Barcelona. El edificio era neogótico. En un extremo había una iglesia de verdad, con efigies marmóreas y también pináculos puntiagudos de mosaico, que brillaban cada vez que se apartaban las nubes sobre el paseo Sant Joan. Al otro extremo del edificio hallaron la puerta del colegio. Entraron por allí.

Los tacones de la abuela, achatados por la antigüedad y el sobreuso, claqueteaban en el cemento. Franki lucía una expresión inefable. En sus andares inseguros se combinaban, de forma inaudita, el orgullo de haber ganado el primer premio y la vergüenza por la ausencia de sus padres. Él llevaba desde la operación de hernia preguntándose hasta qué punto era normal que los padres de uno nunca estuviesen al lado de uno en momentos cruciales de la infancia, y empezaba a sospechar que aquello no era de recibo, si esa era la expresión.

En el escenario, el portero titular del Fútbol Club Barcelona, celebridad escogida para la ocasión, leyó el título del relato como si cada una de las palabras estuviese escrita en un alfabeto desconocido. Sacudió la mano del chico y sonrió. Una azafata se acercó y le entregó a Franki un diploma acreditativo; una bolsa de deporte en forma de lata de refresco; y una televisión Grundig en blanco y negro.

Él dejó televisor y bolsa en el suelo. Se sorprendió a sí

mismo acercándose al proscenio y alzando su diploma, estrujado en el puño, con las piernas abiertas, de un modo completamente no-Franki. Se oyeron algunas risas, aunque provocar hilaridad no se hallaba entre sus metas. Abandonó la pose. Colocó su frente en ángulo obtuso con el suelo del escenario.

Escuchó un par de enérgicos aplausos. Levantó la cabeza. En una de las últimas filas del teatro, el yayo y la yaya, los únicos familiares presentes, estaban de pie. Aplaudían más fuerte que el resto de los asistentes. La abuela lloraba y se sonaba los mocos.

Terminada la ceremonia, el nieto se plantó junto a ellos, en el paseo Sant Joan.

¿Por qué lloras, Esposa?, preguntó el yayo.

Lloro de contenta, Marido, dijo la yaya, tras su pañuelo. Estoy muy orgullosa de nuestro nieto. Solo me da pena que sus padres no hayan venido.

No pasa nada, yaya, dijo Franki. Cuando me operaron de la hernia tampoco vinieron.

El yayo frunció las cejas. Su frente realizó una vívida imitación de un bandoneón argentino estrujado por un tanguero sobreentusiasta. Sacó la llave del coche, un cascado Dyane de color naranja, y, tras rodear el vehículo, empezó a meterla en la cerradura.

Esos tienen siempre cosas que hacer, por lo que se ve, Esposa, dijo. Cosas más importantes que su hijo.

Franki tenía dificultades para leer determinadas expresiones o entonaciones, cuanto más sutiles peor, pero no tuvo que realizar un gran esfuerzo para detectar el tono sardónico que impregnaba las palabras del yayo.

La yaya abrazó al nieto por primera y última vez, que él recordase. Notó sus opulencias, que habían visto mejores días y ahora eran como dos relojes líquidos de Salvador Dalí, envolviéndole en un arrechucho flácido y fragante.

Mejor me callo, Esposa, dijo el yayo. O diría cosas de las que me arrepentiría.

El chico los miró. No quería seguir hablando del tema. Se sentía exultante por su triunfo y se negaba a que se lo estropeasen sus padres.

Franki Prats, genio precoz, autor de «Dick Loveman, agente espaciotemporal» y primer premio del XXV Concurso Nacional de Relatos de Ciencia Ficción, se dejó conducir de vuelta a casa. No dejaba de pensar en el potencial ilimitado de la franquicia. A los libros les seguiría la serie de animación. Películas de Hollywood. Muñecos articulados, cromos y camisetas. Fans que cantarían su nombre con el clamor que uno asociaría a un disputado combate de gladiadores circenses en la antigua Roma.

A lo largo del viaje de vuelta se fue pasando aquel sueño de un lado a otro del cerebro, estirándolo y saboreándolo y haciendo globos con él, como uno haría con un buen chicle. Sí, sí, era innegable: aquel día daba comienzo una imparable carrera literaria.

Aquel día no dio comienzo nada. Tras «Dick Loveman, agente espaciotemporal», Franki dejó de escribir.

En busca de los principales culpables, el chico podría haber señalado a sus padres, que se llevaban peor que nunca y casi no pasaban por casa, y cuando lo hacían era solo para gritarse, manteniéndole insomne y pegado al bajante, e impidiendo que aplicara sus facultades cogitativas a la saga literaria de Dick, que gradualmente iba quedando reducida a trivial ensoñación diaria.

Él no señaló a sus padres. Solo hizo lo que tradicionalmente hacen los niños de doce años con el corazón roto: creer que todo ha sido culpa suya y sentir remordimientos durante el resto de su vida por la decepción general causada.

Mamá se hallaba reclinada en su cama, cuando él entró al dormitorio. Tenía el teléfono en la mano derecha, no se lo había colocado en la oreja aún. El hijo mantuvo el Grundig en línea recta, brazos haciendo fuerza, delante de su línea de visión. Pupilas errantes y una copa de vino vacía en la mano izquierda. Una bata de seda de estilo japonés, con dibujos de puentes sobre riachuelos y lámparas de papel, que se le abría por la zona de los muslos y dejaba entrever que, si había ropa interior allí debajo, no era del tipo opaco. Reconoció al hijo con un leve asentimiento de cabeza. Señaló al aparato telefónico con dedo impaciente.

No ves que estoy a punto de hacer una llamada, susurró. Él suspiró, salió del dormitorio y acarreó el Grundig escaleras abajo, hasta el búnker. Una vez allí, lo levantó de nuevo a la altura de su pecho y lo depositó sobre la cómoda. Luego se puso de rodillas en la cama y pegó la oreja al bajante de intermitentes cualidades acústicas.

¿Ovidi?, dijo la madre (él reconoció el nombre. Era el tutor del chico, un joven salesiano de ojos sapunos llamado Ovidi Figuerola) ... Hola, Ovidi. Soy Marga. La madre de Franki. Perdona que te llame. Necesito hablar contigo otra vez. Me estoy volviendo loca.

...

Por qué no puedes. Qué narices dices. Ya hablamos de eso en el confesionario. Esto no es amor. No te pido amor.

...

¿Que estás casado con quién?

...

(La madre rió.) Con Cristo. Vale. Qué susto. Pensaba que decías que estabas casado de verdad.

...

Mira, tú solo recuerda que estoy en casa, con el negligé nuevo...

Franki notó en su bajo vientre un hormigueo que se diseminó progresivamente por todo su cuerpo, como una aldea que se activase al salir el sol. Se separó del bajante, se tumbó en la cama. Agarró un extremo del cojín y lo dobló sobre su cara, transformándolo en un calzone y cubriendo ambos oídos. Estuvo así un buen rato. Cuando consideró que había pasado el tiempo suficiente, se arrancó el cojín de la crisma. Volvió a adherir la oreja a la pared. No se oía nada. Decidió llamarla.

Ella llevaba aún en la mano la copa de vino vacía; la depositó sobre el televisor. Se echó ambos manos a la nuca y se recogió el pelo en una cola de rizo suave. Él no le miró las axilas. Era posible que aún no tuviese impulsos parcialistas dirigidos hacia esa parte de la anatomía femenina, o la amnesia infantil impidió que lo grabase en el recuerdo.

Mira que eres pesadito, dijo. Qué quieres ahora.

Ob-ser-va. Una tele.

De dónde la has sacado.

La he ganado en un concurso.

Mira qué bien.

No sabrás por casualidad cómo se sintoniza.[1]

Mamá se puso de rodillas, juró entre dientes. Las pantuflas se separaron de sus talones níveos. Enchufó el apara-

1. Él lo sabía perfectamente. Los aparatos de electrónica no escondían secreto alguno para su mente superdotada. Pero había decidido activar el gambito de indefensión ante la tecnología.

to. Su rostro conservaba una expresión de rencor anticlerical que no hubiese desentonado en una turba pirómana de la Setmana Tràgica.

Tras un rato dándole vueltas al dial, acertó la onda de la UHF. La imagen se materializó entre una lluvia de nieve gris. Echaban *El show de Benny Hill.* Un hombre obeso, con cara de pan de payés y la lengua en la comisura de la boca, perseguía a lo largo de un pastizal a una rubia tetona con trenzas.

Él seguía sentado en la cama con las rodillas pegadas, las dos manos sobre ellas, para que no se notase que estaba alterado. Las punteras de sus pies se tocaban. Al darse cuenta de que ella no iba a preguntar nada más, decidió añadir: La tele era el premio al mejor relato de ciencia ficción. Nacional.

¿Sí?, dijo ella. Se incorporó. Su cuerpo olía como si hubiese bebido alcohol y se hubiese puesto perfume, o al revés.

Sí. Una cosa, ¿por qué no habéis venido a verme?

Mamá se sentó en la cama, junto a él. Colocó una mano sobre el muslo, le dio un par de palmaditas allí, con más saña de la necesaria. Casi pellizcos, a decir verdad.

En la televisión, el gordo y la tetuda desaparecieron tras un seto. Varias piezas de ropa interior femenina salieron disparadas, acompañadas por un cómico sonido de muelle, pero no los calzoncillos del hombre; era de suponer que la intención de aquel tipo era permanecer vestido durante toda la operación.

Nos hubiese encantado, pero estábamos ocupados, hijo.

Pero si tú no trabajas.

Eh. No te pases de listo. Tengo una vida, por si no lo sabes. No puedo estar siempre pendiente de lo que haces o dejas de hacer.

¿Y Papá? ¿Dónde estaba él?

¿El gran profesor Prats?, dijo, imitando su voz engolada. Ni idea.

En *El show de Benny Hill*, el gordo sacó la cabeza del seto, despeinado, con expresión de enajenación voluptuosa. Torso desnudo pero la corbata puesta, si bien aflojada.

La yaya ha dicho que le daba pena que no estuvieseis, añadió él. El yayo también. Les he dicho que no pasaba nada, que tampoco os quedasteis cuando la hernia.

Mamá frunció el ceño. Sus labios se contrajeron en un mohín airado. Mira, no les hagas mucho caso a los abuelos, dijo. Empiezan a estar mayores y a veces se ponen gruñones, ¿verdad? Maniáticos.

Franki asintió, aunque él nunca había visto a los yayos gruñones ni maniáticos. Más bien todo lo contrario. Su estilo de vida parecía fundamentado en un *laissez faire* universal, de orientación individualista, que combinaban con una extravagante lasitud higiénica y una perspectiva optimista, incluso utópica, de la economía familiar.

Y ahora estate calladito, que tengo que hacer otra llamada. Buenas noches.

La madre abandonó la habitación. Se llevó consigo la copa vacía, que había tomado de encima del Grundig.

En el televisor, una mano femenina apareció de entre las ramas y tiró de la corbata del gordo. Desaparecieron de nuevo tras el matorral.

Qué deben estar haciendo esos dos ahí detrás, se preguntó Franki, con menor ironía de la que podría colegir el lector. Luego se puso en pie y torció el interruptor hacia la izquierda. La pantalla se oscureció tras un clic.

UN DESEO IRRESISTIBLE
AFRODISIAKUM-2000
GOTAS SUPERESTIMULANTES
Este asombroso preparado a base de sustancias [*sic*] naturales, incoloro y sin sabor se puede mezclar disimulada-

mente con cualquier tipo de bebida o comida, siendo de efectos prácticamente inmediatos. Cualquier mujer deseara [*sic*] que calme su «sed» sexual con inagotable insistencia, teniéndolas que tomar Vd. también para no decepcionarlas.

No tiene ningún tipo de contraindicación.

Ref. 644 **AFRODISIAKUM-2000** **1.890 ptas.**

Se desconoce en qué circunstancias Areteo de Capadocia escribió *el melancólico se aísla, tiene miedo a ser perseguido y encerrado, se atormenta con ideas supersticiosas, odia la vida y es presa del terror, confunde sus fantasías con la realidad*, pero no puede descartarse que estuviese tomando apuntes del natural, basándose en un antepasado de Franki Prats.

A pesar de tratarse de un día lectivo, el héroe de nuestra historia ha decidido no ir a clase. No se trata solo de que aborrezca el letargo hipnótico que le inoculan en el instituto, aunque en ese sentido Friedrich tenía razón: ese lugar es un *hibernáculo para la atrofia de los instintos del espíritu*. No, le ronda algo más profundo que su repulsa hacia la comunidad educativa, y siente la urgente necesidad de ponderar lo que es.

En este momento, lector desconocido, le encontramos de pie, en pijama aún, en su búnker, ante el largo ventanuco superior que da a la acera de Sant Pere. Los rayos de sol de una mañana sin nubes escalfan su rostro, pero él no las aprecia. Todo lo contrario: lamenta la falta de sintonía entre la meteorología del país y su profundo hastío.

Espirando un muscular suspiro, Franki le da la espalda al ventanuco y se desploma en la cama. A sus pies, una alfombra de pelo sintético sembrada de migas de melindro y copos de esperma. Bajo la cama, un calcetín de deporte que el chico lleva varias noches fecundando, y que ha adoptado la consistencia y la forma de un boomerang australiano.

Toma de la mesilla un cómic. *El asombroso Ricky Wilde contra las orugas magnéticas de Orión*. Le aplica una lectura desganada. No tarda en corroborar lo que temía: al no contener fragmentos que conjurar en sus *extrañas voluptuosidades solitarias*, el tebeo carece de interés para él.

La más noble de las criaturas cayó de lo que era y perdió su condición, dijo Robert Burton, *¡cuán distinto de lo que era!, antes era bienaventurado y feliz; ahora, miserable y maldito*. Lo que al chico, tras el viaje a Mallorca y el incidente de los yanomamis, le parecía el inicio de una esperanzadora metamorfosis personal, solo había logrado transformarle en un degenerado a quien ya no excitaban los libros y los cómics de su niñez, llenos de parajes neptunianos y murciélagos cerebrales de Venus. El chico llevaba meses pensando solo en sacudirse las joyas con *inagotable insistencia* y expulsar su semen. Y en su madre. Esa era su nueva «condición».

¡Oh, triste cambio!

Un recuerdo: tres «breakers» del pueblo realizaban sus piruetas sobre un desolador cuadrado de linóleo, en la acera de un hotel mallorquín. La calle periclitaba. Tras un descampado por urbanizar se distinguían palmeras y bloques de apartamentos con balcones oblongos.

Los tres chicos estaban o eran muy morenos, llevaban camisetas Licosta y Adihash. Un testigo imparcial, tras echar un vistazo fugaz a las virgulillas de sus labios superiores, habría confirmado que su «cambio» hormonal había tenido lugar. Uno tras otro se colocaban boca abajo, codos en la tripa y manos al suelo, y se desplazaban de una esquina a otra del linóleo, como mesitas camareras. Un «loro» voluminoso repetía en bucle la canción del Tour de Francia.

Berniola y Franki pasaron un rato observándolos. Él decidió que aquellas cabriolas negroides eran el camino seguro a la cuadriplejía o, como mínimo, a la fractura cervical múltiple (por algo, pensó, lo llamaban «break»), y se abstuvo de intentarlas.

El pelirrojo afirmó, por un lado de la boca, que él ya «burlaba» en aquellos movimientos. Tras provocarse un bostezo, les invitó a subir al hotel, para «hacer algo». Ellos aceptaron. Enrollaron el fragmento de linóleo, tomaron el «loro» por el asa y los siguieron hacia la habitación. La música seguía sonando mientras sorteaban la piscina vacía y cruzaban el patio central, también vacío. Las dos clases de octavo del Don Bosco parecían ser los únicos clientes del establecimiento vacacional. Era el viaje de fin de curso, en temporada baja.

Él no sabría explicar, ni siquiera hoy, en qué momento aquellos cuatro jóvenes se transformaron en un saturnal retablo viviente ante el que Jerónimo Bosch, El Bosco, hubiese retrocedido con espanto.

Berniola estaba tendido boca abajo en la cama, los pantalones por las rodillas. En su tafanario se dibujaban dos hoyuelos, derivados del esfuerzo que empleaba en fecundar un almohadón. Uno de los tres «breakers» se encerró en el váter. Los otros dos permanecieron ante nuestro héroe, penetrando una puerta de armario acolchada previamente con una toalla de baño. Metían la pölla, ahora uno, ahora el otro, con decisión, conjuntados de manera admirable, como herreros del Medievo.

¿Y Franki? ¿Dónde se encontraba el autor premiado a nivel nacional? ¿Qué gran proyecto le mantenía ocupado mientras los demás se entregaban *a las mayores desviaciones de la lujuria y la depravación*, como decían en un libro erótico?

Él permanecía sentado, su trasero cubierto por pantalones de tergal, mientras era presa de una paralizante aprensión. Se sentía cohibido por las cicatrices de la hernia, y también por un pubis que, si bien no lampiño, distaba de poseer la superficie forestal de la que hacían gala sus invitados. Por añadidura, lo sucedido con el *Bruce Lee* en una fecha reciente no le había predispuesto de forma positiva hacia nada de aquello.

Tras unos minutos, el chico hizo gala del reputado espíritu de adaptación de los Prats: se metió la mano en el bolsillo y se rascó el glande a través de la tela, hasta alcanzar una tumefacción transitoria. Cuando decidió que había pasado el tiempo suficiente, afectó un par de gemidos que incluso un crítico teatral poco exigente hubiese considerado decepcionantes.

A decir verdad, en algún momento había sentido un prometedor cosquilleo de origen prostático, pero la sensación no pasó de ahí. Desde luego no tuvo lugar una conmoción hidráulica como las que conocería en el futuro inmediato, tras el incidente de los yanomamis.

Los invitados eyacularon, cada uno a su debido tiempo, soltando bramidos de clímax. Tanto la toalla como el almohadón permanecieron estáticos en los lugares donde los habían dejado caer, pero en sus posturas encorvadas y mohínas Franki creyó distinguir la vergüenza del violado. El «breaker» púdico salió del baño. Tenía las mejillas coloradas y parecía extraordinariamente aliviado.

Cuando los invitados se marcharon, Franki se tumbó en su cama y especuló sobre lo sucedido. Se sentía como si hubiese chapurreado insatisfactoriamente una lengua que los demás hablaban con holgura. Aún diría más: que tras años de práctica habían convertido en materna. En el cuerpo del chico aún se alojaban, por un lado, la más completa ignorancia hacia el acto, por culpa de la demora hormonal, y por otro el rechazo hacia el mismo, herencia de una época que el lector descubrirá a su debido tiempo. Necesitaba un evento que le permitiese comprender que lo sucedido en la habitación del hotel era trascendente, y no una completa pérdida de tiempo, que fue lo que pensó entonces, y continuó pensando durante unas semanas, hasta el día de los yanomamis.

Franki devuelve el cómic a la mesilla de noche. Decide que una resuelta sesión masturbatoria logrará arrancarle el esplín, aunque sabe que el acto suele causar el efecto opuesto. Se pone en pie y se dirige hacia el armario de madera cian. Asiendo el asa dorada, abre la puerta corredera. En el interior del mueble, ocultos en una caja de cartón, junto a las botellas vacías de fluido curativo, se encuentran los pocos materiales eróticos que posee. Realiza mentalmente un inventario del magro stock y, casi al instante, vuelve a correr la puerta.

Acaba de decidir que, después de todo, no va a masturbarse. Como le explicó al sexperto en el bar del instituto, sus principales fuentes de inspiración onanista han quedado obsoletas por una combinación de familiaridad y sobreuso. Debería estar buscando lo que sugirió el pelirrojo, con vistas al cercano truque. Sabe qué desea su amigo y cómo conseguirlo, pero no se decide a dar el paso.

Suena el timbre de la puerta.

¡Franki!, grita su madre. ¡Hay aquí una chica que quiere verte! ¡Dice que es del insti!

Él es presa de una notable aprensión. Que una chica del insti «quiera verle» es una ocurrencia hasta tal punto inaudita que, por un breve instante, cree haberse deslizado al mundo de Dick Loveman.

¿Quién es?, grita él, y no puede evitar visualizar a Clara Pou, de manera harto patética, en opinión de uno.

No sé, responde la madre, en voz más baja, tras la puerta del búnker. Una gorda.

A él le rechinan los dientes. Toma de un colgador su bata de decadentes paramecios y se la coloca por encima del pijama. Se la cierra con un nudo simple en la cintura, luego se calza las pantuflas de pana. Asciende las escaleras del búnker y accede al pasillo enmoquetado.

Mamá está allí, ante las escaleras que llevan al primer piso. No va precisamente decente, si esa es la palabra. Una concubina mameluca de *Las mil y una noches*, experta en la danza de los siete velos, analizaría su atuendo con ojo crítico. La luz que entra por la puerta entreabierta provoca que la seda del camisón, reveladora incluso en condiciones crepusculares, se transparente hasta realizar un símil de desnudez integral.

Ya era hora, dice, en un tono que rebosa de sentimientos anti-Franki. A ver si abres tú la puerta algún día, que no soy tu sirvienta. Se atusa el pelo. Luego se rasca con los dedos un sobaco en el que asoman los primeros folículos posdepilación.

Él se imagina encaramándose a su hombro para, una vez allí, encorvado sobre ella cual tití doméstico, realizarle el *coitus in axila*. En su fantasía, ella accede gustosa, haciendo presión con el brazo, como si el cipote de Dick fuese una barra de medio que estuviera a punto de caérsele.

El pudendo se le despierta de un modo novedoso. En

un diestro gambito de ocultación, aprisiona el capullo con la goma del pijama. Tras el picardías tornasolado de ella se aprecia un triángulo invertido de oscuro pelo blondo. Un pensamiento atraviesa su mente: él emergió de allí. Sacó la cabeza, cubierta de sangre y heces y fragmentos de placenta, mientras la «labia mallorca» (como la llamaba Bruno Berniola) le oprimía las mejillas, en inversión grotesca del cunnilingus.

El ancestro refunfuña y se encamina de regreso al primer piso. Él lucha por no volverse. Sabe que no necesitaría forzar la vista para adivinar, bajo la camisola, la parte inferior del trasero, donde se juntan el perineo y la besable roseta de su músculo esfinterial.

Abre al fin la puerta. Es Montse Morales. Va vestida con ropa de deporte, porque nunca se ducha después de Educación Física.[1]

Hey, dice él. Mira a un lado y al otro de la calle, por si alguno de sus numerosos enemigos la ha visto llamar. No distingue a nadie. Mirando por encima de ella examina la casa de los vecinos, más pequeña y fea que la de los Prats. Tienen las cortinas corridas. Bruno, obsesionado sin ningún derecho con madre ajena, no parece estar en casa en ese momento, o su rostro de trasgo, tal vez también su glande purpúreo, serían visibles entre los cortinajes.

1. Aquel inocente hecho, que podría explicarse por una simple inconstancia en los hábitos de higiene personal, había desencadenado en el instituto una oleada de elucubraciones, que iban desde su número total de pezones hasta las marcas de latigazos que, cual Helesponto castigado por Jerjes, cruzaban su espalda. Fueron dichos rumores los que, unidos a la adiposidad que acababa de señalar la madre, arrojaron a Montse al clúster experimental de chicas con las que Franki había visto factible «montárselo», como sabe el lector.

Hey, responde ella. Tiene la cara muy colorada, supone él que por el reciente esfuerzo gimnástico. Las gafas se sostienen precariamente en la punta de su nariz.

¿La que ha abierto la puerta era tu madre?, dice ella.

Sí.

Es muy guapa.

Franki se encoge de hombros.

Hoy no has venido a clase, añade ella.

No me encontraba bien, dice él. Tose en el interior del puño. La vieja fiebre palúdica.

Nos han puesto un trabajo sobre la dinastía patolemaica.

Él resopla por la nariz. P-tolemaica, dice. La pe es medio muda.

Montse frunce violentamente el ceño.

Quiero decir que casi no se pronuncia.

Ella asiente. La zona intermamal de la camiseta parece seca, pero la punta de cada opulencia deja una impresión circular de sudor en la tela, como si sus pezones lloraran. El profe ha dicho que te diga que tenemos que hacerlo juntos. Se entrega la semana que viene no, la otra.

Perla se materializa en algún lugar del patio, cerca de la verja exterior, y cruza en dirección a ellos. Montse se vuelve y se acuclilla. Le acaricia a la perra el cuello y el cráneo, balbucea monerías. Al hacerlo, las asas de la mochila que lleva a la espalda le comprimen las opulencias, realzando su demencial desmesura.

El chico, tras un rato deleitándose con aquella visión, redirige su mirada a las posaderas. El sector sureste de cada una de sus gordas nalgas se delata por debajo de la tela de los shorts. Observa bien ese tafanario, Franki Prats. Esos destellos de carne celulítica y trémula. Imagínala tomando asiento en tu rostro, chico. Su exuberante concha adaptándose a los contornos de tu rostro como una mascarilla de oxígeno esculpida en beicon.

Ella continúa acariciando a la perra, ajena a las *alucinaciones carnales* de nuestro héroe, y al hacerlo se le columpia la chicha de los bíceps. Franki se acuerda de cuando la manteaban.

Un recuerdo: Montse Morales volando en la puerta del aula, agitando los rollizos bracitos, las tetas como globos aerostáticos sacudidos por el viento. Sus agresores habituales llevaban manteándola desde el principio de curso, y ella se dejaba hacer, confiando, suponía Franki, que se acabarían aburriendo de aquello. Él no colaboró con ellos, aunque, como intuye el lector, tampoco salió en su defensa.

Y un día, su posible involucración dejó de ser necesaria. Todos los ataques a la chica se detuvieron, quizás por aburrimiento de los manteadores, quizás por un pacto confidencial del que él no tenía constancia.

Montse siguió sentándose al lado del chico. A su selecto epitelio olfativo seguían acudiendo las embriagantes fragancias de axila (y, por alguna razón, de palomitas) que despedía ella. La chica escuchaba la lección con los ojos vacíos, espaciada, como si su mente flotase en otro lugar. Él se preguntaba qué había en su cerebro, si es que había algo; en qué pensaba, si es que pensaba en algo.

Le pasaba notitas. Test genéricos, básicos, sobre comida, teleseries o grupos favoritos. Dibujaba los logotipos de cada conjunto musical: «Duran Duran». «Spandau Ballet». «A-ha». También actores. La mayoría estaban escritos con grafía disléxica, una letra o dos bailaban aquí y allá: «Tom Cuiser». De vez en cuando escribía elaboradamente los nombres de pila de ellos dos, sin corazón en medio pero a distancia cordial: «Farnik». «Motsen».

Mejor lo hacemos en tu casa, responde él, reaccionando con una rapidez y una astucia admirables, en su propia opinión. En la mía van a fumigar dentro de poco. Tenemos un legendario problema de plagas.

Sí, mejor, dice ella, mostrando unos dientecillos inferiores ratunos, afilados, de color úrico. El sudor le pinta una perilla de escritor simbolista en la entrepierna de los shorts. Si él lamiese su sexo, se pregunta, ¿qué tipo de sabor se le quedaría en la boca? ¿Y si hiciese lo mismo con su músculo esfinterial? ¿Sería delicioso o repugnante?

Quedan para verse en unos pocos días, en casa de ella. La chica se echa la mano al bolsillo y le hace entrega de uno de sus papelitos. Él lo abre. Por un momento, de forma conmovedora, piensa que será una nota de la pubilla.

No lo es, ni en broma, lector desconocido. Se trata únicamente de la dirección postal de los Morales, escrita con grafía disléxica pero interpretable. Él acusa recibo y se despide sin excesiva cortesía. Le cierra la puerta en las narices. No quiere arriesgarse a que sus enemigos los vean juntos en horario extraescolar.

Desciende las escaleras del búnker. Su pífano, que, sin que él se diese mucha cuenta, había permanecido tumescente desde que vio a su madre en negligé, y también durante la breve fantasía de Dick, se deshincha poco a poco en sus pantalones de pijama, dejando a su retirada una mancha de fluido preseminal. Es pequeña, no cree que su madre vaya a percibirla. Igualmente, decide cambiarse de ropa.

Cuatro años antes de envenenar a la perra, Franki abría un aprensivo párpado en una habitación del hospital de Bellvitge. Estaba a oscuras, pero una línea de luz fría, radiactiva, se colaba por debajo de la puerta desde el pasillo.

Abrió el otro párpado. De las tres camas, solo la suya estaba ocupada. Se escuchaba el rumor motorizado de la autovía vecina, sin cláxones ni frenazos; solo un ronroneo homogéneo.

A Franki le dolía la zona genital, pero no se atrevía a incorporarse, mucho menos a tocársela. Al dolor sordo, difuso, que padecía, se le unía una sensación vacante, similar a cuando a uno le arrean una patada en la entrepierna y percibe al momento que los cojones se han marchado de allí.

Franki se subió las sábanas hasta el cuello. Su pecho supuraba un amplio abanico de emociones, ninguna de ellas jovial. No tenía claro lo que habían hecho en su entrepierna, pero sabía que no le gustaba.

Había pasado la semana previa con molestias. Un mal más persistente que agudo, similar a los dolores de crecimiento, en el sentido de que no estaba localizado, sino que parecía extenderse por un área vaga del extrarradio inguinal. Los antiinflamatorios convencionales no le hacían efecto.

Su madre decidió llevarle al pediatra de la calle La Plana. Se llamaba Jordana. Doctor Jordana. Tenía cara de paloma y era obeso y cruzaba mucho los brazos sobre el pecho, abrazándose los laterales, como si se dispusiera a emprender una siesta tonificante, lo cual en un par de ocasiones, durante la visita, su madre y él temieron que hiciese.

El doctor se quitó las gafas, como hacían todos los hombres del pueblo en presencia de Marga Ribas, la exmodelo de fama regional. Mantenía la mirada oscilante entre el escote y los muslos de ella, y evitaba los testículos del hijo en la medida de lo posible, cosa que podía llegar a comprenderse. Permanecer ante aquella «beldad» con la boca abierta, ignorando las tareas que uno tenía asignadas, en este caso los crótalos enfermos de un niño no muy agraciado, era algo que, según él había comprobado hasta la fecha, les sucedía a todos los hombres del planeta (con la única excepción de su padre).

Lo que me temía, dijo. Es una hernia inguinal.

Nada más decirlo se puso en pie, escondió barriga, sin éxito, encendió un panel luminoso y adhirió allí una radiografía. El perfil transparente de su propio sexo le recordó a Franki las alas semitransparentes de una mariposa, tan frágiles y fáciles de arrancar.

El médico entornó los ojos y acercó mucho la cara a los rayos X. Había algo pederástico, pensó él, en los innombrables de un niño tan cerca de la boca de un adulto. Empezó a describir lo que era una hernia inguinal.

El chico notó cómo, a cada nueva palabra, se le encogían más y más los huevos y la pöllita. Mamá cruzó ambos brazos ante sus tetillas. A lo largo de la explicación los ojos del médico habían ido recayendo en su pecho con una fijación que no parecía adecuada sin el contexto de una revisión mamográfica.

...y esa bolsa es la hernia inguinal, concluyó. Al reparar en los rictus de temor de madre e hijo, el médico se apresuró a añadir que no era grave. Ellos exhalaron un suspiro de alivio. Pero conviene actuar rápido, continuó, pues tiene dos.

Pues claro que tiene dos, como todos los hombres, respondió ella.

El doctor se la quedó observando, mientras decidía si lo que acababa de escuchar era una broma no muy sofisticada de la señora Ribas. Cayó en que no lo era, y respondió a aquella encantadora confusión con una risa displicente.

No me refería a los testículos, sino a las hernias, dijo.

No veo qué tiene de gracioso, dijo ella.

El doctor carraspeó y tragó saliva. Reiteró la c-c-conveniencia de realizar una intervención quirúrgica lo antes posible.

Usted es el médico, le dijo ella, en un tono que parecía dudar de su titulación.

¿Mañana les iría bien?

Franki notó cómo sus joyas trepaban medio metro en dirección a su garganta. La madre aprobó la fecha con un seco asentimiento. El doctor añadió que lo más práctico sería «quedárselo» ya en Bellvitge, para preparación y preoperatorio.

A él no le encantó el uso del verbo. Pensó en los niños díscolos de *Pinocho*, cuando llegaban a la Isla de los Juegos creyendo que hallarían lo que publicitaba la instalación, y en lugar de eso se los «quedaban», convertidos en burros esclavos, útiles solo para las minas de sal. Por añadidura, al niño seguía sin gustarle lo de tener su entrepierna iluminada en aquella pantalla, como si fuese una atracción de feria.

«¡Acérquense, damas y caballeros, acérquense! ¡Por solo cien pesetas podrán ver al monstruoso Niño con Agujeros Dentro!», imaginó que gritaba el doctor en un megáfono coniforme, en la puerta de la carpa circense. «¡Es una cosa verdaderamente única! ¡Un fenómeno de la naturaleza! ¡Solo para personas con estómago resistente! ¡No se devuelve el dinero en caso de desvanecimientos, damas y caballeros!»

El doctor y la madre continuaron platicando sobre las hernias del muchacho durante unos minutos. El médico se decidió al fin a apagar la pantalla luminosa. Los crótalos y la cola de Franki se oscurecieron. No le encantaba verlos envueltos de luz, pero que desapareciesen fue peor. Fue metafórico.

Estoy orgullosa de ti, hijo, le dijo ella, sentada de lado en la cama del hospital. Había ido a la peluquería aquella mañana, se notaba; las guedejas blondas caían a ambos lados de su cara en suave espiral. Eres un niño muy valiente. De verdad. Le tomó de la nuca y le besó la frente, sus labios estaban cálidos. La selectiva mucosa nasal del chico detectó el embafoso perfume que ella solía ponerse cuando salía de casa.

Mamá le apretó la mano. Repitió lo de que estaba orgullosa. Se le estaba acabando el repertorio de gestos empáticos. Le pegó dos suaves toques al dorso de la mano y se puso en pie. Agarró el bolso que colgaba del respaldo de la silla.

Él, desde muy niño, tenía dificultades en leer determinadas expresiones o entonaciones, cuanto más sutiles peor, su madre incluso le había llevado a que le hicieran unos tests por si era autista (no lo era), y tal vez por ello no se había dado cuenta hasta aquel instante de que su madre no tenía intención de quedarse.

Ah, ¿te vas?, le dijo, como si no pasara nada, mientras invocaba en su interior, sin éxito, la hombría almogávar de los Prats.

Sí, cielo. Hoy no me viene bien, y tu padre tenía una conferencia, o era una convención, nunca he entendido la diferencia. De verdad que lo siento. Pero aquí estarás de maravilla, ya verás. Ah, se me olvidaba, te he traído esto para que te distraigas.

Tras decirlo sacó del bolso un tebeo doblado en dos. Lo dejó sobre la cama, en el regazo del chico. Era un tebeo español de una década pretérita, en estado crítico, que había sacado de vete a saber dónde. Él miró aquello de reojo y se esforzó por sonreír.

Hasta mañana, cariño, dijo ella, y le lanzó un beso. Él dejó que cayese al suelo en lugar de atraparlo con el puño, que era lo que solía hacer de niño. La observó marchar. El pequeño bolso se columpiaba en la parte blanda del codo. Las nalgas le temblaban a ritmo de selvático chachachá.

Cerró tras ella la puerta de la habitación. Franki escuchó cómo sus tacones se alejaban por el pasillo del hospital. Suspiró. Pinzó el tebeo con dos dedos. Arrugó el labio. Volvió a dejarlo sobre la sábana. Le llegaron ecos del pasillo: pasos, conversaciones, gente que iba o venía sin que nadie interfiriese en sus innombrables. Una firme aprensión se asentaba más y más en su interior según avanzaban las manecillas del reloj de pared.

Se abrieron las dos puertas de la habitación. Un par de camilleros, en ropa verde y birretes conjuntados, accedieron a la estancia, aferrados a ambos lados de una camilla rodante. Pronunciaron algunas palabras de vago contenido alentador. A continuación apartaron las colchas, le colocaron los cuatro brazos bajo el cuerpo, uno a cada lado. Él notó sus manos frías, callosas, en su espalda; el olor a tabaco y chicle que emergía de sus bocas. Tras decir a la una, a las dos y a las tres, le trasladaron a la camilla.

Le transportaron a través de pasillos iluminados por luces cansadas, de pocos vatios, como las del interior de las neveras. Dejaron atrás camillas aparcadas, con ancianos tumbados en ellas; algunos dormían, conectados a su sonda, sus pieles del color del albaricoque. Una aspiraba de su mascarilla de oxígeno con ojos consumidos; otro, derrumbado sobre una silla de ruedas con un brazo colgando, parecía estar realizando una vívida imitación de *La muerte de Marat.*

Los camilleros se detuvieron delante del quirófano. Él pensó de nuevo en sus huevos y su flautín. Les tenía un aprecio notable; pensar en despedirse de ellos en fecha tan temprana le llenó de pesar. Se agarró los genitales en un acto reflejo, como quien trata de evitar el impacto de un balón.

Abrió un precavido párpado. Volvía a estar solo. Supuso que la operación había terminado. Era de noche y le dolía allí abajo. Temía que le hubiesen sorbido las gónadas como se les sorbían las entrañas a las aves, en los mataderos de pollos, con un aspirador industrial, y que solo un hueco ocupase ahora su entrepierna.

Decidió emprender por sí mismo un inventario de daños. Abrió el otro párpado. Levantó la sábana con ambas manos, escrutó dentro, con ojos aún húmedos. No se veía nada. Extendió una mano hacia la entrepierna y les pegó un cauto palpo a los vendajes.

¡Virgen santa! Toda su entrepierna estaba recubierta de vendas y esparadrapo, y había algo parecido a una sonda allí, la sentía incrustada en la uretra, o quizás no quedaba ni uretra, en la entrepierna solo visualizaba un bulto convexo y asexuado, sin rabo ni huevos, igual que la del muñeco Ken.

Su ánimo se ensombreció. Con un pulso del que se había esfumado todo rastro de la afamada firmeza Prats, pulsó el botón rojo que colgaba del cabezal.

Nos vamos de visita, le dijo la enfermera. Él obedeció, puso los pies desnudos en las pantuflas de pana. Salieron de la habitación. Recorrieron un segmento de pasillo, se pararon tres habitaciones más allá. La enfermera llamó y entró. Todos los presentes se volvieron hacia la puerta.

Eran los Berniola. Estaban los cuatro allí. Bruno en la cama, los otros tres dispuestos ante el televisor en diversos estados de estupefacción.

El pelirrojo y él no se «hacían» aún. Iban juntos al Bosco, pero a cursos y clases distintos. Se saludaban, intercambiaban unas cuantas palabras cordiales si se encontraban en el camino a casa, pero nunca lo emprendían juntos.

Los padres le saludaron con efusión, le llamaron por su nombre.

Ah, ¿os conocéis?, dijo la enfermera. Qué casualidad.

Somos vecinos, dijo él.

La enfermera les contó lo que la había llevado hasta allí, señalando a Franki y utilizando términos eufemísticos, tanto para referirse a la operación como para su terror nocturno, que él agradeció por dentro. Dijo que iba a intentar localizar a los padres de Franki y se marchó.

La madre de Berniola se llamaba Divina. Lucía un crepado de peluquería con demasiada laca, y un vestido floral que llevaba no una, sino dos décadas pasado de moda.

Pantuflas rosas, abiertas por delante. Un dedo gordo del pie descomunal, los otros muy pequeños y nivelados, en formación germánica.

Quédate todo el rato que quieras, dijo. Nosotros dormiremos aquí para hacerle compañía al tete. ¿No están tus padres, entonces?

No, les ha salido una urgencia, dijo él.

Vaya, qué pena.

Qué pena, dijo el marido, que respondía al nombre de José María.

Decidle hola a Franki, maleducados, dijo ella.

Decid hola, niños, repitió el padre.

Sonia, la hermana pequeña de Bruno, sentada en el suelo sobre un cojín amplio, obedeció. Debía tener ocho o nueve años, iba a las vedrunas. Llevaba el pelo muy corto, como un chico, esquijama y calcetines antideslizantes. Jugaba con Big Jims.

Hola, Sonia, dijo él.

Me llamo Octavi, dijo ella, sin volverse.

Dice que la llamemos así, dijo la madre (sonrisa nerviosa). Quiere ser un chico. ¡Me va a volver loca!

Nos va a volver locos, dijo el padre.

Hola, Bruno, dijo él, volviéndose hacia la cama. Berniola, tapado hasta la cintura, intentó sonreír y dijo hola. Su apariencia invitaba a comparaciones con una ardilla nihilista que, ignorando los dictados conservadores de su especie, se hubiese embutido todas las nueces de la temporada en la boca.

Tiene paperas, dijo la madre.

Ya, dijo Franki.[1]

1. Berniola, unos días atrás, en el colegio, antes de saber qué había pillado, se bajó los pantalones en el porche y les enseñó los huevos a varios chicos, Franki entre ellos. La imagen era novedosa. Los

La enfermera entró a la habitación. No ha habido suerte, le dijo, tus padres parece que no están en casa, no hemos podido localizarlos. ¿Podrían estar de camino?

A lo mejor, dijo él, sabiendo que no lo estarían, a no ser que fuese de camino a un destino no-frankiesco.

¿Y tú qué tienes, hijo?, dijo Divina.

Hernia inguinal, doble. Hizo con dos dedos el signo de la uve.

Hazle sitio en la cama, tete. No tengas miedo, Franki, las paperas no son contagiosas.

¿Cómo? Claro que lo son, se apresuró a afirmar la enfermera, con cierta alarma en la voz. Muchísimo. Se transmiten a través de la saliva o los mocos. Intentad no besaros.

Todo el mundo rió. Él también. En esa época aquello le parecía hilarante, porque no tenía ni idea de lo que pasaría en El Elefante Verde, el día de *Querida hermanita*, como el lector descubrirá a su debido tiempo.

Se sentó en la cama, a una distancia prudencial del vecino. Piernas cruzadas por encima de la colcha. Pensó en sus padres. En su maltrecha entrepierna. Se le obturó la garganta. Le escocían los ojos. Notó un inicio de humedad en las retinas. Bajó la cabeza. Se miró las manos, finas y femeninas, de piel linfática. La vergüenza de la familia, eso es lo que era, maldita sea.

Eh. Pilla unos cómics, si quieres, dijo el vecino. Estos de aquí ya me los he leído.

Franki levantó la cabeza. Tenía aún las pupilas acuosas y veía borroso. Pestañeó varias veces. Gracias, dijo.

---

tenía rojos e inflamados, del tamaño de las mandarinas. Todos señalaron y rieron. Berniola movió las caderas en circunferencia de hula-hop, sus desproporcionados testículos se balancearon como las campanas de la catedral de Barcelona.

Comprendió que no eran tebeos españoles, como los que tenían los abuelos en la mercería, o el que había traído su madre, sino otra cosa.

Agarró el primero de la pila. Leyó el título. *El asombroso... Ricky Wilde*. Examinó la ilustración de portada. Un tipo musculoso, en traje de cosmonauta, quijada en forma de trapecio isósceles, combatía contra «las sacerdotisas-hechiceras de Zoltan». Pasó página, empezó a leer las aventuras del bravo «detective galáctico».

Es consciente, si lo piensa hoy, de que en algún momento debió regresar la enfermera para devolverle a su habitación. Berniola debió decirle también que se llevase los cómics, que ya se los devolvería por la mañana, «tranqui». Y sin embargo, él no recuerda ninguna de las dos cosas. Solo se ve a sí mismo de vuelta a su propia habitación, la luz de leer encendida, el temor evaporado, releyendo una y otra vez aquellas obras de arte, pues eso es lo que eran, terminando con la pila y volviendo al principio, a ratos quedándose dormido y volviéndose a despertar y continuando con la lectura.

Sus padres se presentaron en el hospital a la mañana siguiente, casi seguidos. El beso en la mejilla que el profesor le dio a la madre invitaba a comparaciones con el que, en una pescadería, un lenguado muerto le daría a una lenguada muerta por la que no sintiese una atracción especial.

¿Sabéis quién está aquí? El Berniola, dijo él. Con sus padres y su hermana. Duermen en la habitación, con el hijo. Vinieron a hacerle (carraspeo) compañía.

La madre no respondió a las indirectas. Tampoco ofreció excusa alguna por la ausencia nocturna. El profesor menos aún. Franki esperó a que abandonasen la habitación para regresar a los cómics que le había prestado su nuevo amigo.

«¡No te muevas, Franki! ¡Ni respires! ¡El menor terror podría causarte la muerte!», leyó, en voz alta, cambiando el nombre por el suyo. Como si la viñeta le interpelara directamente y Ricky Wilde fuese él.

La yaya llama a la nuera por teléfono, le dice que el yayo se ha «puesto mal» y que de esta «no sale». Los invita a comer el último domingo de marzo. El padre de Franki denuesta y jura y eleva el puño al cielo cuando se entera. Mamá, al día siguiente, devuelve la llamada y acepta la invitación por segunda vez.

Tres de los adultos conversan ahora, tensos, en el comedor. La comida ha finalizado y la yaya prepara la cafetera en la cocina. De postre hay lionesas. Siguiendo la tradición familiar, pelearán por las de crema, se conformarán con las de chocolate, nadie se comerá las de nata.

Franki se disculpa de la mesa. Se acerca, tratando de no llamar la atención, hacia un secreter periférico. La persiana corrediza está abierta. Toma un *Jara y Sedal* de una pila y lo empieza a hojear.[1] Según pasa las páginas va perdiendo

1. Los masturbadores compulsivos desarrollan ojos perdigueros, lector desconocido. Su instinto voraz los ayuda a detectar, en una simple mirada de barrido, material con potencial pornográfico, que pueden hallar en la más insólita de las localizaciones: un manual es-

interés. En la revista esa solo salen ríos, peces y hombres con botas de goma hasta el muslo y sombreros llenos de anzuelos, ondeando cañas con diversas expresiones de locura en el rostro. Desearía que la revista fuese de otro tipo y encerrarse en el baño con ella y sacudirse una «paja preventiva» (como las llama Berniola), aunque el váter de los abuelos, ahora que se acuerda, está separado del terrat por una fina puerta de conglomerado, por ella se cuelan el frío y la humedad, y además se trata del lugar donde el padrino empezó a morir, un año atrás, vomitando sangre.

Franki levanta la cabeza. Les echa un vistazo a las escaleras anchas que conducen al piso superior. Recuerda el tacto pringoso del pasamanos de madera, cuando subía a jugar al Commodore 64 a la habitación del tío.

Sobre la habitación, al poco de la muerte del hijo, la abuela le dijo a Franki: La hemos dejado tal y como él la tenía. Debe permanecer todo igual, se dice Franki: el cajón de pornografía; la pequeña biblioteca de libros prohibidos; el cofre de los rifles, bajo la cama; el poster de Falange; ante el poster, sobre la mesa, el Commodore gris, con la datasete a un lado, y el joystick, que parecía un pene de plástico con la punta colorada, los dedos marcados a un costado, junto a la pantalla.

Al lado del joystick, en una pequeña columna, los juegos de siempre: *Indiana Jones*, *Ghosts'n Goblins*, *Quo Vadis*, *Ghostbusters*, *Street Fighter*.

Bruce Lee.

---

colar de anatomía; una competición televisada de anillas olímpicas; un tríptico del Ministerio de Sanidad sobre enfermedades de transmisión sexual; unas diapositivas sobre indígenas yanomamis; una rana a medio diseccionar.

Franki realiza una briosa contorsión facial. Los dedos de los pies se le arquean dentro de los zapatos, cual copiloto de un conductor temerario.

Lleva un tiempo desarrollando la siguiente hipótesis: a veces, el diccionario no se ajusta al significado que ciertas palabras tienen para uno.

Perra.

Hernia.

Axila.

Lavativa.

Tío.

Rana.

Mamá.

Bruce Lee.

Para alguna gente, Bruce Lee es solo un actor asiático de artes marciales, o un entretenido juego de ordenador.

Para él significa algo completamente distinto.

Devuelve la revista de pesca a la pila. Al fondo del secreter, volcada hacia abajo, parece haber una foto en un marco dorado. Extiende la mano y la toma. En ella aparecen Jesús y Franki. Llevan ropa de camuflaje, chalecos reflectantes y van armados, con sendos fusiles al hombro. Su tío sujeta una petaca.

Aquel día estaban, recuerda, en una zona boscosa cerca de Olesa de Bonesvalls, adonde iban a cazar cuando no querían conducir hasta Montagut. Dos años atrás. La fotografía fue tomada con el disparador automático. A los pies del tío se ve a su sabueso de caza, Fokker, con el hocico abierto, pillado a medio ladrido. El padrino acaricia al perro entre las orejas, levantadas en postura de atención, y sonríe.

Le tenía mucho afecto a ese animal.

Franki nota los primeros síntomas de una severa depresión gástrica. Devuelve la fotografía al secreter, boca abajo, como la ha encontrado, y cierra la puertecilla corredera con suavidad.

Todo aquello terminó, se dice a sí mismo. Su padrino está tres metros bajo tierra, si esa es la expresión. Tras el día del *Bruce Lee*, del que se hablará más adelante, el tío cortó todo contacto con él. Franki ha hecho todo lo posible para alejar a aquel hombre de su mente.

No ha llegado a conseguirlo.

A lo largo de los meses posteriores al *Bruce Lee*, él se enteró, por el bajante, de que su padrino había aumentado de forma drástica la cantidad de alcohol que ingería. Incluso los abuelos, una gente que ni el más imparcial de los testigos habría tachado de abstemios, estaban alarmados por el creciente consumo de su hijo menor.

Jesús, decían, pasaba los días bebiendo, echando monedas a la tragaperras del frankfurt, que estaba puerta con puerta con la mercería. Mientras jugaba, discutía de política con clientes de la cervecería, o con su propio padre, casi siempre a voces y escupiendo. Incoherente. A menudo tenía que sujetarse una mano con la otra para controlar los temblores e insertar las monedas en la ranura, cada cinco o seis horas sacaba el premio grande, mejor no calcular lo que se había dejado para obtenerlo, en bebida y en monedas, estaba claro que los números no salían de ningún modo, como tampoco saldrían los de la mercería, esa maldita ... es deficitaria por los cuatro costados, dijo Papá, a través del intermitente bajante, con todos los ... que compran, pero si ni siquiera ... y lo peor es que me va a tocar pagarlo a mí. O al ... de Franki, cuando sea mayor.

Santiago añadió que su hermano se reunía allí con gente de Falange. El resto de los militantes solían ser muchachos más jóvenes que él. Franki los había visto más de una vez, la sede del partido estaba en la calle Oviedo, cerca de El Elefante Verde. Llevaban la cabeza rapada al cero y botas militares, camisetas del ejército, del RCD Español y de Falange. Nunca iban con chicas. Lucían tatuajes de runas y esvásticas en los antebrazos y el cuello, también animales, solo los agresivos, tigres y escorpiones y águilas, él nunca vio que llevasen tatuajes de pandas, koalas o caniches, y el tío siempre estaba con ellos, en el frankfurt o en la sede, abrazándolos y pagándoles copas, cantando con ellos canciones de la Legión, pegándoles cachetes viriles en los glúteos, frotando con la palma de la mano la piel casi desnuda, aterciopelada, de sus cabezas.

Una mañana de hacía un año, Jesús se despertó, sintiéndose mal, y fue al baño y empezó a vomitar sangre. En el frankfurt le habían prohibido la entrada meses atrás, hartos de sus escenas. Sus amigos de Falange le acabaron pegando una paliza, porque había desfalcado las arcas del partido –«tomó prestados» unos cuantos miles de pesetas de una tómbola patriótica– y también porque se enteraron de las simpatías pancatalanistas del abuelo.

Una cascada, puntualizó Papá por el bajante. Hemorragia abdominal masiva, añadió, con un tono demasiado jovial en la voz, como el que dice vacaciones pagadas o bufet libre de marisco.

Siguió explicando que a su hermano le sangraban ... las varices del... causadas por la cirrosis. Su hígado, también ... era incapaz de coagular la ... lo rechazaba todo, y finalmente decidieron ... una intervención quirúrgica desesperada.

El tío entró en coma y ya no volvió a recuperar la conciencia. Franki no fue a verle al hospital, alegando posible trauma, una explicación que estaba mucho más cerca de la realidad de lo que nadie imaginaba. Jesús Prats murió a las cinco y cuarto de la mañana, un día de marzo de hacía un año, a los treinta y ocho años.

Y ahora su alma arde en el infierno, dijo Papá aquel día.

O no, pensó Franki. En realidad no tenía ni idea de dónde debía parar el alma del hombre aquel, si es que tenía una. En primer lugar, ambos conceptos, cielo e infierno, seguían en proceso de cuestionamiento en su mente superdotada.

En segundo lugar, la religión católica, que era la que profesaba su familia, hacía gala de un acercamiento punitivo simplemente laxo hacia algunos de los pecados que prefería el padrino. Por lo que Franki había ido deduciendo, si el pecado se cometía de forma consensuada entre adultos que lo gozaban, era mortal e ibas directo al infierno para toda la eternidad. Pero si un adulto se lo hacía a un niño, «estropeándole», y destruyendo su propia vida en el proceso, no pasaba nada que el purgatorio no pudiese arreglar. Es más, si uno se confesaba bien antes de morir, iba directo al cielo.

Había algo intrínsecamente jodido en aquel razonamiento.

Cuatro años antes de envenenar a Perla, Franki decidió acercarse a la iglesia de Sant Baldiri. Acababa de enterarse, por el calendario de la mercería, de que el santo local era el patrón de los aquejados de hernia.

Aquello iba a sucederle cada vez más a menudo en el futuro: la conciencia súbita de formar parte de un complicado diseño del destino que, en ocasiones, se parecía más a la broma pesada de un hado perverso.

Salió y cerró la puerta de su casa. Vista desde la calle, la característica ventana ovalada de la fachada parecía un cíclope, curioso por los devaneos del niño. Él le dio la espalda al edificio, recorrió los cincuenta metros que le separaban de la iglesia. El pueblo olía a café de filtro quemado. Llegó a la plaza, subió con dificultad las escaleras frontales del templo. Aquella mañana le habían quitado los vendajes de la operación. Las cicatrices le picaban.

Miró hacia arriba. Una iglesia barroca con detalles neoclásicos, campanario hexagonal. La piedra, resquebrajada en diversas zonas, delataba un insuficiente mantenimiento municipal.

En mitad de la fachada, resguardado en una cavidad y protegido por rejas, estaba la estatua de sant Baldiri, el mártir de Nimes. Los romanos le habían acabado decapitando, hartos de sus quejas contra las saturnales paganas. Su cabeza rebotó tres veces en el suelo, y en cada punto brotó una fuente de agua cristalina, o un rosal, o algo parecido.

La expresión del joven santo tras aquellas rejas era de contrición estupefacta, Escrituras en la mano, igual que si sus padres le acabasen de pillar con una revista pornográfica y le hubiesen encerrado en una jaula, para evitar males mayores.

La efigie no tranquilizó al chico. Más bien lo contrario: que un decapitado fuese patrón de los enfermos de hernia confirmaba sus sospechas iniciales: que a Franki, a fin de cuentas, sí le habían cercenado una parte crucial de su cuerpo, tan importante para él como la cabeza debió serlo para el santo.

En su cama del búnker, sentado a lo indio, se puso a releer los cómics de Ricky Wilde que le había prestado Berniola. Iba pasando páginas mientras, distraído, se acariciaba las cicatrices. Tenía la sensación de que aquellas suturas eran bolsillos de chaqueta que podía abrir por la fuerza, meter las manos dentro de su cuerpo y, tras un palpo aprensivo, cerciorarse de que seguía entero, que allí no faltaban porciones fundamentales de su ser.

Sintió entonces una acuciante necesidad de aseverar que su sexo permanecía en su sitio. Se puso en pie y se desnudó a toda prisa ante el espejo de su habitación.

Fue presa de una vivísima aprensión.

En primer lugar, el pudendo parecía haber disminuido de tamaño. Sabía que se trataba de un efecto óptico causado por la hinchazón de los testículos, pero saberlo no convertía la imagen en tranquilizadora. Sus gónadas estaban infladas y tensas, como uno de esos peces que aumentan su volumen para intimidar a los adversarios. Los hematomas del escroto, ingles y muslos teñían una amplia zona de la entrepierna de un color purpúreo, con manchas grises en los laterales. Había una cicatriz diagonal reciente en la parte derecha de la ingle, donde se convertía en pubis, y otra, simétrica, al otro costado.

Su ánimo se ensombreció. De ser alguien bien plantado hubiese buscado consuelo en el resto de los atributos, pero no lo era, como sabe el lector. Su rostro era asimétrico desde siempre: un lado de su cara se veía angular y punzante; el otro romo. En cuanto a los ojos, mejor no extenderse sobre ellos. Uno más cerrado que su vecino, por razones innatas o genéticas que no se atrevía a aventurar.

El cuerpo no representaba una mejoría respecto a la cara. Constitución amorfa. Barriga de pez. Cutis de color pus. *Un esqueleto que no podía inspirar sino repugnancia*, como decía un libro erótico.

Solo los pies eran estéticos, con dedos escalonados según la proporción griega, como los de su madre. La única parte digna de su cuerpo le recordaba cada día que, después de todo, *era* hijo de Mamá. Quizás el hijo más desagradable que Marga Ribas, exmodelo de fama regional, podía tener.

Feo.

Realmente feo.

Un engendro, siendo sinceros.

La gente no hablaba lo suficiente del estigma de la fealdad. Por lo que él leía en novelas y veía en televisión, uno era libre para escoger a quien deseaba, de uno u otro sexo, al menos en teoría, incluso de cambiar el propio, pero nadie te decía qué hacer cuando nadie te deseaba, ni te desearía jamás.

Se recordó las esperanzadoras palabras de Robert Burton: *a quienes son de aspecto deforme, retorcidos, horribles de ver, [las] virtudes del espíritu hacen que se les pueda considerar hermosos.* La afirmación no surtió el efecto lenitivo que él esperaba. Se le llenaron los ojos de lágrimas. Dejó escapar un suspiro entrecortado, antesala de un sollozo. Sintió vergüenza y culpa. Una tremenda culpa.

El aspecto de Franki debió representar para Margarita una sorpresa chocante, desde el momento en que le acercaron el bebé, en la maternidad. Ella era hermosa; el marido había poseído, en su juventud obrera, un cierto atractivo sin refinar.

¿Cómo podía haber salido él de ellos dos?

El chico había visualizado innumerables veces su propio nacimiento, aunque no tenía prueba alguna de que sucediera de este modo:

Una nodriza traía el neonato envuelto en una mantita. El ancestro, tumbado en su cama, con el rostro hinchado y los párpados abultados de fatiga, abría los pliegues de la tela para verle bien la cara al bebé. Soltaba un aullido. Lo apartaba de sí. Les gritaba a las enfermeras que se había cometido un error, que aquel «homúnculo» no podía ser su hijo, que por favor se lo llevasen y le trajesen al de verdad. Al «guapo». Luego chillaba y chillaba y chillaba, igual que en aquella película de terror.

Franki abortó el sollozo antes de que se produjese. Se secó las lágrimas de los ojos. Escrutó su imagen y luchó por alterarla. Al cabo de unos minutos empezó a verse distinto. Sí, sí. Se materializaba ante él un hombre fornido, con pecho ancho y cintura de diábolo. Sus antebrazos eran peludos, todo músculo, igual que sus bíceps. Muslos triceposos que parecían pertenecer a algún animal de raza equina. Una quijada en forma de trapecio isósceles. Cicatriz de media luna en el pómulo.

Entre las piernas, un pene que con los años se transformaría en *verga delirante*, en palabras de algunas mujeres ficticias, *pölla tripodal* o *implemento elefantíaco*, pero que por el momento se conformaba con estar entero, acompañado de dos crótalos voluminosos de nacimiento, sin hinchazón postoperatoria.

Se echó la mano al abdomen, no percibió cicatrices allí, ni frescas ni cauterizadas.

El reflejo le guiñó un ojo de color añil. Se sacó el chupachups de la boca y le habló, por primera vez:

Eres un hombre entero, ¿me escuchas, Dick Loveman? Un hombre de pies a cabeza, maldita sea. Sal ahí fuera y demuéstrales a tus enemigos de qué madera estás hecho. ¡Que vean que sigues teniendo un buen par de pelotas!

Abril

El chico y la madre cenan delante del televisor, sobre sendas bandejas plegables colocadas en el regazo. Dan una película antigua de espadachines. En la pantalla, Errol Flynn se agarra a una lámpara de araña, vuela y sacude su florete en el aire.

Según Berniola, el médico forense que le realizó la autopsia declaró que su falo no era enorme, como afirmaba todo el mundo, pero sí estaba plagado por «una colección de enormes verrugas genitales». Franki entrecierra los ojos y analiza el paquete del esgrimista. No se percibe nada inusual, ni en cuanto a verrugas ni a tamaño, y eso que lleva mallas.

Mamá sigue cortando pedacitos de su tortilla y acercándoselos con precaución a la boca. El sofá sobre el que ambos se sientan es de obra, en forma de L invertida y adosado a la pared, con tres cojines planos. Él se halla en el pie de la L; su madre, en mitad del palo. Aunque está de cara a ella, intenta no mirarla. Sus ojos recorren el familiar salón-comedor mientras come la sopa. La estancia está decorada siguiendo la moda de la pasada década, con moqueta perla y muebles pop de formas redondeadas. Una minúscula fotografía del Franki niño reposa sobre un estante.

Aunque su imagen fuese mayor, no podría competir con el retrato de Perla que cuelga en la pared central. El profesor Prats lo encargó en Foto Quimet, un estudio profesional del casco antiguo, un par de años atrás, y lo enmarcó, sin reparar en gastos, en un marco de un metro de largo por medio de ancho. El cuadro preside el salón, casi la casa entera, cual óleo de un antecesor ilustre.

Cuando van por el yogur, la película termina. Anuncian por la pantalla la competición femenina de anillas olímpicas que se emitirá a continuación.

Franki deja su cuchara flotando en el aire. Clava sus ojos en la representante de la RDA. El chico paladea cada uno de los movimientos, que por su propia naturaleza tienden a exhibir la zona axilar.[1] Siente el despertar de la vieja conmoción hidráulica. Tres minutos más tarde, la atleta ejecuta un triple mortal y aterriza en la lona. Alza los dos brazos en señal de triunfo. El entrenador le acerca una toalla. Ella se seca primero la cara, luego un sobaco, seguido del otro. El cámara de televisión hace zoom, colocando las axilas en primer plano (él cree reconocer en el gesto a un cofrade de desviación).

Tras excusarse del sofá, el chico realiza un rápido gambito de recolocación eréctil y se pone en pie. Lleva la bandeja a la cocina integrada, sube el escalón que la separa de la sala, vacía las mondas del plato y lo deposita sobre la encimera.

Ella no desvía la atención de las uñas, y del intenso trabajo de limado al que las está sometiendo. Cada pocos minutos se observa en un pequeño espejo de tocador, poniendo la cara ahora en un perfil, ahora en el otro. Lleva

1. El chico ha descubierto hace poco que disfruta más de ese fetiche si la dueña de la axila la muestra inadvertidamente, o al menos finge hacerlo de ese modo.

una bata «déshabillé» que él no ha visto antes. Solo llega hasta medio muslo, es de un material sedoso que haría redundante el uso de rayos X para examinar su contenido. Pantuflas con pompón zorresco. Va demasiado arreglada, el chico se da cuenta ahora, para una simple noche de miércoles.

¿Vas a salir?, le pregunta, desde la barra.

¿Salir?, contesta ella, sin desviar la vista del espejo. Descruza las piernas. Fogonazo de una braguita que parece confeccionada con tela mosquitera. ¿Por qué dices eso?

Por nada, dice él. La erección olímpica no da señales de remitir. Aplasta la pölla contra la barra, como si buscase mantener comercio con ella. Se acuerda de la promesa de coito que, quizás aventuradamente, realizó días atrás el profesor, lo cual a su vez explica el atildamiento integral al que se entrega el ancestro. Pero no deja que eso le desconcentre. Tiene asuntos urgentes que atender.

Desciende las escaleras de la casa a toda prisa y se zambulle en el búnker. Va directo al baño, cierra la puerta y coloca el pasador. Se mete la mano en los pantalones del pijama y extrae su virilidad, imperiosamente alzada. De pie ante el retrete, empieza a aliviarse a toda prisa, en una serie continuada de tirones y bajones.

Escenario: una taberna del París ocupado, 1942. Un caballero con boina, sentado en un taburete, arrulla un melancólico bandoneón. Cuatro soldados de las SS hacen chocar sus vasos de cerveza y cantan a gritos la canción de Horst Wessel. De tanto en tanto ojean una mesa esquinera, donde Clara Pou sorbe de un vaso de pastís lechoso, y brindan a su salud en un francés deplorable. La colaboracionista lleva un pañuelo colorado anudado al cuello, falda plisada corta, sin medias. Unos pezones como tapones de dentífrico se hincan en su camiseta bretona de escote amplio. Tras responder al brindis y beber de su vaso, una gota de pastís se asoma por la comisura de su boca. Ella se relame el líquido blancuzco con un gesto que despierta nuevos vítores por parte del invasor.

Dick Loveman está sentado en otro taburete, de espaldas a todo aquello, codos sobre la barra y mirada fija en su vaso de beaujolais. Barba de cuatro días y traje de parisino desmovilizado. Chupachups en un lado de la boca, palo en la comisura.

«Mi desagüe está atascado», le dice desde la barra la dueña del bar, mientras pule un vaso. Li King es una joven indochina bendecida con ciertas peculiaridades anatómicas. Lleva puesto un kimono confeccionado con gasa traslúcida, abierto de forma magnánima en escote y lateral muslar.

Entiendo, pequeña, dice Dick, sin levantar la mirada.

No está atascado de verdad, susurra la oriental, acercando la cabeza. Se trata de la contraseña que me ha dado la Resistencia.

Vaya, dice él, y la mira. Por un segundo he pensado que se trataba de una metáfora sexual, y que cuando hablabas de desagüe te referías a tu pequeño culo asiático, chiquilla. Hubiese estado encantado de admirar tu sol naciente, si entiendes lo que quiero decir.

Las dos tareas no son excluyentes, Dick. He oído hablar de tu fama de semental galáctico. Dicen que estás extraordinariamente bien proporcionado, y que puedes suministrar placer a muchas mujeres, incontables veces seguidas. Incluso que puedes llevarlas al clímax mientras realizas actividades relacionadas con tu puesto como agente espaciotemporal, un concepto que, por tratarse de 1942, no comprendo en su totalidad, pero asumo que implica aplicar algún tipo de justicia retroactiva en temas de grave injusticia histórica, como es el caso del régimen antisemita y progermánico de Vichy.

Aciertas, gatita oriental. Mis órdenes, que coinciden con mi apetito genital, como suele sucederme, son torturar cloacalmente a la sucia espía Clara Pou, ramera a sueldo de los nazis, a ser posible con tu implicación directa y, espero, entusiasta, hasta que confiese su delito de traición.

Li King apretuja su amplia boca en un asterisco de decepción.

Qué te pasa, mi núbil geisha. A qué vienen las caras largas.

Nada, Dick. Es solo que esperaba que la tortura se hiciese extensible también a mi estrecho y virgen conducto excretor.

Por eso no sufras, pequeña. Tengo suplicio rectal para dar y vender. Sacaré de un agujero para tapar otro, si esa es la expresión.

Franki se da cuenta de que no puede extender la acción durante mucho más tiempo. Por lo general le gusta detenerse en los prolegómenos eróticos, saborear cada escena del ensueño, pero en esta ocasión acelera los trámites. Las axilas de la atleta alemana, mezcladas con las prolongadas actividades de embellecimiento materno, le han llevado a un estado que un testigo imparcial definiría como «de frenesí».

Clara Pou está desnuda, aunque con el pañuelo al cuello, atada de pies y manos sobre un canapé[1] en forma de

1. Cuando Franki leyó por primera vez esa palabra en un libro erótico pensó que el autor se refería a un sándwich; asumió que su presencia en la escena tenía que ver con algún fetiche gastronómico del autor. Se sintió estúpido cuando comprendió que el canapé no era otra cosa que un mueble antiguo. Había pasado días masturbándose con la imagen de la pubilla abierta de piernas sobre un bocadillo.

equis, en la trastienda. Postura de crucifixión y boca arriba, axilas depiladas visibles, sollozando y suplicando perdón no solo por sus actos de traición a Francia, sino también por su engreimiento en las pistas de básquet y los pasillos del instituto. Exuberancias enrojecidas por los azotes de Dick.

El libertino semental galáctico permanece de rodillas ante ella, admirando su obra. Li King, desnuda y a cuatro patas, exhibiendo ciertas peculiaridades anatómicas que la han hecho famosa en los escenarios de Montparnasse, se afana en besuquear y lamer y mordisquear los testículos del galán, que penden de su entrepierna cual sacos de un Papá Noel dadivoso.

Cuando el venablo del dotado Dick se halla ya enhiesto y apunta a la bóveda, la indochina se enseñorea de él, es decir, le toma el pífano como si este fuese un útil autónomo, no pegado a un hombre, y lo conduce con firmeza hacia el magullado trasero de la espía.

Una vez allí, empuja a Dick de las nalgas con la mano libre y consigue que este penetre con ímpetu a la traidora, sin ningún tipo de lubricación priora, por el impío altar del sacrificio.

Nadie podría culpar al observador neutral que confundiera el chillido de Clara Pou con un gemido alentador.

Dick empieza a bombear dentro del angosto sendero de Sodoma, empujado por la *vietnamienne*, a la vez que grita al oído de la espía nazi:

¡Esto es por la deportación de setenta mil judíos franceses, perra! ¡Toma esta, *putain* de Pétain!

Franki, en el baño, gime y derrama *los chorros espumosos de su ardor* en una serie de explosiones espasmódicas. El semen pastoso se vierte en un pequeño lecho de papel higiénico doblado sobre sí mismo, que sujeta con los dedos, dándole forma de capucha. Le arde la cara y le tiemblan las rodillas. Un espasmo gélido galopa por el coxis en dirección a la nuca.

Una vez ha eyaculado todo lo que llevaba dentro, se limpia la pölla con el capuchón de papel, lo estruja y lanza al retrete. Luego tira de la cadena. Observa cómo el agua de la cisterna irrumpe en cascada en la taza, toma su pequeño paquete de celulosa y esperma, y se lo lleva en volandas hacia el mar.

Luego se da la vuelta y se marcha, tarareando la sintonía que, años atrás, compuso o, mejor dicho, plagió para su futura serie televisiva.

Na-na-na-na-na-na-*na*-na-na-na-na-na-na-na-*na*... ¡LOVEMAN!

Cuando abre un renuente párpado, es cerca de la medianoche. Le han despertado las voces que de nuevo transmite, con cuantiosas interferencias, el bajante. La escasa luz de la calle entra por los ventanucos de la parte superior de la pared. Abre el otro párpado. Afina el oído.

Es Mamá la que habla primero. Tengo una sorpresa ... celebrar ... El padre responde algo que Franki no acierta a escuchar. Ella pregunta si le gusta lo que lleva puesto. El chico entiende que debe referirse al indecente conjunto de color salmón. El profesor responde afirmativamente, aunque con lo que parece escaso interés. Ella añade castigar ... estudiante díscola ... no ha entregado las tareas ... azotes, cachetes, algo más, algo más. El padre responde que también puede entregar las tareas mañana, y deja escapar una risa nerviosa. Subraya su estrés y cansancio. La madre afirma que no se preocupe por eso, que ella sabe cómo relajarle. Franki oye movimiento en la cama, muelles rechinando, como si un cuerpo se desplazase de un lado al otro.

Se separa del bajante, agarra un extremo del almohadón y lo dobla una vez más sobre su cara. Se tumba de lado, presionando las orejas. *Na*-na-na-na-na-na-*na*, ¡LOVEMAN!, canta allí dentro, se tira así un buen rato, pero no tiene más remedio que detenerse para coger aire, y por añadidura siempre ha ignorado si el bajante es transmisor a la vez que receptor; no quiere que sus padres sepan que está fisgando en sus asuntos. Cuando se interrumpe tiene la esperanza de que hayan terminado.

No lo han hecho.

De hecho, hablan a voces. No necesita siquiera acercarse al bajante. Mamá le afea ahora al padre que haya incumplido su promesa de cópula. Papá se excusa con cierta llamada del instituto ... expulsión del niño ... cita urgente con el tutor ... clase de Biología ... una rana. Al escuchar la última palabra, Franki siente un doloroso retortijón de depresión gástrica. La madre responde. El chico distingue el vocablo «yanomamis» en mitad de su frase, y realiza una contorsión facial. Papá masculla algo que acaba en «hipersexualizado».

Hablan un rato más, en voz baja de nuevo. Ella sisea con voz invitante, como si llamara a un gato. Más palabras reticentes del padre. Qué humillante es todo esto, dice la madre al final, de manera nítida, sin cortes. Te juro que es la última vez que lo intento. Me voy a dormir.

El dormitorio conyugal queda en silencio. Nuestro héroe permanece en su cama, con los ojos abiertos, completamente desvelado, ambas manos protegiéndose el sexo y las cicatrices, igual que la noche que pasó solo en el hospital, cuando era niño.

CASO 10. *Anaesthesia sexualis (ausencia de impulso sexual).*
N., filósofo, veintisiete años; madre nerviosa, hermana epiléptica. A la edad de cuatro años, afección cerebral

aguda, dos semanas de duración. De niño no era afectuoso y se mostraba frío de cara a sus padres; como estudiante era peculiar, retraído, preocupado solo por sí mismo, y se dedicaba a leer constantemente. Tras la pubertad, excéntrico, con una vacilación continua entre el fervor religioso y el materialismo. A los diecinueve, absoluta ausencia de impulso sexual hacia el sexo opuesto. Genitales normales. Nunca ha sentido libido. La estimulación mecánica o térmica puede inducir la erección con facilidad, pero el deseo sexual se sustituye por indulgencia alcohólica o entusiasmo académico. Las escasas veces en que consiguió una erección e intentó realizar el coito, la excitación y la erección desaparecieron al instante. Nunca volvió a manifestar interés en la cohabitación. La actividad mental intensa, la depresión emocional y la continencia sexual pudieron ser factores determinantes en su disminuida inclinación sexual. Murió a consecuencia de un coma debido a un accidente cerebrovascular.

(*Tratado de psicopatía sexual*, Dr. Viktor Scholtz-Klink, primera edición, 1888)

El sol tenía color de manzana podrida y no calentaba nada. Franki lo miró directamente, sin entornar los párpados. Estaba adormilado entre los arbustos, abrazándose las rodillas para entrar en calor, junto a un cortafuegos que marcaba una línea transversal en el costado de la montaña. El aire frío le pellizcaba las mejillas.

Se sopló las manos con su propio vaho caliente; olía aún a la leche agria y las napolitanas que engulló a toda prisa en la refacción. Parecía que llevase horas allí, y solo eran las (se llevó al rostro su Casio de pulsera)... ¡ocho de la mañana! ¡Virgen santa!, gritó, en su fuero interno.

Aquello sucedía un sábado de noviembre, dos años antes de envenenar a Perla.

El tío Jesús le había pasado a recoger a las «quinientas treinta horas», como anunció el día anterior. A él le resultaba difícil aceptar la existencia de aquella hora imposible, seguía sin creer en ella cuando la vio parpadear, en la pantalla de su despertador digital, acompañada del timbre sintético.

Se puso en pie y, andando con pasos torpes, medio sonámbulo, se dirigió a la esquina inferior del ropero, donde mantenía oculta la ropa de camuflaje. El tío se la compró en una tienda de excedentes militares. Sus padres ignoraban que llevaba varios meses yendo a cazar con aquel hombre. Franki les dijo que se había apuntado al cau, y ellos le creyeron, sin más.

Se abrochó los pantalones caqui, los notó fríos y húmedos contra sus muslos. La ropa aquella nunca parecía secarse del todo. Se calzó las botas militares. Eran prestadas, del padrino; le iban un par de tallas grandes. Dio dos pasos por el búnker, luego se observó en el espejo de cuerpo entero. Parecía la caricatura anti-Franki de un periódico amarillista.

Sonó un claxon en la calle, a medio volumen, como si quien lo hubiese tocado no quisiera que sonara a plena potencia. El chico se envolvió en una parka del ejército alemán, prestada también. Pisando ligero, para no despertar a sus padres, subió las escaleras y salió de la casa.

La furgoneta Trans estaba subida a la acera, inclinada a un lado, con el motor encendido. Era un vehículo de repartidor, con una zona de carga habilitada para el transporte de perros. Las farolas de la calle seguían encendidas, era aún negra noche.

Rodeó la furgoneta por la parte trasera, abrió la puerta del copiloto, que rozaba la pared de la casa. Se metió dentro, cerró con un portazo, sonó metálico. Dijo perdón, luego le dio los buenos días al tío.

Buenos días, le respondió, gangueando fuerte, su padrino. Sonó a mueño mía.[1]

El sabueso, Fokker, ladró desde la zona de carga, tras una reja de plástico. Jesús decía que el perro estaba adies-

1. Con vistas a agilizar la lectura, desde este punto no se reproducirá fonéticamente la pronunciación defectuosa de Jesús Prats.

trado para ladrarles a los moros del pueblo. Él miró a su alrededor, pero no vio a nadie por la calle. Quizás el perro poseía algún tipo de sónar canino que le permitía detectarlos a través de las paredes, dentro de sus casas.

En marcha, dijo el tío. Puso primera y avanzó por Sant Pere, en dirección opuesta a la iglesia, para tomar la salida de la Citroën. No se veían coches por las calles. Una bruma difuminaba los objetos, como si estuviesen recubiertos de espumilla.

El animal volvió a ladrar. Se encaminaban hacia los cotos de caza que había en Montagut, en la zona volcánica de la Garrotxa, a hora y media de viaje en dirección Girona. El aire caliente que salía de las rejillas de ventilación olía a polvo, gasolina y plástico, se unía a la peste canina que venía de atrás.

Tomaron la rotonda del concesionario. Jesús echó la mano derecha al espacio que había entre ellos, junto al freno de mano, y tomó una botella plana medio vacía del cubículo para monedas, se la puso entre las piernas, desenroscó el tapón con la misma mano y se la llevó a la boca. Su nuez de Adán pegó varias sacudidas, el licor descendió un par de dedos.

Esto resucita a un muerto, gangueó, mientras tomaba el desvío hacia la autopista. ¿Un tiento? Le ofreció la botella.

Franki le tradujo mentalmente, lo más rápido que pudo. No quería hacerle sentir mal por su defecto, pero en ocasiones, sobre todo cuando estaba excitado, no se le entendía.

No, gracias, dijo. No bebo.

Tú te lo pierdes, dijo.

Él le observó de reojo. Sus orejas eran de soplillo, un paréntesis cartilaginoso, y de perfil casi no se le veían. Las cejas calvas, bajo el gorro de lana de color pardo, parecían rocas pulidas por cascadas de río, suaves y resbaladizas y romas.

A ver si hoy tienes suerte y matas al primero, ¿eh, sobrino?, dijo, sin desviar los ojos de la ruta.

Pasaban junto a un merendero, situado entre concesionarios y naves industriales, donde Franki celebró su primera comunión.

Ojalá, respondió.

El tío Jesús no pareció hacer aprecio de la contestación.

Él repitió ojalá, algo más fuerte.

Ninguna señal de que el padrino hubiese escuchado la respuesta.

¡Digo que ojalá!, gritó.

El otro pegó un brinco en su asiento, le miró de reojo. No llevaba el sonotone. En casa de los abuelos fingían que no era sordo, y era de suponer que se lo había terminado creyendo.

El sabueso ladró por tercera vez. Jesús no se quejó ni le hizo callar. Seguramente no escuchaba nunca al animal. Tal vez incluso creyese que su perro era mudo. Agarró la botella de entre las piernas, se la echó a los labios por segunda vez, quedaban cuatro dedos, bebió de ella hasta que se la terminó.

Franki se dirige hacia unas cajas de cartón que se apilan en una esquina del garaje. Perla camina a su lado. Junto a las cajas, apoyado contra la pared, está el viejo cartel de VULL LLET. Antes colgaba en el pasillo de la primera planta, pero el ancestro lo desterró aquí. Dijo que la deprimía ver cada día «lo joven y guapa que había sido». Lo he dejado todo por tu padre, añadió, mientras descolgaba el cuadro, y mira cómo me lo agradece, el insípido ese.

Mamá había sido modelo, a nivel regional, como ya se dijo. Su simétrica cara protagonizaba anuncios de laxantes y productos lácteos catalanes, en plafones publicitarios, amarilleados pero aún visibles en algunas carreteras secundarias.

En el cartel se la veía del pecho para arriba. Una camiseta a rayas rojas horizontales, de cuello amplio. Esternón desnutrido y pináculos comedidos; media melena de azafata de los años sesenta. Miraba directamente a la cámara y levantaba un vaso lleno de leche. VULL LLET, decía el bocadillo de texto que salía de su boca. Una sonrisa con muchos dientes, de las de decir pa-ta-ta.

Si Franki pudiese expresarse con absoluta sinceridad, confesaría que tanto el mensaje del anuncio como el bigote lácteo habían adquirido, desde que él hizo el «cambio» y afloró su convicción edípica, alarmantes consonancias venéreas.

Toma el cuadro y lo encara a la pared. Le desconcentra. Luego agarra una caja, la primera de la pila, con las dos manos y la deposita en el suelo. Es pesada y blanda, el cartón está húmedo. Lee las mayúsculas de la tapa: RECUERDOS UNIVERSIDAD. La descarta.

Coge la siguiente y la deposita junto a la anterior. FOTOS MODELO. Bien. Se sienta en el suelo frente a ella, con las piernas cruzadas. Se dispone a abrirla. Duda un instante. Es la primera vez que abre una caja de recuerdos maternos sin que ella esté presente.

La última vez que lo hicieron, un día en que Mamá se sentía «nostálgica», como dijo, con una copa de vino blanco en la mano, él tenía diez años y no había hecho el «cambio», y ella subió varias carpetas al salón-comedor y se tiró la tarde entera llorando dulcemente y sonriendo y bebiendo, alegrándose y entristeciéndose con cada nueva foto, diciéndole «menudo desperdicio» y «quién me ha visto y quién me ve», al final él se marchó, aburrido y turbado, y la dejó allí, pasando páginas. Se volvió antes de salir del salón-comedor. El ancestro tenía una mueca curiosa dibujada en el rostro. Parecía que admiraba las gestas de un antepasado ilustre; alguien que había sido grande pero que ya no estaba allí.

Perla le mira, en el garaje, luego mira a la caja. La boca abierta, la lengua colgando. Su mente no parece muy despierta. ¿En qué piensan los perros?, especula él. No parecen reparar en nada que no tenga una relación directa con sus vidas.

Franki tira de la cinta aislante, que se desprende con sonido de rasgado. Abre un lado de la tapa, luego el otro, después las dos solapas restantes. Mete las manos dentro.

Extrae el primer carpesano de anillas, se lo coloca en el regazo. Perla pierde interés, se desplaza a otro punto del garaje. Empieza a olisquear el suelo, se coloca junto a su plato de agua y bebe de allí con unos cuantos lametones ruidosos.

En la portada, una etiqueta en letras Dymo anuncia «Sesión Bañadores Meyba. 1980». Abre el carpesano por la mitad. Tiene que voltearlo, la fotografía es horizontal. Su madre aparece tumbada de lado, con la pierna derecha pegada al suelo y la izquierda levantada, tiesa, en una postura que invita a comparaciones con una gran tijera de carne. Treinta años, aunque parece más joven. Luce un bañador entero de licra, color lila. Bandana tenista en la cabeza. Sonríe, unos labios pintados de carmín rosa, y muestra sus dientes perlíferos. La hendidura que se le marca en la entrepierna recuerda a un grano de Smacks.

Él se guarda las axilas para el final: ahí están las dos, abiertas y depiladas a raíz. El pene se le despierta de un modo entusiasta. Toda la zona de su bajo abdomen parece comprimirse en una bola dura. Se imagina al libidinoso Dick (quien, hace unos días, regresó a la mente de Franki sin pedir permiso) tumbado detrás de su madre, aferrándola por un sobaco mientras la otra mano se desliza hacia la parte inferior del bañador, y mete un dedo por el lateral elástico de la licra, y lo separa para permitirse acceso.

¿Has estado en la piscina, Margarita?

En absoluto, Dick.

Pues tienes la entrepierna empapada.

No te hagas el tonto. Sabes muy bien que eso no es agua.

A veces, solo a veces, Franki piensa en cómo creó su alter ego. No recuerda haberle ido añadiendo detalles y manierismos, como alguien que va levantando extensiones en la estructura original de una casa. Ante él, en el espejo, el día en que fue a ver la efigie de sant Baldiri, cuando aún se recuperaba de la hernia, se materializó Dick Loveman, galán galáctico, perfectamente formado, hasta el más nimio detalle.

Dick era sagitario, de nacionalidad incierta y edad fluctuante. No tenía hermanos. A los dos días de parirle, la madre falleció de fiebre puerperal (o flebitis, dependiendo de la fantasía); el padre se fugó con una corista húngara, y al poco tiempo también murió, entre sus piernas. El muchacho quedó a cargo de su tutor legal, un hombre de austera probidad, sentencioso y rígido, que no le dio cariño pero sí valores, y que le dejó una fortuna considerable al morir.

A los once años, Dick superó una grave dolencia, similar a la de Franki, que le marcó para siempre.

Al margen de lo anteriormente descrito, la actitud y el aspecto «varonil» del personaje eran opuestos en todo a los del chico, y aún más a los del padre. Dicho de otro modo: Franki moldeó en Dick Loveman el tipo de persona que Santiago Prats, aquel hombre no viril, *lleno de un mezquino rencor contra todos los espíritus viriles*, como decía Friedrich, hubiese despreciado.

Por último, el chico le proporcionó a Dick una ocupación galáctica, similar a la de Ricky Wilde, con el añadido de los viajes en el tiempo. Un día el agente aconsejaba militarmente a Moctezuma en Tenochtitlán, alterando el devenir del imperio español; al siguiente frustraba la formación del NSDAP, liándose a guantadas en una cervecería de Múnich, y evitaba la Segunda Guerra Mundial. Dick rectificaba el pasado, combatía el mal allá donde estuviese, y ni siquiera esas dos ocupaciones, por propia naturaleza cansadas, le quitaban energía para cortejar a las mujeres más bellas de cada siglo.

Na-na-na-na-na-na-*na*-na-na-na-na-na-na-na-*na*... ¡LOVEMAN!

Lo único que Dick no tenía en su génesis, y adquirió más adelante, cuando el chico hizo el «cambio», tras el viaje de fin de curso a Mallorca, fue su tozuda licenciosidad. Él se afanó en proporcionarle a su otro yo algo de lo que parecían carecer todos los personajes de cómic que había leído hasta la fecha: un sexo.

Solo bromeaba, preciosidad, contesta Dick. «Las muchachas de mi pueblo / ya no van a la piscina...», ya sabes.

¿Ah?, dice Marga Ribas, mirando coqueta por encima del hombro. ¿Alguna razón concreta por la que eso sucede?

Veo que desconoces la canción popular. No importa, guapa. Si no te importa interrumpir la sesión de aerobic, ahora me encantaría reptar al sitio que la naturaleza permite para empalarte con mi cerbatana espérmica. Pues, como diría san Agustín, hiervo con las voluptuosidades más crueles.

Ella apoya el pie en el suelo. Adopta una posición cómoda. Sabe bien que, si la fama que precede al fornicador galáctico es justa, se verá obligada a alojar una colosal lanzadera léfica en su hospitalaria vaina, y no va a ser fácil. Otras antes que ella han sido partidas en dos, según cuentan, y no han vuelto a andar a resultas de la intrusión.

Eso sería muy apetecible, hijo. Haz el favor de insertar tu península de Florida en mi golfo de México. O donde te apetezca. Mi sentina fecal te ofrecerá una bienvenida tan grata como el *cunnus*. Pues, como decía Clemente de Alejandría, no tengo orificio ajeno a la lujuria.

Franki nota el imperioso alzamiento de su virilidad. Una gota de pre-semen en la punta del aparato. Ejecuta una contorsión facial. Sacude la cabeza. Maldice el regreso de Dick, y también el trueque con Berniola. Separa la lámina de plástico, extrae la foto, pinzándola por un lateral para no dejar huellas, y se pone en pie. Se la introduce, plana, por dentro de los pantalones, en la zona del trasero.

Perla le observa desde el rincón del plato de agua. Pega un ladrido. El chico se echa un dedo a la boca y le chista. La perra cruza el garaje, meneando los cuartos traseros y el rabo, y desaparece escaleras arriba.

Como se ha ido mencionando a lo largo de las páginas previas, desconocido lector, Santiago Prats es un crítico literario, aspirante a escritor y catedrático de la Universidad Central de Barcelona. Su ambición y visión artística son puramente estomacales; la imbecilidad de la que hace gala es de tipo trascendental. No contento con las mencionadas deficiencias de carácter, el profesor acaba de publicar una novela dócil y pedante, llena de aforismos embarazosos, que los *distribuidores de las viandas podridas del periodismo*, en palabras del poeta, han reseñado con la acostumbrada benevolencia.

La imaginación de Papá no es una que invite al escrutinio, es lo que trata Franki de expresar con todo esto, pero incluso aquel sujeto sería capaz de sumar dos y dos y llegar a la única explicación posible para la presencia de la foto en el macuto del hijo.

El profesor sostiene la prueba incriminatoria en las manos. La examina mientras le habla. Tras analizar sus glaciales ojos, no es difícil deducir que la filodesnudez de la blonda no provoca en él las mismas sensaciones que en el hijo.

Cómo has podido, le dice, señalando la imagen (su dedo, por casualidad, parece apuntar a una de las axilas).

Tu propia madre. Me rompes el corazón. ¡Oh, ingratitud, demonio con corazón de mármol, más horrendo que el monstruo marino, cuando te manifiestas en los hijos!

¿Monstruo marino?

El rey Lear. Deberías ponerte al día con los clásicos.

Él analiza la foto de nuevo. Pero *pater*, es que no puedo evitarlo. Mírela. Es la mujer más estatuesca que he visto jamás.

Un cierto enamoramiento platónico es esperable, supongo. En literatura aparece con frecuencia.

Lo que me sucede es del todo menos platónico, *pater*. Mire, por el amor de Dios, cómo tengo el caramillo. Se señala la entrepierna. Va desnudo, la cachiporra crece tiesa, apunta algo más allá del padre.

Santiago mira de reojo la túrgida verga del hijo. En honor a la verdad, dice, a la vez que señala ambiguamente con una pipa que ha aparecido en su mano, eso no tiene ninguna pinta de ser platónico. Freud habló a menudo de la *disposición perversa polimorfa* de los niños, supongo que se refería a lo que te sucede ahora en el venablo.

Y que lo diga, señor. Además, creo que me he vuelto fetichista.

Interesante, dice el profesor, llevándose la pipa apagada a los labios. Freud afirmaba que todo fetiche era *un sustituto del falo de la mujer* (de la madre), en cuya existencia el niño pequeño creyó otrora y al cual, bien sabemos por qué, *no quiere renunciar*.

¿Lo sabemos?

Sí, Franki. Tú creías que tu madre poseía un pene, como creen todos los niños, y un día descubriste que no era así.

No recuerdo haber pensado jamás eso, *pater*. De hecho, si lo pondero con detenimiento, la imagen me resulta turbadora. Emasculante, incluso.

No lo recuerdas porque entró en juego la amnesia infantil y lo olvidaste. Tu interés se detuvo en la última impresión que recibiste antes de la que tuvo carácter *siniestro y traumático*, como dice Freud, es decir, su vellosidad púbica. En muchos casos es el pie o el zapato, que deben su preferencia como fetiches a que el niño curioso espía los genitales femeninos desde abajo, es decir, *desde las piernas*.

Entiendo. No es ese mi caso. Para mí se trata del sobaco de Mamá.

Ah, la vieja maschalagnia. *Ma femme aux aisselles de martre et de fênes...*

¿Disculpe?

Mi esposa con axilas de marta y fresno. André Breton. En realidad, ahora que lo pienso, no sé a qué huelen los sobacos de tu madre. Nunca se me ha pasado por la cabeza olerlos. Y eso que, según J. K. Huysmans, *la axila es embriagante en las rubias, como ciertos vinos dulces*.

Oh, estoy seguro de que lo es, *pater*. Si puedo serle sincero, fantaseo a menudo con penetrar su sobaco, y mientras lo hago ella me mira con afecto y orgullo.

Esa mujer sería capaz de eso y mucho más, dice el padre, entre dientes.

¿Lo dice usted en serio?, dice el niño.

Hmmm. No sé si quiero ser partícipe de esto. Está claro (vuelve a señalar con la pipa la cálcica tenora del hijo) que no necesitas que te envalentone en tu proyecto.

Franki continúa diciendo que no entiende por qué los dioses le castigaron haciéndole nacer de una hembra como esa. ¿Por qué tengo esos sentimientos?, le pregunta. ¿Son normales?

Me temo que sí, *fili*. Ya los romanos hablaban del *delito técnico del incesto*. El emperador Claudio yació con su sobrina Agripina. Nerón también, con la misma Agripina, que era su madre. Domiciano se desposó con su sobrina

Flavia Domitila. Marco Aurelio deshonró a su hermana Faustina. Caracalla, a su madrastra Julia. Calígula, es bien sabido, a todas sus hermanas. Cíniras, a su hija Mirra. La dinastía ptolemaica egipcia era mayoritariamente incestuosa: Cleopatra se casó con hermanos e hijos, aunque no está probado que consumaran su matrimonio. Georg Trakl estaba locamente enamorado de su hermana; John Lennon de su madre. Y el marqués de Sade, es bien sabido, escribió que *si hay algo sencillo en el mundo es el incesto: está en los principios de la naturaleza, está aconsejado por ella.*

Pero por qué *a mí*, profesor, dice Franki. A mucha gente no le sucede.

Es difícil decirlo. Como escribió Thomas Mann, poniendo las palabras en boca de una madre: *¿Qué os pasa a vosotros con nuestros pechos, que os alimentaron, y con nuestro seno, que os trajo al mundo? ¿Acaso no morís por volver a ellos, por volver a ser niños de pecho?* Quizás sea verdad lo que apuntaba Freud, que la excitación producida por la cálida corriente de la leche, cuando succionabas de su pecho, fuese la causa de la primera sensación de placer...

No se detenga...

¿Se puede saber qué estás haciendo?

Masturbándome, señor. Han sido todas esas referencias al pecho de Mamá...

Haz el favor de dejar eso y subirte los pantalones.

Pero es que no quiero dejarlo, *pater*. Quiero seguir como estoy y mostrarle mi flauta a mami. Tal vez envuelta con un vistoso lazo de regalo. Porque creo que la amo, lisa y llanamente, sí, quiero de forma inequívocamente carnal a esa mujer, que por desgracia es mi madre, y, si a usted no le importa, me gustaría yacer con ella lo antes posible. ¿Cree que tengo alguna posibilidad de éxito?

Me encantaría decirte que no, hijo, pero todo apunta a que tu madre *sucumbe ante cada abominable principio carnal*, como decía el reverendo George Trosse. Lo más posible es que, si te acercases a ella en el estado presente, es decir, haciendo gala de ese *priapismo considerable*, como comentan que le sucedía a Nietzsche en Turín, ella te recibiese con los brazos abiertos. O, mejor dicho, las piernas.

¿Lo dice de veras, profesor?

Me temo que sí, Franki. Su reputación de mujer decente no es una que invite al escrutinio. Dicho de otro modo, es una golfa.

Entonces, ¿me da usted su bendición?

El profesor Prats le da unas cuantas vueltas al asunto, y al final accede. He visto cómo te mira, Franki, dice, y eso no son los ojos amantísimos de una madre, sino el *desatino intempestivo* (como lo llamaban en el corpus hipocrático) de una ramera sacada de quicio. Se trata de una perversión, lo vuestro, pero si os deseáis de verdad no puedo seguir oponiéndome a ello. Ella te espera en la cama, dice, a la vez que le estrecha la mano al chico para sellar el pacto. Ve ahora, hijo. Y pégale uno a mi salud.

Lo haré, padre. Lo haré. Le «pegaré uno», tan bien como lo permitan mis habilidades. Por los dos. ¡Deséeme suerte!

Suerte, hijo.

Franki sube las escaleras y se sitúa ante la puerta del dormitorio conyugal. Sabe que su madre está desnuda y espatarrada, al otro lado, esperando a que él la tome de una vez. Golpea la puerta con los nudillos.

¿Mamá?, dice.

Entra, mi vida, dice ella.

Franki abre un inquieto párpado. Se incorpora en su cama. El corazón le late con fuerza, y tiene el cuerpo entero bañado en sudor. La sábana se abulta en su entrepierna, como si ocultase allí una pimentera de madera. Pese a la naturaleza conversacional, casi jurídica, del sueño que acaba de tener, sabe que en un minuto más habría eyaculado.

CASO 111. *Manía / Ninfomanía crónica / Pederastia incestuosa.* Señora F., treinta años; modesta y decente, de buenos ancestros, bien educada, se ruborizaba fácilmente, pero a la vez era el terror de la familia. Desde muy joven sufría una verdadera obsesión por los hombres, en forma de repentinos ataques de furor uterino y ninfomanía, deseo ilimitado por la gratificación sexual y delirio obsceno. Cuando se hallaba a solas en compañía de un miembro del sexo opuesto, fuese este un joven o un anciano, bello o feo, se quitaba inmediatamente la ropa y requería urgentemente que el otro satisficiese su deseo mediante la inserción de órgano genital, dedo o implemento doméstico. Se optó por el matrimonio como cura. Amaba a su marido ardientemente, sin embargo seguía siendo incapaz de controlar su deseo de pedirle coito a cualquier hombre con el que se hallara a solas. No se la pudo curar de este defecto. Incluso cuando ya era abuela, a los cincuenta y seis años, trató de violar a su hijo menor, de catorce, en su propia cama. El chico tuvo tiempo de huir, y uno de los hermanos mayores le aplicó a la mujer un severo correctivo físico. Finalmente fue enviada a un asilo mental, donde vivió hasta mayo de 1874, cuando sucumbió a un ataque de apoplejía cerebral.

(*Tratado de psicopatía sexual,* Dr. Viktor Scholtz-Klink, primera edición, 1888)

El tío Jesús detuvo la furgoneta en un altiplano de tierra desbrozada. A Franki, los kilómetros de curvas le habían sacudido el estómago. Su cara, que adoptó una tonalidad chartreuse cuando rodeaban Vic, ahora se acercaba al verde mucoso.

El perro soltó un ladrido. Descendieron, cada uno por su puerta, y se dirigieron a la parte trasera del vehículo. Huellas de neumáticos se entretejían unas con otras en el barro seco, creando un lenguaje caótico. Estaban solos en el altiplano, al pie de un conglomerado de montañas espesas, llenas de árboles altos, cercano a Montagut i Oix, en la Garrotxa. Era la primera vez que iban tan lejos a cazar; normalmente el tío le llevaba a cerros próximos al pueblo, en la zona del Llobregat.

El aire era húmedo, parecía filtrarse por la piel y quedarse en el cuerpo en forma de corriente freática. Al chico le gustó sentirlo, porque refrescó el sudor de mareo que le impregnaba aún la frente y el cuello. No había nubes, pero el cielo lucía un color gris homogéneo que recordaba a la grima pastosa de las cañerías embozadas. El sol empezaba a elevarse en algún punto tras los cerros nevados, dotando a las cosas de un perfil difuminado.

El tío abrió las puertas rejadas, el sabueso bajó de un brinco y se puso a recorrer el perímetro. Olisqueaba los helechos que circundaban el aparcamiento improvisado, levantaba la pata para mear aquí y allá. Ladraba, fuerte, sin parar.

Estás contento, ¿eh?, dijo el tío.

La palidez facial de Franki no difería demasiado de la que debió lucir Germánico en Antioquía, tras ser envenenado por Cneo Pisón, y aun así contestó afirmativamente.

El tío le dio la espalda. Claro que estás contento, Fokker. ¡Venga, busca el rastro, busca al marrano! Luego sacó de la zona de carga un par de chalecos reflectantes. Le entregó uno al sobrino. Le dijo, ¿te sabes el chiste del soldador?

Él negó con la cabeza.

Resulta que un niño está jugando en un descampado, dijo el tío, y de golpe se encuentra una máscara de soldador vieja. El niño se la pone y empieza a hacer ver que es astronauta, corre por el solar produciendo sonidos de cohete. En esto que aparece el pedófilo del barrio, y llama al niño. «Chaval», le dice, «¿quieres que te chupe la polla?».

Franki trató de sonreír, aunque se le había quedado parte del labio petrificado, y no se trataba de la famosa firmeza labial de los Prats.

El niño contesta que no y sigue jugando. El pedófilo vuelve a llamarle. «Chaval», le dice, «¿quieres chuparme la polla tú a mí?». El niño contesta que no y sigue jugando. El pedófilo le llama por tercera vez. «Chaval, eh, chaval», le dice, «¿quieres que te meta la polla en el culo?».

Jesús se aguantaba la risa. Franki deseó que acabase de una vez.

En esto que el niño se levanta la máscara y le contesta: «¡Señor, que no soy un soldador de verdad!».

El tío cerró ojos y boca y resopló por la nariz: Zum-já. Zum-já. Franki no se inquietó, pues estaba familiarizado con aquel insólito estilo de risa. Forzó a su vez un combinado de bufido y carraspeo que, en su opinión, también podía pasar por risa ante un juez poco escrupuloso.

Es bueno, ¿eh?, insistió el tío, luego abrió los ojos a base de bien. Los tenía siempre húmedos; se trataba de una «condición médica». Así la llamaban los abuelos. Una lágrima se le deslizó por el nacimiento superior del pómulo. Jesús la interceptó y extinguió con dos dedos. Cuando era niño, los chicos del barrio, y los de la clase, y también los vecinos, le llamaban Lagrimilla.

Franki, que no solo no había entendido casi nada del chiste, sino que sospechaba que era inapropiado para los trece años, le respondió que, en efecto, era un chiste formidable.

«¡Señor, que no soy un soldador de verdad!», repitió el padrino. Zum-já. Zum-já. No me digas que no es bueno.

Mucho, dijo Franki.

«¡Un soldador!», dijo el tío.

Sí, dijo Franki.

«Es semisordomudo», decían de él los abuelos. Franki analizó a su padrino, en el llano de Montagut. Sospechaba que aquella era la única «condición médica» que su tío no padecía. Uno era sordomudo o no lo era. El sobrino dudaba de que «semisordomudo» apareciese en algún manual médico solvente. Si él pudiese expresarse con absoluta sinceridad, aventuraría que los abuelos se inventaron el diagnóstico para ahorrarse comprarle un sonotone cuando era niño, y porque no les gustaba que fuese anormal.

Pero saltaba a la vista que lo era. Anormal, es lo que uno intentaba expresar aquí. Los testigos, de haberlos, coincidirían sobre ese aspecto en un grado desconcertante.

Su aspecto, por ejemplo: Jesús iba aquel día vestido de camuflaje pardo y llevaba tizne negro en la cara y acarreaba al hombro un fusil americano Remington, su nuevo favorito, y tenía orejas de paipái, mayores que las del yayo, a quien le crecieron con la edad, por lo cual Franki suponía que su padrino, de viejo, las tendría en una proporción oreja-cuerpo como alas de albatros. Uno estaría tentado a pensar que aquellas orejas irían mejor para la recepción acústica, pero no era así, para nada.

Por si aquello fuese poco, padecía alopecia nerviosa. Ahora casi no se le veía, porque llevaba un gorro de lana caqui encasquetado hasta las orejas. No tenía pelo en ninguna parte. Ni en la cabeza, ni en las cejas, ni en las pestañas o las axilas.

Tampoco en el pubis.

Un recuerdo: el padrino padeció una infección de vejiga por la que tuvieron que ingresarle en el hospital de Bellvitge. Los abuelos obligaron al nieto a hacerle una visita. Él debía tener unos once años entonces. Había padecido la operación de hernia, y por esa razón cultivaba un desagrado notable hacia los centros hospitalarios en general, y hacia el de Bellvitge en particular. Tomó un reticente autobús amarillo para llegar allí.

Cuando entró en la habitación, en la sexta planta, el tío estaba sentado en una butaca de escay beis. Un gota a gota al lado; vía intravenosa en la muñeca derecha. Leía de un grueso volumen, bajo una luz mortecina de pie, con una especie de concentración nerviosa. Se rascó una de las orejas. Llevaba un camisón de hospital azul claro y pantuflas de tartán amarronado. Sin cejas ni pelo en ningún lado visible. Las piernas muy abiertas, pero sin dar impresión de relajo; más bien parecía que se había caído de un piso superior y había quedado en aquella postura. No había detectado aún la presencia del sobrino.

Franki recordaba aún sus gemelos pelados, similares a ancas de rana. Unas rodillas abolladas, con hoyos y salientes irregulares.

A los pocos segundos, reparó en la presencia de Franki. Cerró el libro, lo dejó boca arriba sobre la butaca de escay y se puso en pie. Él alcanzó a leer el título: *Reflexiones sobre la violencia.*

Hombre, sobrino, qué sorpresa, qué haces aquí.

He venido a verte, dijo él, sin mencionar que le habían forzado a hacerlo. ¿Cómo te encuentras?

Mira, mira cómo me tengo que ver, dijo, y sin previo aviso se levantó con una mano la parte frontal de su camisón. Sí, desconocido lector: le mostró los innombrables a Franki, como si fuesen los muñecos principales de un teatro de polichinelas. Llevaba un catéter introducido por el agujero de la uretra. Los crótalos pelados le colgaban por detrás y debajo del prepucio, a un nivel inferior; uno mucho más que el otro.

Dios sabe que los Prats no son de naturaleza aprensiva, pero en aquel instante, en el hospital, el sobrino temió padecer un desfallecimiento. Notó cómo su propia pölla se retraía y arrugaba bajo los pantalones, de pura aprensión, e incluso así se vio capaz de superar al padrino en una competición de tamaño y grosor. Tenía un pudendo ínfimo, su pariente, incluso en estado de inflamación postoperatoria. Franki se dijo que cualquier otra persona mantendría aquel implemento lilipútico a buen recaudo, mostrándolo tan solo, tras un breve intercambio comercial, a furcias escogidas por su discreción, en lugar de exhibirlo por ahí de aquella forma.

Él desvió la mirada, se concentró en el estado de sus propias uñas, simuló estar preocupado por su longitud y perfil.

Porque ¿qué se le contesta a un padrino que acaba de enseñarte la cola?

El chico terminó de abrocharse el chaleco reflectante por encima de la parka. El recuerdo de Bellvitge le había causado una cierta perturbación en el tracto gastrointestinal, que a la vez le había devuelto el mareo del coche. Se arremangó una doblez en cada brazo para liberar sus dedos. Se acercó a la zona de carga del vehículo y tomó la Boston de calibre 16 que le prestaban. Había pertenecido al abuelo, y estaba muy vieja, pero al menos tenía poco retroceso.

Él sabía disparar con una cierta competencia, lector desconocido. Le habían enseñado el yayo y el tío, en descampados del pueblo y la loma de la Muntanyeta, incluso en la montaña de Sant Ramon, a espaldas del profesor.

Se estrenó con escopetas de balines, luego empezó a usar fusiles de calibre muy pequeño, pasó por fin a los de calibre común. Tenía buena puntería, como demostraban las latas de cerveza agujereadas y las dianas perforadas de papel que dejaba tras de sí en las jornadas de tiro, pero aún no había logrado cobrarse una muerte real.

Sostenía el fusil como le enseñaron. Apuntando al suelo, brazo a un lado, mano en el guardamanos, dedo separado del gatillo. El tío repartió los cartuchos. Él los tomó con la mano libre y se los guardó en los bolsillos superiores y laterales de la parka.

Jesús cerró las dos puertas traseras de la furgoneta. Le dijo que iba a dar un rodeo, para cercar al «guarro», de hallarlo, y empujarlo hacia ese cortafuegos de allí abajo. Señaló a un lugar donde parecía que a la montaña le hubiesen pasado una máquina de esquilar. Franki se sabía de memoria todas esas instrucciones, que le habían contado decenas de veces, aunque no le hubiese dado aún a ningún animal.

El padrino gangueó una frase incomprensible.

Franki dijo ¿cómo?

¡Digo que a campo abierto el animal será más fácil de abatir!, repitió el otro, gangueando aún, pero quizás menos. Atiende: tienes que mantenerte oculto hasta que llegue el momento, y sobre todo, estarte muy quieto.

Sacó una botella en forma de petaca. No era la del coche, sino una nueva. Se la ofreció al sobrino. Quédatela, dijo.

Franki preguntó si él no la necesitaba.

Tengo más, dijo, sonriendo, y con el pulgar se señaló la mochila de la espalda. Luego se secó una nueva lágrima del pómulo.

Le lloraban mucho los ojos, era innegable. El fenómeno, la «condición médica» aquella, era desconcertante para el sobrino; a primera vista aparentaba que el hombre estuviese llorando a lágrima viva, pero sonreía a la vez; en realidad parecía un chiflado. Quizás lo estuviese. Él no sabía mucho de su pariente. Hasta la fecha se habían visto solo disparando en el terrado y en descampados o, sobre todo, jugando al Commodore. En ninguno de aquellos ámbitos el tío Jesús hablaba de sí mismo, de su vida, intereses o sentimientos. Ocasionalmente dejaba escapar alguna opinión política, de naturaleza totalitaria, pero el resto del tiempo lo dedicaba a beber, y a pegar tiros en juegos arcade, y a llorar de aquel modo inquietante, sin llorar de veras. A veces, ante la consola, comentaba aspectos del juego, aplaudía si Bruce Lee le metía un puñetazo a un buda verdoso o se reía cuando el caballero de *Quo Vadis* se precipitaba, por estar mal agarrado a una liana, a una cuba de aceite hirviendo, pero poco más.

Su padrino le pegó dos palmaditas en la espalda, allí en el aparcamiento, aquel frío día de noviembre. Se dio la vuelta y empezó a andar hacia el bosque, con su reluciente Remington al hombro. Fokker ladraba y brincaba a su lado, pero justo cuando penetraron en el bosque se calló.

Todo quedó en silencio. No se escuchaban aves. El aire se aclaraba poco a poco, las cosas tomaban definición, parecía una polaroid, cuando uno empezaba a sacudirla y la imagen se materializaba de entre la bruma lechosa.

Se quedó solo, agazapado tras la vegetación, frente al claro, bien quieto, como le había ordenado el tío. Él sabía que normalmente se cazaba en cuadrillas, y que era obligatorio entregar el permiso de caza antes de empezar la jornada, pero ellos nunca lo hacían. Eran «furtivos», una palabra que sonaba mucho más romántica de lo que era en realidad.

Se miró el reloj y descubrió que eran aún las ocho de la mañana, y juró en voz baja. Era aquí donde le habíamos situado, páginas atrás, lector desconocido.

Los ambientalistas decían que si uno permanecía muy quieto en un bosque durante el tiempo suficiente, al cabo de un rato empezaba a distinguir «cosas». Él solo alcanzaba a ver la eternidad, el fusil a un lado y las mangas de la parka prestada cubriéndole las manos hasta la mitad, entumecido por el frío, esperando a que el Lagrimilla apareciese por algún lado, con cara de tarado y rasgos de falo gigante, y le dijese que por ahí venía el «guarro» y uno de los dos lo abatiese a tiros.

Franki tiene la sensación de que lo que lleva en el macuto está vivo, que puede saltar en cualquier momento y dar la alarma. Mantiene la bolsa prieta contra su propio regazo, la sujeta con las dos manos.

El pelirrojo entra al bar del instituto y le localiza y se sienta ante él. Se saludan con monosílabos.

¿Lo tienes?, le pregunta. Franki abre la cremallera del macuto. Pesca el sobre de manila y lo desliza sobre la mesa. Los ojos del vecino, de pestaña traslúcida, enfocan el objeto. Uno puede imaginar que el resto de las cosas que le rodean están borrosas, en comparación.

Discreción, por favor, le dice él. Esto no puede salir de aquí.

El sexperto toma el sobre. Lo abre por un lateral. Extrae muy lentamente la foto de «Sesión Bañadores Meyba. 1980». Franki se fija en el sello del estudio fotográfico impreso al dorso, Foto Quimet, los mismos que tomaron la foto oficial de Perla. La contraposición paródica de ambos hechos cruza su mente.

Cuando Berniola se da cuenta de lo que tiene en las manos, el rostro se le deforma con *las mayores desviaciones de la lujuria y el ardor*. Grita:

¡Madre mía!

Franki le chista.

O tuya, mejor dicho. El sexperto acerca la cara al papel y huele la fotografía. Tal vez piense que está impresa en el rasca-y-huele de los libros infantiles. No es una mala idea, reflexiona Franki, pornografía en odorama, pero ahora no tiene tiempo de pensar en la patente.

Guarda la foto, tío, dice, los ojos fijos en la puerta del bar. Puede entrar alguien. Ya estoy metido en un buen follón, solo faltaría que me pillaran con eso y se lo contaran a mi madre.

Berniola sigue con los ojos fijos en la imagen. Una preocupante expresión de enajenación venérea en el rostro. Se relame los labios.

Pratman, viejo cerdo, cómo no te vuelves loco con esto en casa. Es como tener de madre a Ginger Lynn.

Quién es Ginger Lynn, dice él.

¿Quién es...? ¿En serio no lo sabes? ¡La mejor actriz porno del mundo! Bueno, ella y Traci Lords. Cada una en su propio esti...

Cuéntamelo otro día. Ahora esconde la foto y dame lo mío.

Seguro que se pasea medio en bolas por casa. ¿Sí o no?

¿Ginger Lynn?

Tu madre.

Sabes positivamente que sí.

Qué quieres decir con eso.

Da igual.

Sé sincero, Frank, dice. Le da la vuelta al papel y coloca la imagen ante la cara del hijo. Admite que te la sacudes como un mico con ella.

Él se estremece. Se examina las cutículas. El vecino no sabe que él jamás ha hecho aquello, masturbarse a la salud de Mamá, pero tampoco que últimamente, para evitar hacerlo, como sabe el lector, tiene que dedicarle al problema un 90 % de la famosa –si bien de un tiempo a esta parte debilitada por los acontecimientos– fuerza de voluntad Prats.

No seas degenerado, Berniola. Estás hablando de mi madre.

No me entiendas mal, no te culpo (zarandea la foto delante de Franki), es un pedazo de mujer. Ninguna en el pueblo le llega ni a la suela de los zapatos. Y hablando de zapatos: ¡lo que daría por que me pisara con ellos!

Insisto: es la mujer que me trajo al mundo.

Y qué con eso, contesta el otro. Se puede estar... Es decir... Imagina que... Podrías estar emparentado con alguien que... a pesar de ser familia... O sea, si yo tuviera...

Franki observa al pelirrojo con renovado interés. A pesar de la deficiente casuística de su argumento, es imposible no ver que se ha deslizado de la tercera persona a la primera, o, dicho de otro modo, que ha pasado de lo impersonal a lo confesional. En un fogonazo de revelación, el chico comprende al fin por qué su vecino le echó de casa, tres semanas atrás.

Franki había ido a casa de los vecinos a jugar con muñecos articulados. Lo de «jugar» era una forma de hablar: hacía tiempo que a ninguno de los dos les interesaba el juego simbólico. Pero el sexperto había descubierto un nuevo uso al que poner los viejos Madelmans y Big Jims (la mayoría propiedad de su hermana).

La habitación de Bruno era oscura y estrecha, daba a un patio interior. Cuando alguien conectaba el extractor de la cocina, las paredes temblaban. Muebles de conglomerado y formica, con las esquinas peladas. Un tufo permanente a repollo hervido y sopa de menestra. No había discos ni casetes visibles, tampoco tocadiscos ni aparato de música, pero sí el poster de un grupo llamado «Beastie Boys». En él se veía a tres chicos blancos, cubiertos de medallas, junto a una joven semidesnuda, untada en aceite, collar de perro al cuello, que se contoneaba en el interior de una jaula colgante.

Franki, que ya había hecho aquello antes, se sentó en el suelo y le dio la espalda a su amigo. Cogió un Madelman y una Madelman. Se puso a jugar.

¡Eh! ¡Qué hacéis con mis muñecos!

Franki desmontó el belén de un manotazo. Las figurillas quedaron desperdigadas por el suelo. Se volvió hacia la puerta. Forzó una sonrisa nerviosa.

Era Sonia, la hermana de Berniola. Lucía sobre el labio un bozo byrónico, negruzco, rebosante de pubertad, que invitaba a comparaciones con el que luciría una odalisca mora en un cuadro de Millais. Iba en pijama de verano, de chico, camiseta de tirantes y pantalones cortos. Sus piernas estaban también alfombradas por un suave vello pardino.

A ti qué te parece, idiota, jugábamos a soldados, dijo el hermano. Cuántas veces te he dicho que no entres a mi habitación sin llamar.

¿No eres un poco mayor para jugar con Madelmans?, contestó ella, con los puños en las caderas. Además que son míos. Y tú qué, Franki, otro que tal mea.

Soy de diciembre, voy algo retrasado con mi desarrollo, contestó él.

¿Quieres hacer el favor de pirarte?, le dijo el pelirrojo. Nos estás molestando. ¿Vengo yo cuando estás con tus amigas?

Sonia arremangó el labio con asco, dejó al descubierto sus palas de conejo, con ortodoncia plateada. Bufó. ¿Que si vienes...? Yolanda dice que cada vez que sale del baño, estás en la puerta. ¿Por qué te crees que ha dejado de venir? Su padre, que es médico, dice que eres un «pervertido polimorfo».

¡Eso no es verdad!, grita Berniola (Franki detecta un tono apoplético en su voz). Dile que su padre es un médico de mierda, y ella una lesbiana. Más le gustaría que la espiara.

A nadie le gusta eso. Y no la llames lesbiana.

La llamo lesbiana porque lo es. Como tú. Ábrete.

No me pienso ir sin mis muñecos. ¡Y encima los habéis desnudado!, gritó. Se echó las manos a la cabeza. Franki examinó sus jóvenes axilas. Unos hilillos finos y sueltos, oscuros, como telarañas deshechas, nacían de la bisagra. Percibió un cosquilleo sutil en el bajo vientre.

Ella se agachó y, de cuclillas, empezó a recoger sus soldados. Los iba colocando de vuelta al cesto. Si me habéis perdido algún uniforme os la cargáis, dijo.

Franki dijo: Venga, no te enfades, Sonita. Extendió los brazos y empezó a cosquillearle los costados. Ella soltó un chillido, dejó caer un Madelman, empezó a reírse, él la agarró de la cintura con un brazo, atrayéndola hacia él, y siguió cosquilleándole el riñón con la otra mano. Era un juego que compartían desde muy niños, revolcándose sobre la cama de matrimonio algunas tardes, casi siempre con la ayuda de Bruno. Esta vez el hermano no se unió a ellos.

Franki, mientras la pellizcaba, se descubrió tocando carne nueva. Sí, era indudable, aquello era un tafanario, también unas *tetillas*, con el tamaño y la consistencia de las ciruelas verdes. Cayeron juntos al suelo.

¡No, no, por favor, te lo suplico, para!

La nariz selecta del chico detectó en ella tonos de manchego sudoroso y arenques en salmuera. Percibió el despertar de su *ansiosa vara*. Los ruegos de la vecina no hacían más que acrecentarla. Insertó las dos manos, ahora, en sus deliciosas axilas.

¡Te digo que pares, capullo!

La diadema que llevaba salió despedida. Varios mechones sudados se le derramaron por el rostro. Él notaba el carajo aplastado contra el nalgatorio de Sonia, con cada nueva sacudida los vaqueros le frotaban el glande.

Eh, dijo Berniola. Su mano apretaba fuerte el bíceps del chico. Para ya con eso.

Franki no paró. Siguió pegado a la hermana, en el suelo, sobre ella. *Se agitaba y se derramaba y se esparcía y hervía a causa de sus fornicaciones*, que dijo san Agustín.

Ella le pegó un empujón justo antes de que eyaculara. Porque iba a hacerlo, lector desconocido, no tiene ningún problema con que se sepa. Dos segundos más y hubiese inundado de semen los eslips.

La hermana se puso en pie. Despeinada. Al cerrar fuerte la boca, un clavo de la ortodoncia quedó fuera, le deformaba el labio superior. Franki jadeaba en el suelo, visiblemente itifálico. La chica recuperó la diadema y se la recolocó, despejando su frente. Miró al lugar donde había estado recostada hacía un instante, los ojos se le desorbitaron. Apretó fuerte las piernas, su gesto parecía parodiar el segundo movimiento de un charlestón.

¡Eres un cabrón, Franki!, gritó, y se dio la vuelta y en dos zancadas salió de la habitación.

¿Qué le pasa a esta?, dijo él.

¿No te he dicho que parases, gilipollas?, dijo Bruno. Se puso en pie. Parecía realmente enfadado. Una vena fluvial, a escala con el resto de la testa, le recorría la sien.

Pero si solo le he hecho cosquillas, dijo él, resollando, el miembro todavía en tensión, curvado contra los tejanos.

Esta vez te has pasado, imbécil, dijo el sexperto. Salió también de la habitación.

Franki olisqueó el aire. Sus expertos glomérulos olfatorios procesaron un aroma familiar, ácido y medio perruno. Miró hacia el suelo. Un charquito amarillento confirmó sus sospechas. ¡Sonia se había meado!

Se puso a cuatro patas, como un búfalo aproximándose al lecho de un río, y acercó el rostro. Con los ojos cerrados, aspiró fuerte el olor. Imaginó el escape de orina brotando de su «labia mallorca» (pues así lo llamaba Berniola). Le sorprendió el siguiente pensamiento, lo descriptivo y particular que era: la vedruna acuclillada encima de él, levantándose el camisón con las dos manos. Él observaba desde abajo el bollo recubierto de pelusa, la insinuación de interior carnoso. Parecía una araña hiperbórea abierta en canal por la espada de Conan. Chorros calientes de agua úrica le bañaban a Franki la cabeza y el pecho, y él la bebía a lametones, frenético, como haría un perro en una fuente pública.

¿Sería aquello placentero?, se volvió a preguntar. Sabía por Berniola que alguna gente lo hacía. Sacó la punta de la lengua. La acercó al lago de meado. Percibía el calor a través de sus terminales nerviosas.

¿Se puede saber qué cojones haces?, dijo el pelirrojo, a su espalda.

¡No lo he lamido!, dijo él.

Fuera de aquí.

Franki salió de la habitación. El otro pegó un portazo.

Debería haber respondido de otro modo, se dijo mientras cruzaba el patio. La frase «no lo he lamido» daba una imagen errónea de su actitud hacia la orina ajena. Él no creía tener un perfil escatológico; ser uno de los que, según Berniola, gozaban insertando puños en culos y acogiendo defecaciones en su boca.

Y otra cosa: ¿había sido aquello «pederastia»?, ¿contaba como «pedofilia» si una iba a octavo y el otro a primero?, ¿se había convertido él en un degenerado más, no distinto de los viejos que rondaban el parvulario Barrufet con los bajos recortados de los pantalones sujetos a las rodillas, sus cuerpos desnudos bajo gabanes forrados de semen?

No supo qué contestarse. Entrando a la casa se acordó de una frase de san Agustín:

Había manchado la fuente de la amistad con las inmundicias de la concupiscencia.

El sexperto le hizo un vacío que se extendió a lo largo de dos semanas.

Berniola toma del suelo su mochila, la abre y, sin previo protocolo, saca tres revistas. Las deposita sobre la mesa del bar. La de encima es un *Private*, las otras dos permanecen ocultas. Franki dispara el brazo y las arranca de la mesa y las deja caer sobre su regazo.

Estás loco o qué, podría vernos alguien.

Berniola vuelve a mirar la foto. Debo decir que has estado a la altura, Prats. Esto es mejor de lo que me esperaba. ¡Material de primera!

Franki se inclina e introduce las tres revistas dentro del macuto que tiene debajo de la silla. Me tengo que largar, tío, dice, incorporándose.

Dios mío de mi vida, qué pies, dice el vecino. Son perfectos, de japonesa. Habla por un extremo de la boca, entre dientes, y sonríe, como si hablase con la fotografía. Quizás su veleidad venérea le ha trastornado hasta tal punto que cree poder interactuar con la mujer de papel. Estoy por sacármela y...

Espera a que me haya marchado, dice él. Agarra el guardapolvo cruzado de su abuelo. Se lo pone.

¿Hay más de estas?

Supongo. Son varias cajas.

Berniola dirige los ojos al cielo. Oh, Dios mío, «dame castidad, pero no ahora». ¿Te acuerdas?

Sí, y haces bien en pedirle ayuda a Dios. Lo tuyo empieza a ser grave. Manchas la fuente de la amistad con las inmundicias de la concupiscencia.

Otra cosa mancharía yo, dice el pelirrojo.

Él se coloca el macuto a la espalda, sujeto por una sola asa. Rodea la mesa. Sale del bar.

¡Espero que continúe este trueque, Prats!, dice el vecino. ¡Puede ser muy provechoso para ambos!

Franki no se vuelve. Tratar de comprender al *esclavo de una liviandad*, como lo definía el reverendo George Trosse, era una tarea destinada al fracaso. Entonces recuerda que él y el sexperto son esencialmente lo mismo, y siente una tenue depresión gástrica.

CASO 45. *Coprolagnia / Incesto / Fetichismo de pies.* Señor C. Periodista, veinticuatro años. Familia fuertemente contaminada, tic facial, problemas de fobia (especialmente agorafobia) y alcoholismo. Persona peculiar desde la infancia. Ataques de hipocondría y hartazgo de la vida. A los ocho siente una poderosa atracción por los pies de una compañera de clase. Masturbación al respecto desde los diez. A los once ya es un firme entusiasta de los pies femeninos. A los trece le gusta oler y besar las zapatillas de su hermana pequeña, a pesar de que sus pies sudan profusamente. Lleva años enamorado de ellos. Es sorprendido más de una vez masturbándose con sus manoletinas. Ella empieza a ocultarle sus pies desnudos, lo que no hace más que enfurecerle. A los quince continúa fantaseando con los pies de la hermana, y a menudo frota sus sandalias contra sus genitales. Abrazarla o besarla no le aporta ningún placer. Desde los dieciséis se proporciona placer sexual bebiendo orina femenina reciente, la mayoría de las veces del orinal de la hermana, en ocasiones de la madre. Es tan grande su placer al hacerlo que no distingue su sabor ni olor. Cuando la madre le descubre en el acto y le insulta, se da cuenta de que obtiene un placer sexual incluso mayor si es insultado y humillado por ello. Después de beber la orina, en cada ocasión, siente asco y realiza firmes resoluciones de no volver a hacerlo en el futuro. Hacia los diecinueve años empieza a frecuentar casas de prostitución. Le causa gran placer si las prostitutas depositan sus heces y orina, también sus flatulencias, en su boca o manos. También le agrada enormemente sorber la sangre menstrual que mana de sus genitales. Nunca consigue dejar de masturbarse con fantasías de pies femeninos. El paciente sufre locura epiléptica.

(*Tratado de psicopatía sexual*, Dr. Viktor Scholtz-Klink, primera edición, 1888)

Franki llevaba cincuenta y cinco minutos, según su reloj de pulsera, en el punto y la posición que le había indicado el tío. Empezó a tiritar. La prohibición explícita de no moverse ni hacer ruidos de ningún tipo le impedía ejecutar movimientos para entrar en calor.

Un momento, se dijo. Acababa de acordarse de la botella que le había entregado su padrino. La extrajo del bolsillo de la parka. Examinó la etiqueta. «Ströh.» Bajo el nombre de la marca podía leerse, en un cuerpo mucho mayor, el número «80». Se dijo que aquello no podía ser la graduación etílica. Quizás era el cómputo de hombres que hasta la fecha habían muerto tratando de engullir aquel mejunje, y por eso lo imprimían en la etiqueta, a modo de advertencia legal.

Petó el sello de papel del tapón haciéndolo girar con el puño. Lo desenroscó y olfateó con precaución el contenido. ¡Virgen santa! Separó la botella de su rostro. Aquello olía como el estudio de un taxidermista. «Made in Austria», leyó. Uno no podía fiarse de los austríacos, el yayo Modesto siempre lo decía. Su más notorio hijo había demostrado ser una terrible decepción, por no decir otra cosa.

El talante de Franki era eminentemente reflexivo, por lo que decidió dedicar un instante a ponderar su situación. Él nunca había bebido alcohol. Si le echaba un trago a aquella sustancia, sería su primera vez. Por los cómics de superhéroes sabía que la «historia de los orígenes» no era algo trivial. También pensó que no tenía por qué seguir ateniéndose a la prohibición alcohólica impuesta por sus padres. No percibió que se trataba de otra «historia de origen»: la primera vez que uno desobedecía una orden paterna de manera consciente.

Al cuerno, se dijo. ¿Somos los Prats famosos por titubear cuando se nos pone a prueba? Más bien lo contrario, se respondió, en su fuero interno. Más bien lo contrario.

Acercó la botella a sus labios, la inclinó y echó un trago. Al estar acostumbrado al agua o a refrescos carbónicos no supo mesurar el volumen, y se bebió, pinzándose la nariz con dos dedos, un cuarto de botella.

Los efectos no se hicieron esperar: empezó a toser y escupir; se golpeó el pecho con la parte superior del puño; se masajeó el cuello con los dedos; sacó la lengua para que le diese el aire; sus ojos se empañaron, empezaron a caerle las lágrimas.

Sentía como si su cabeza fuese un paño empapado en brea, igual que los que llevaban los primeros cristianos en las catacumbas, y alguien le hubiese acercado una chispa. Todo su cuerpo se iluminó, de la piel para dentro.

Continuó tosiendo durante un buen rato, a pesar de las advertencias sobre el silencio que había especificado su pariente.

¡Vaca sagrada!, dijo. Por todos los demonios del infierno. Esto separa a los hombres de los niños de teta, Franki.

A veces, Dick era él, pero otras veces Dick le hablaba.

¡Mi torso varonil está más densamente poblado de pelo que antes! ¡Vaya que no! En todos mis años de agente espaciotemporal no había probado nunca nada parecido a este néctar, muchacho.

Miró al cielo. Hermoso día. Los pajarillos cantaban con trinos encantadores. Pío-pío-pío. La-la-la. Deseó saber de qué especie eran, había escuchado de pasada a su padrino comentarlo algún día (esto es un «herrerillo»; eso un «pinzón»; lo de allí un «arrendajo»; etc.) pero nunca le prestó atención suficiente como para memorizarlo.

El sol brillaba ya en lo alto, aunque seguía sin calentar. A él le traía sin cuidado. Prendía por un sistema de combustión interna. Le echó un nuevo trago largo al Ströh, se bebió un segundo cuarto de botella.

Este licor es Ströhrdinario, Franki.

Soltó una carcajada que no esperaba y que le asustó. Se escuchó el aleteo alterado de los pinzones, o lo que fuesen, que echaban a volar desde las copas de los árboles. Llevaba días sin reír; se dio cuenta. Su mente se aclaró y nubló a la vez. Durante un instante creyó haber comprendido el chiste del soldador («¡Señor, que no soy un soldador de verdad!») y rió para sus adentros. Estaba a punto de contárselo a Dick cuando la explicación se desvaneció, y ya no fue capaz de recuperarla.

Se bebió un tercer cuarto, lanzó la botella a medias, sin mirar dónde caía. No escuchó el ruido del vidrio al romperse; quizás le había partido la crisma a un conejo.

Rió en voz alta por segunda vez. Empezaba a ser preocupante, toda aquella risa. La hebefrenia no era algo que uno pudiese tomar a la ligera. ¿Se estaría contagiando del tío? Aquel hombre nunca había parecido colmado de sensatez, pero de un tiempo a esta parte parecía preso de una *excitación maníaca*, como Friedrich en 1888.

Un recuerdo: un sábado no pudieron ir a cazar, ni siquiera a Olesa, por culpa de los forestales, que llevaban un tiempo revisando permisos en los accesos a las montañas cercanas. El tío puso cara de chiflado y le dijo que había tenido una idea. Cogieron la furgoneta. Llegaron al parque de Marianao, subieron por una calle en la que solo había chalets, pararon ante la Torre de la Miranda.

Era una construcción de estilo ecléctico-modernista que desde lejos parecía un olivo retorcido. De noche provocaba un cierto desasosiego, porque estaba moldeada para que evocase la gruta de Lourdes, y las cavidades del cemento parecían bocas y ojos que se derretían y aullaban.

Salieron del vehículo. El padrino dejó a un lado la bolsa de deporte que transportaba y tomó con las dos manos una valla de metal. La deshincó por un extremo de un soporte de cemento y la abrió.

Entra tú primero. Y coge la bolsa, dijo.

Franki lo hizo. Cruzó el vallado y se adentró por la puerta-boca principal. Era un lugar que uno, siendo amable, solo podía definir como escuálido. En las paredes, grumosas e irregulares, se leían varios grafitis de SKINHEADS POR LA PAZ, uno de LAS DUELISTAS, otro de ROMPEPISTAS; una esvástica con las aspas motrices hacia el lado incorrecto, tachada, junto a una A en mitad de un círculo. Litronas Xibeca vacías en el suelo, algunas de ellas rotas; cacas de paloma, rata, perro y gato, y una que parecía humana; páginas rasgadas de revistas porno; un colchón con varios sietes y lamparones. La luz exterior se filtraba, desigual, por las aberturas de la falsa gruta, y dibujaba sombras amorfas en el suelo.

Él acercó la cara a una página de *Lib*; era un consultorio sexológico. Leyó: «Soy una chica de quince años...».

Qué coño haces, le dijo el tío, que había terminado de recolocar la valla. Deja esa marranada y acompáñame.

Esto es el Remington Magnum de 6 mm con mirilla, le dijo, una vez arriba. Le manaban abundantes lágrimas de los dos ojos, y sonreía sin estar contento. Una de las mejores armas del mundo, aunque sea yanqui, añadió.

Luego volvió a meter la mano en la bolsa y le entregó al chico la triste Boston con la que había aprendido a disparar. Franki tomó el rifle, luego miró al pariente. Jesús Prats iba aquel día vestido de paisano, con traje milrayas barato y camisa sin corbata, «para no llamar la atención», como lo expresó cuando salían de casa. Parecía no entender que la ropa militar era lo que menos «llamaba la atención» de él.

Es la que utilizó el de la Torre de Texas, dijo. Quince muertos y treinta y un heridos, sin que se le encasquillase ni una vez, añadió.

Franki se conocía de memoria los hechos. Aparecían en su vieja *Enciclopedia del asesinato*, los había leído decenas de veces. Al perpetrador, cuando le hicieron la autopsia, le sacaron de la amígdala un tumor del tamaño de una nuez.

Quizás su padrino también tenía uno de esos. Llevaba varios días sonriendo de manera insana y pestañeaba solo ocasionalmente. Le habían echado hacía poco de los retiros religiosos de la escuela Dorotea Chopitea, un escándalo menor que no contribuyó precisamente a su estabilidad mental. En casa no se hablaba de aquello tampoco, al menos en público, o ante el chico, pero él escuchó a sus padres mencionarlo a través del bajante, y por si aquello fuese poco la noticia apareció en la crónica de sucesos de *La Campana del Llobregat*, el semanario local.

Había seis aperturas de glorieta; una de ellas ocupada por una efigie de Cristo Redentor. Se situaron el uno al lado del otro. Por indicación de Jesús, apuntaron a transeúntes con las escopetas descargadas e hicieron ver que los abatían.

Busca sobre todo las tres emes.

Él se volvió hacia el tío. Levantó las cejas.

Mujeres, moros y moñas.

Franki asintió, indeciso. Aunque tenía claros quiénes eran los moros y las mujeres, no tenía ganas de dispararles, ni siquiera de broma. Tampoco a los «moñas», como los había llamado el tío, aunque en realidad daba igual, porque a aquella distancia y altura, unos buenos veinte metros, no sería capaz de identificarlos.

Mira ese, dijo el padrino. Señaló a un joven de apariencia hebraica, camisa de lunares y flequillo beatle, que cruzaba la rotonda.

Ves cómo menea el culo, al sinvergüenza le da lo mismo que todo el mundo lo sepa. ¡Maricón!, gritó.

Incrustó el ojo en el punto de mira y estuvo un buen rato siguiendo con el cañón al joven, que no le había oído ni se había vuelto, porque aquel día hacía un poco de viento y estaban a una cierta altura, y también porque parecía llevar puestos unos auriculares de walkman. Movía la boca, cantando, es de suponer.

El tío apretó el gatillo, que hizo clic.

Bang, dijo. Un sarasa menos. Ahora tú.

En el monte, a Franki se le olvidó por completo que tenía que permanecer oculto y quieto, como le había indicado el tío. Se puso en pie. Se sentía literario y caballeresco. Señorial. Übermenschiano. Sus emociones en aquel momento no diferían demasiado de las que debió sentir Roger de Llúria cuando rompió las líneas navales de Felipe III en la batalla de las Formigues.

Pegó unas cuantas patadas al suelo, se transformaron

en una torpe parodia de zapateado flamenco. Empezó a canturrear «She works hard for the money», que había sonado en la radio aquella mañana. Se puso a bailar, quizás por primera vez en su vida. Cabeceó. Puso la cabeza de perfil. Miró al frente. Subió y bajó los hombros. Otra vez cabeza de perfil. Disparó una mano con dedo enhiesto al aire. Pie fuera y luego pie dentro.

«She works hard for the money», cantó. Se señalaba la bragueta con cada nueva estrofa y golpe pélvico.

Tu-*tú*-ru-ru-ru.

«So hard for the money.»

Un disparo.

¿Un disparo?

CONSULTORIO SEXOLÓGICO *LIB*

A cargo del equipo médico dirigido por el **Dr. Luis Serrat**

ANTE PUERTAS

Soy una chica de quince años y salgo con un chico de diecisiete. Soy muy puritana. Hace poco empecé a tener relaciones con él. Una noche él se me puso encima mío [*sic*] en la hierba de un parque. En ningún momento ninguno de los dos se soltó los botones de los pantalones. Juntamos nuestras bocas. Al tenerlo encima mío [*sic*] abrí las piernas y él restregaba y rozaba su pene contra mi vagina. El [*sic*] me dijo que era como si se hubiera masturbado y se fue a un rincón a expulsar el semen. En ningún momento su semen me tocó. Se frotó y restregó por fuera del pantalón. No me tocó pero se corrió y yo también.

¿Puedo quedarme embarazada en este caso que [*sic*] solo nos pusimos en contacto y que [*sic*] ni una sola gota del semen me tocó? ¿Se puede quedar [*sic*] embarazada sin penetración? **Katty (Guipúzcoa)**

La casa de Montse Morales se encuentra al final de una calle sin asfaltar, muy empinada, que trepa por la ladera del monte Sant Ramon. Franki la asciende con pies esperanzados. Es una tarde de abril de temperatura agradable, aunque amenaza lluvia. A la izquierda, en el llano más cercano, puede ver los campos de cerezas, recién revividos por la primavera. Tras ellos se distingue casi todo el delta del Llobregat, las grúas del puerto, incluso el mar. Varias fábricas, de cemento y componentes, en los polígonos. Algunas de las chimeneas echan humo gris, y el humo se disuelve en el cielo de color acero, hasta que uno no sabe dónde termina una cosa y empieza la otra.

En el rostro del chico se dibuja una sonrisa cauta. Un observador neutral, de haberlo, definiría su estado de ánimo como «anhelante». Tras mucho meditar, ha decidido que va a intentar «montárselo» con Montse. Por qué no. Él es un hombre de voluntad e intelecto. No tiene fuerza física ni belleza exterior, eso es cierto, pero es asimismo consciente de su superioridad mental, y también de su espíritu épico. Que hasta la fecha nadie haya sido capaz de ver ninguna de las dos cosas le sume en la perplejidad.

Empieza a llover, unas pocas gotas. Huele a ginesta y farigola, tierra mojada, resina de los pinos. Se sube el cuello de la camisa, un acto de finalidad incierta, mientras imprime una nueva prisa a su paso. A la izquierda, una torre eléctrica muy alta se eleva en la pendiente, con sus series de élitros de acero extendidos, como una gigantesca langosta metálica.

Si él pudiese expresarse con absoluta sinceridad, confesaría que comprende a las chicas impopulares, zambas o gordas o estrábicas, que, entre apiadarse de él o rechazarle, optaron por lo segundo. Franki, de hallarse en su lugar, habría optado también por aparearse solo con machos bellos y bien proporcionados, de linaje egregio. Resignarse a unir el destino de uno con la pobreza y la fealdad era ir a contrapelo de la evolución, en realidad.

Y sin embargo, eso es precisamente lo que se dispone a hacer, si Montse Morales se lo permite, cuando llegue a su casa. Porque él es un «callo», y los callos no escogen su destino.

Franki está apostado ahora junto a la valla de los Morales, a medio camino de la ermita. Si el barrio tiene nombre, él lo desconoce. En aquella zona periférica del pueblo la gente compra parcelas a precio de saldo y edifica en ellas sin la supervisión arquitectónica o urbanística del ayuntamiento. Debe llegarles el agua y la luz por casualidad.

Localiza el timbre en una de las pilonas de tochana que sujetan la puerta metálica. Es una teta de plástico negro con pezón blanco. Debajo de ella, pintado en rojo sobre el cemento gris, con pinceladas inseguras, puede leerse «Morales». Y un número de calle. Abre la mano y mira el trozo de papel donde ella apuntó su dirección. Caligrafía vacilante, pero el número coincide.

Mira a través de la valla. Aunque él no se halla en estado melancólico, la visión de ese lugar está a punto de sumirle en uno. A la derecha, una casa de una sola planta y techo plano, construida, por lo que puede él constatar, amontonando ladrillos hasta que aparecieron tabiques por generación espontánea. Las rejas de las ventanas deben obedecer a algún tipo de broma privada de la familia. No pueden temer de verdad que alguien quiera robarles algo.

En el extremo opuesto, una caravana de los años setenta, marca Moncayo, que se apoya en cuatro vigas de cemento. La pintura, crema y turquesa, está quemada por el sol. Una rueda visible deshinchada.

Entre ambas edificaciones está el «patio», que él define de ese modo en un intento de atenuar su definición mental, mucho más rigurosa. Sobre el césped claposo se acumulan los cachivaches: un motor de motocicleta, que eyacula aceite negruzco por el carburador; una manguera amarilla desenrollada; una nevera en desuso, puesta en vertical, como parodiando su uso en vida; una fuente de cemento, ornamentada con fragmentos de mosaico, y que culmina la estatuilla de una rana.

Le sobreviene un tic en el ojo izquierdo, que suprime con la afamada fuerza de voluntad de los Prats.

La única forma de vida visible en el patio son los gatos, hay unos siete u ocho, aunque solo tres de ellos deambulan. Los otros cinco están en pose vigilante, pezuñas al suelo y cabezas altas, como custodiando un complejo funerario del Valle de los Reyes. Algunos le miran. La mayoría no.

Franki pulsa el timbre. Un graznido eléctrico suena tras las tochanas, y provoca una respuesta en forma de gruñido. Las cadencias del último son humanas de una forma muy remota. Los gatos, al escucharlo, cobran vida y se dirigen hacia la casa. La puerta de conglomerado se abre hacia dentro. Una amplia sombra se materializa tras la mosquitera. Los felinos la observan, con sus colas sinuosas en alto. Un par de ellos maúllan.

¡Quién es!, grita la Sombra. Un fuerte acento del sudeste español, escaso en algunas consonantes pero abundante en otras.

Me llamo Franki Prats, dice él, alzando la voz. Voy a clase de la Montse. Vengo a hacer un trabajo.

Se escucha otro gruñido. La Sombra desaparece en el interior de la casa. Parece ágil, a pesar de su peso y masa. Un zumbido hace vibrar la doble puerta metálica. Él empuja el lado derecho, que, al ritmo de las bisagras chirriantes, dibuja un semicírculo en el barro blando.

¡En la rulot!, escupe la Sombra tras la mosquitera. Acto seguido, el sonido que hace una lata de contenido gaseoso al ser abierta.

Franki sortea los montones de escombros con un ágil zigzag y se planta ante la caravana. Una mesa plegable de camping justo al lado de la puerta; en las abolladuras del linóleo, charquitos donde flotan la pinaza y los mosquitos.

La caravana vibra y rebota de un modo peculiar. Él acerca la oreja a la pared de fibra. Una persona canturrea allí dentro, aunque no se oye música. Franki no puede evitar asociar la vibración con un popular rumor del instituto, según el cual Montse ha pasado de mano en mano como un cubo para sofocar incendios. Le arrea a la puerta un par de nudillazos. Silencio. Otro par. Pasos en el interior. La puerta se abre.

Montse Morales. Va sin gafas, sus ojos parecen botoncillos negros del Mastermind. Lleva unos pantalones de chándal sin marca; pantuflas con lamparones; una camiseta de tirantes azul pálido. Sus monstruosas exuberancias se expanden y contraen allí dentro, a cada respiración, por encima de la barriga, hinchada a su vez en tres amplios roscones de carne. Unos cascos con auriculares espumillosos le sujetan el pelo, a modo de cinta. La frente despejada, amplia y oleaginosa.

¿Sí?, dice. Se quita los cascos con las dos manos, separándolos de las orejas y echándolos hacia atrás, hasta el cuello.

Él admira sus sobacos por vez primera. Son selváticos, lisa y llanamente. Supone que deben oler acorde con su aspecto. *Ne trux caper iret in alas,*[1] en palabras del poeta.

Qué hay, Montse, dice él. Soy yo. Franki Prats. De la clase.

Ella baja los brazos; varios pelos brotan, hechos cresta, de los pliegues cárnicos. Un ritmo electrónico mana de los auriculares. La chica acerca la cara hacia él, sacando medio cuerpo de la caravana. Unas ubres fofas que, de ser bamboleadas sin sostén, invitarían a comparaciones con un tambor sonajero, parecen a punto de desbordarse de su generoso escote.

Hey, Franki. Perdona, no veo sin gafas. ¿Qué haces aquí? ¿No habíamos quedado el jueves?

No, no, hoy. Creo. Espera. Franki saca el papel del bolsillo. Ahora que se fija, en la esquina superior derecha hay inscrita una palabra en alfabeto desconocido que un grafólogo experimentado podría, tras años de estudio y con la colaboración estrecha de los especialistas de su disciplina, traducir como «jueves». Hostia, tienes razón, dice. Era mañana, lo siento.

¿Sabes qué pasa? Que el jueves se va mi padre con el camión, dice ella. Se echa la mano derecha al walkman,

1. «Como si llevaseis una cabra en las axilas.»

que mantiene sujeto a la cintura, y le da a Stop. Hoy estará en casa to'l día.

Él mira a la «casa». La masa aquella sigue allí, tras una de las ventanas rejadas. Inmóvil excepto por un brazo, que acerca y desacerca, acerca y desacerca, una lata cilíndrica a su boca.

¡Solo vamos a estudiar!, grita Montse, dirigiéndose al padre, o a él, o a ambos a la vez.

Varias superficies de conglomerado están cubiertas por fotos de jóvenes con lacios flequillos ladeados y camisetas de tirantes, recortadas de la *Súper Pop* y dispuestas en collage. Los especializados cilios pituitarios de Franki clasifican los olores: pies y puerro; plástico romático de tupperware viejo y salchichas de frankfurt crudas; axila y, por alguna razón, palomitas.

Ella toma sus gafas. Se las pone. Sus ojos doblan el volumen, enfocan al fin. Introduce la otra mano en el bolsillo del chándal y saca una goma de pelo y empieza a recogerse la melena.

Él desvía la mirada de sus bisagras. Desde ellas llega la insinuación de un perfume rico, podrido y dulce, como de desagüe atascado con pieles de cebolla. Se quita el macuto de la espalda, lo deposita en el suelo y extrae de él un atlas de Historia. Si quieres busco yo la información. Tú ves recortando las fotocopias, dice, a la vez que le entrega unos papeles.

Vaya palo..., dice ella, tras tomarlos. Su voz suena nasal, porque las gafas han regresado a la punta de la nariz. ¿No podemos hacer otra cosa?

A mí también me da «palo», la verdad, contesta él. Pero este trimestre cateo Biología, no puedo arriesgarme a que me quede también Historia.

Ella deja los papeles sobre la mesa. Expone sus dientecillos afilados.

¿Cateas? ¿Por lo de la rana?, dice.

Franki reprime una estridente contorsión facial. Vitupera en su fuero interno. Montse ni siquiera estaba en el laboratorio, aquel día. El rumor debe estar propagándose por el instituto como un incendio californiano, si ha llegado hasta el sector de educación especial.

Eso fue un malentendido.

¿Cómo?

Que no estaba haciendo lo que dicen.

Ella se encoge de hombros. A mí me lo han contao.

Pura fantasía.

Y lo de la Pou qué, ¿también es trola?

El qué de la Pou.

Que to'l día la miras, dice ella.

Él se frota el mentón, imitando, sin darse cuenta, un tic del profesor Prats. Lo cierto es que ha sorprendido varias veces a Montse observándole, desde el pupitre vecino y en la fila para saltar al potro, pero no creía que le hubiese pillado practicando el cunnilingus psíquico con la pubilla.

Un gato atigrado emerge entonces de las sombras de la caravana, pega un brinco silencioso y se encarama sin dificultad a la escurridera de zinc. Pelaje gris mate con rayas negras, huesudo y guiñaposo. Se queda observando a Franki. Arquea el lomo. Maúlla.

Joder, qué susto, dice él.

Este es Bigotes, dice ella. Vive conmigo. Agarra al gato por la panza y sonríe de manera enigmática. Ella, no el gato. El gato solo tiene las patas colgando, está mohíno, y no sonríe en absoluto. En su rostro, de hecho, se dibuja una expresión que Franki recuerda de un reportaje televisivo sobre marines americanos que regresaban de Vietnam.

¿Verdad que nos lo pasamos bien tú y yo, Bigotes?, añade, y frota su mejilla contra la cabeza del animal, arrugando sus orejas. Las opulencias de la chica se aplastan contra el lomo del bicho. Es un gato muy goloso, ¿verdad que sí, mostachines mío, que eres goloso?

Franki percibe una sutil sacudida pélvica. ¿Está diciendo Montse Morales lo que él cree que está diciendo, o se trata solo de una nueva *alucinación carnal*?

Montse deja caer a Bigotes. Cierra el atlas. Paso del trabajo, dice. Se vuelve hacia la puerta, cierra el seguro del pomo y se planta de nuevo ante Franki. Se quita las gafas.

Pero ¿y la dinastía ptolemaica?, dice él.

Que le den, dice ella. Tiene una gota de moco en una narina. Le brilla.

¿No se enfadará tu padre?

Ella no responde. Se sienta, se vuelve hacia él. Su rostro empieza a acercarse. Los ojos son dos estrellas distantes en el fondo de la cara. Abre la boca poco a poco, parece que se lo quiere comer. Empieza a sacar la lengua. Él la imita.

Llevan quince minutos «montándoselo» en la cama plegable. Él, que no domina todavía el gambito de la lengua espeleológica, se salió antes de su boca y le pegó un lametón a la nariz, y ahora el moco brillante no está. Todo apunta a que lo ha ingerido.

Mantienen los ojos cerrados. *Por su boca habla la serpiente infernal*, que diría san Agustín, pero él aspira con delectación cada vaharada apestosa. Recibe su saliva, la mezcla con la suya y, supone, la traga, porque ninguno de los dos se detiene a escupir. Debería estar vomitando, a cuatro patas en el linóleo, pero le sucede todo lo contrario: una balística conmoción hidráulica.

Ella, sentada a su izquierda, se le arrima más. Uno de sus *pujantes proyectiles* se chafa contra el pecho del chico. Él abre un ilusionado párpado. Le desliza una mano por encima del hombro. Ella hace lo mismo; le acaricia el pelo de la nuca con las uñas. Se restriegan. La pölla del chico adquiere una consistencia caliza; antes se la recolocó hacia la derecha, y le roza la parte interna del muslo.

Ella le agarra la mano que reposaba sobre el regazo, como dudando qué camino tomar, y la atrae hacia sí y se la introduce por debajo de la camiseta.

Recibido. La mano de él escala michelín tras michelín. Cuando topa con una *trémula loma*, la derecha, empieza a amañagarla por encima del sostén. Es del tamaño de un balón de hándbol, si bien hinchado de un modo debatible. Una grata sensación le viaja a él en circuito cerrado por los crótalos, carajo, coxis, columna, nuca y colodrillo. Desliza la mano bajo el sostén. Presiona con el dorso hacia fuera para levantar el sujetador. Una de las vasijas cae sobre los pliegues de tripa fofa; la otra permanece sujeta en su mano. *Dos duras balas de carne*, como decía un libro erótico. Pellizca un pezón, «sintoniza Cadena SER» (como llama Berniola al acto), y ella le responde con un gemido.

Él suele tener dificultades en leer determinadas expresiones o entonaciones, cuanto más sutiles peor, pero reconoce el sonido como uno de aliento. Le invade una euforia inefable. Tiene ganas de ingresar en una coral polifónica, solo para cantar a voz en grito la melodía que aletea en su corazón, quizás acompañada de un vivaz minué.

Ella separa la boca, le aparta la mano y le dice:

No.

Él se queda petrificado en su posición. Ella se *enseñorea* de su brazo y se lo devuelve al regazo.

¿No?

Ya te lo he dicho: está mi padre en casa.

Él recuerda la Sombra. La Sombra que bebía tras la mosquitera. Suena a relato de terror, como los que leía de niño.

Y tiene mucha mala hostia, añade. No le gusta que vengan chicos.

Franki medita qué hacer a continuación. En las películas americanas, recuerda, los muchachos que se encuentran en lances similares vuelven a intentarlo cuando la chica baja la guardia. Algunas veces, si emplean la adecuada combinación de maña, tozudez y talento persuasivo, acaban desgastando su resistencia.

Antes de que su festiva erección se esfume, dirige su mano de vuelta al cántaro derecho de la chica. Ella le intercepta por segunda vez, aferra su metacarpo con energía pulverizante.

¿Tú eres idiota o qué te pasa? Te he dicho que no. Podemos darnos el pico, pero nada más. Y si mi padre llama a la puerta, te separas superrápido y haces ver que estás estudiando.

Él desvía la mirada. Se frota la muñeca y contiene con dificultad una mueca de dolor. Sus ojos recaen en un póster de «Spandau Ballet» pegado con celo al conglomerado. Son cuatro guapos y un feo, quizás gracias a algún plan de integración del gobierno inglés. Quiere comentar algo sobre ellos, para relajar el ambiente, pero no sabe nada del grupo, ni recuerda el título de ninguna canción (siempre los confunde con «Duran Duran»). Bigotes, de vuelta a la encimera, observa a su ama con ojos posesivos, si tal cosa es posible en un gato.

Cuando Franki vuelve a mirar a Montse, ella se le acerca y le introduce la lengua en la garganta. Él reciproca en los términos apropiados.

Franki dejó de bailar cuando oyó el tiro. Se quedó muy quieto. Trataba de situar el origen del disparo, pero, siendo absolutamente sinceros, no tenía ni idea de montañas ni distancias y, al contrario que el profesor Prats, quien siempre estaba dándoselas de entendido de cualquier cosa, incluso en materias que escapaban por mucho a su especialización, no tenía por qué fingir lo contrario.

En ese momento, el jabalí apareció de detrás de unos árboles, muy cerca de donde se encontraba Franki. Trotaba hacia él a gran velocidad.

Gozó de un segundo para apreciar al animal. Iba con las fauces abiertas, los dientes brillantes al descubierto. Sus caninos enhiestos le hacían parecer feroz, pero su expresión, si tal palabra puede utilizarse, no era de agresión sino de pánico. Las orejas se le agitaban en la parte superior de la cabeza. A Franki le parecía que una sección del animal, la delantera, iba por un lado y la trasera, por otro.

Aunque sin duda registró la presencia del chico, el puerco no tuvo tiempo de modificar su trayectoria. Consiguió no topar de frente, pero sus cuartos traseros, que volaban a un costado, como un sidecar cárnico, le golpearon a Franki los muslos con gran fuerza.

Él salió rebotado. Cayó de culo al suelo sin entender lo que le había sucedido.

Se puso en pie de nuevo sin perder un solo instante. No sabía si tras el marrano venían más animales, una estampida, pero entraba dentro de lo posible. Estaba aturdido. Confuso. En shock, en una palabra.

La cabeza desnuda del padrino apareció entonces por detrás de unos helechos, a unos cincuenta metros de donde se hallaba él. Llevaba la cabeza descubierta, el gorro de lana en la mano izquierda. ¿Aquella cosa calva, apareciendo erguida de la espesura? Parecía que el bosque acababa de tener una erección.

El tío gritaba algo y señalaba al bicho y corría hacia él. Incluso a esa distancia, su cara tenía la textura de lo que se ve en una colonoscopia.

Él entornó los ojos. Se encogió de hombros, negó con la cabeza, puso ambos brazos en uve doble.

El otro seguía gritándole [algo]. Entre la distancia que los separaba y la voz «semisordomuda», podía significar cualquier cosa.

Aun sin comprender las órdenes, él hizo lo que le sugirió el viejo instinto Prats. Flexionó las rodillas, tomó el fusil, que había caído al suelo tras el impacto, se puso de nuevo de pie, se volvió hacia el cortafuegos, que tenía a la espalda, por donde supuso que había huido el jabalí. Encajó la culata del arma en el hombro, como había hecho tantas veces antes, introdujo el dedo en el gatillo. Apuntó a la sombra borrosa que corría aún por el bosque talado y desbrozado, persiguió su silueta por el visor.

Veía doble, por culpa del Ströh, quizás también por la contusión, pero ahí lo tenía, sin posibilidad de error: una forma negruzca y cuadrúpeda que atravesaba el cortafuegos a gran velocidad.

Franki tomó aire primero, como le enseñaron, luego lo expulsó. Solo entonces apretó el gatillo.

Salió disparado el cartucho, le rozó la frente. Sonó fuerte, hizo eco en la montaña silenciosa. El retroceso de la culata golpeó su hombro, le hizo daño y le catapultó hacia atrás. De forma simultánea, el guarro se desplomó a un lado, cual fardo inerte; no derrapó siquiera.

El chico aterrizó por segunda vez sobre su culo, atenuando el impacto con la mano libre. Se dio cuenta de que, por culpa de la borrachera, no había colocado el pie izquierdo delante antes de disparar, como le habían repetido una y mil veces su tío y su abuelo.

Se puso en pie de nuevo. Observó el bulto aquel, inmóvil en mitad del llano. Bajó el arma, aún con la mano en el guardamanos. Separó el dedo del gatillo. El cañón apuntaba al suelo, un hilillo de humo bailaba hacia arriba, ondulándose.

A su espalda, Jesús gritó [algo]. Él no entendió sus palabras.

Escuchó claramente el plañido que surgía del cuerpo abatido y llegaba a él. Sonaba a gimoteo. Aquello no era un jabalí, a no ser que fuese un jabalí talentoso que se ganaba la vida haciendo imitaciones de otras especies.

¡El perro!, gritó el tío, que pasó al lado del sobrino sin detenerse. Su voz semisordomuda había desaparecido. Se le entendía perfectamente.

En aquel momento Franki se dio cuenta de que acababa de matar de un tiro a Fokker, el sabueso de su padrino.

La rusa se llama Karina. Media melena rubia (quizás peluca) y una cara como una fábrica de cemento abandonada. Franki imagina que la mujer nació en alguna conurbación de su país, por ejemplo Minsk, en la más «abyecta pobreza», como suele decirse, y fichaba desde muy joven en la planta armamentística local.

Karina se toma un merecido descanso, ahora, abierta de piernas en una silla Emmanuelle. Dos dedos, inflados y cubiertos de anillos, presentan un bollo cerdoso, negro por fuera y rosáceo por dentro, brillante de baba. Una pierna le cuelga en el reposabrazos. Lleva pantis. A través de la fina tela se distinguen juanetes sin limar, ampollas de pie de atleta y otras imperfecciones podales que, de ser especificadas, representarían una dura prueba para la digestión del lector.

De rodillas ante Karina está la joven Nadia, también rusa, quizás originaria de la misma capital de provincias. Franki no descarta que se conociesen en la factoría de misiles, y que su relación se solidificase a lo largo de visitas al samovar y sesiones de adoctrinamiento. Lleva bragas demasiado grandes y calcetines a rayas por las rodillas, zapatos de plataforma plateados, al estilo «disco». Su lengüita estriada pega toquecitos al clítoris de la otra, parecidos a los que uno daría con el nudillo a una pared para comprobar si es maestra o no.

Él observa bien sus rostros. Una cierta expresión de desinterés en el de Karina, a pesar de los lametones. Tiene los párpados a media asta, parece a punto de adentrarse en un lánguido sueño opiáceo.

Franki pasa página con la mano libre.

Primer plano de las venosas manos de Karina, que abren al máximo su *hinchada grieta* para permitir que Nadia le introduzca hasta los nudillos tres de sus enormes dedos. Uñas de nácar rosa.

Franki no acaba de tener claro si lo que está representándose ante él es 100 % excitante, sin reservas. Si pudiese expresarse con absoluta sinceridad, confesaría que en la ecuación hay un 60 % de ardor, un 30 % de *frisson* por lo prohibido y un 10 % de inquietud por el aspecto, la edad y el posible pasado penitenciario de ambas modelos.

Pasa página con la mano libre.

Un hombre anónimo, con bigote de manillar y pecho peludo, tatuaje de hoz y martillo en un antebrazo, sorprende a las mujeres. Lo de «sorprende» es un decir, ellas no parecen sorprendidas en absoluto, incluso le miran con una cierta indiferencia. Debe tratarse del comisario político de la factoría. Franki le bautiza como Fiódor.

En la secuencia de cinco o seis imágenes siguientes, Fiódor *extrae la flecha de su carcaj* y penetra alternativamente a una y otra.

El chico razona que en un país comunista el tiempo de asueto debe mirarse con malos ojos, y por esa razón la mujer que espera su turno, impenetrada, no se está de brazos cruzados. Cosquillea los testículos de Fiódor, o le masajea los riñones; le lame un pezón a la amiga; en una ocasión, toma asiento en su cara.

En la escena final, el comisario político irriga a las dos mujeres. Karina se aprieta las tetas para recoger el semen en su pecho, como si fuese agua de lluvia. Nadia, cuando le llega la vez, interpone su rostro al manguerazo lácteo y se relame las mejillas con una lengua larga, de punta satánica, que le roza el pómulo.

Sus axilas están depiladas a raíz, pero algunos folículos recalcitrantes amenazan con brotar. Piel rojiza, irritada por cera o gillette.

Franki no pasa página. Aplica un renovado vigor a la mano masturbadora.

Media hora antes, Franki despertaba en el búnker. En la calle brillaba el sol de primavera, pero allí abajo solo una luz esclerótica, seminal, conseguía filtrarse por los orificios de las persianas de plástico, en el bajante, y los ventanucos que daban a Sant Pere. Ningún ruido.

Era festivo, avanzada la mañana. Durmió no muy satisfactoriamente, pues a lo largo de la noche fue incapaz de olvidar la presencia de las revistas del sexperto, *Macho*, *Penthouse* y *Private* en su habitación. Pulsando, emanando una energía sicalíptica que le atraía hacia ellas, y que un estudioso de literatura clásica podría haber comparado, sin demasiado esfuerzo, a los cantos de las sirenas en la *Odisea*.

La tarde anterior no pudo gozar de las publicaciones como era habitual, pues tanto su madre como Virtudes, la irregular mujer de la limpieza, estaban en casa. La primera no representaba un problema, pues tendía a dejarle en paz y permanecer en su dormitorio o el salón, ocupándose de sus asuntos, pero Virtudes era el tipo de persona que preguntaba «¿puedo entrar?» cuando ya se había adentrado cinco metros en el interior de una estancia. Decidió no arriesgarse y esperar al nuevo día.

Una rápida ronda previa por el hogar, en pijama aún, le confirmó que la madre, según proclamó la velada anterior, se había marchado en coche a Barcelona para realizar lo que ella llamaba «un día para mí»: una ronda de citas misteriosas y «recados» no específicos, que solían devolverla a casa con varias bolsas de boutiques femeninas, aliento a cóctel diurno y ninguna explicación.

En cuanto al profesor, este se encontraba en un festival español (¿«la gran fiesta de la literatura»?), presentando su novela de debut. Perla no daba señales de vida. El ancestro debía haberla encerrado en el garaje.

Colocó las tres revistas, en abanico sobre la cama, abiertas en las páginas que, tras varios días de uso, sabía que le titilaban. Se arrodilló ante ellas. Había algo litúrgico, pagano, en aquella posición, la de un chico dispuesto a adorar a un nuevo ídolo y ofrendar su simiente. Se bajó el pantalón de pijama hasta medio muslo.

Tomó el pene. Estaba blando. Reposaba en la palma de su mano cual náufrago exhausto sobre una lancha de salvamento.

Había mirado su órgano muchas veces, pero seguía sorprendiéndole la presencia antinatural de aquel cilindro venoso en mitad del cuerpo. El sexo parecía salir del tronco no en forma de embudo, empequeñeciéndose poco a poco, sino de manera similar a la válvula de hinchado de un flotador.

Se acarició con las puntas de los dedos las cicatrices de la hernia, una en cada lado de la ingle. Carne fundida y soldada a su piel, del color de una goma de borrar. Se estremeció. Separó la mano de las marcas, empezó a acariciarse las joyas con la mano derecha, mientras con la izquierda hojeaba el *Private*. Notó la ansiada conmoción hidráulica. Cuando llegaba a algún anuncio, pasaba la página con prisa, no quería detenerse en aquello, pero a la vez no podía evitar que los detalles se infiltraran en su mente.

Sr. D. Luis A... / Veinte años / DNI 46228565
DIMENSIONES REDUCIDAS DEL PENE
INFORME:
D. Luis sufría un gran complejo por la pequeñez de su miembro (10 cm) que le hacía evitar los contactos sexuales, a pesar de que es hombre apasionado, capaz de varias erecciones diarias.

TRATAMIENTO DE AUMENTO Y DESARROLLO SEXOLOGIC PLUS-50
Escribe D. Luis:
Mi pene aumentó 5 cm en menos de un mes y siguió creciendo, haciéndose más largo y gordo. Ahora soy el «gallo del barrio» y me buscan para todas las fiestas. ¡Tengo una orgía sexy cada noche!

FÓRMULA PLUS-50
Tratamiento rápido de desarrollo del órgano masculino. Considerable crecimiento en una semana.

Tratamiento completo, ref. 1632P 1.700 ptas.

Cuando llegó al familiar reportaje de las rusas, su virilidad experimentó un alzamiento prometedor. El falo no circuncidado parecía ir envuelto en una gruesa bufanda cárnica. La arremangó y dejó a la vista el glande. En el intersticio donde se unía con el prepucio, los pliegues de carne dibujaban una sonrisa.

Tiró hacia arriba la piel. Y luego hacia abajo. Y arriba.

Y abajo. Repitió la operación varias veces más. Continuó pasando página, como sabe el lector. Una sensación de *lebensraum* prostático se extendía por su abdomen. La firmeza de su órgano mostraba un «considerable crecimiento», y al rato se tornó enardecida erección.

Aquella era una magnífica sensación, se repitió, como tantas veces en los últimos días. No había nada mejor que masturbarse. ¿Quizás, por ventura, que te masturbaran? Montse frustró la primera «paja» que a él le hubiese realizado mano ajena, así que seguía sin saber si el acto representaba un paso superior, o inferior, a lo que tenía lugar en aquel momento. El encuentro de la roulotte le había dejado una rara elación en el centro del pecho, si bien mezclada con la vieja premonición de la catástrofe y algo que parecía oprobio, y que él se esforzaba por expulsar de la ecuación. En otras palabras: debería estar orgulloso de lo sucedido, pero, por alguna razón, menos oscura de lo deseado, no lo estaba.

Fuere como fuere, la acción abortada parecía haber rellenado los crótalos del chico de un contingente de semen tan abundante como belicoso, que él llevaba varios días vaciando, sin que la carga mostrara síntoma alguno de decrecer.

Pasan diez minutos. Cuando Franki está a punto de eyacular, percibe que alguien se acerca por el pasillo. Se vuelve hacia la puerta. No la cerró ni atrancó, convencido de que estaba solo en casa.

La puerta empieza a abrirse.

Él pega un brinco y trata de darle la espalda al intruso. ¡Ocupado!, grita, aunque ni siquiera se encuentra en el baño. Arroja un par de cojines sobre las revistas. No recibe respuesta. La puerta está medio abierta, y continúa abriéndose gradualmente.

Mamá, ¿eres tú?, pregunta, su voz cada vez más aflautada. Con la mano derecha, todavía de rodillas, tira de su pantalón. Está encallado en la rodilla. Alcanza a subir una sección lateral, pero solo tapa media nalga y parte de los huevos; el venablo sigue a la vista, empieza a deshincharse. Lo deja caer y cubre su pudor.

¡Si eres tú, Mamá, no tiene gracia!, grita.

La puerta continúa su progreso, milímetro a milímetro.

Finalmente, aparece un hocico, seguido de una cabeza de pelaje oscuro.

¡Santo Dios, Perla!, exclama él. Se echa la mano derecha al pecho, nota que el corazón le late con fuerza. Un poco más y me da un infarto por tu culpa, dice, perra del demonio.

La labrador da dos pasos hacia él, resuella y saca la lengua. Debe haber pasado un buen rato subiendo y bajando las escaleras de la casa, como sustituto del paseo exterior que su amo ausente no le ha ofrecido por la mañana.

Él se pone en pie. Termina de subirse los pantalones de pijama. Perla le observa con curiosidad, orejas levantadas y lengua fuera, una lengua rosada y larga, redondeada como una espátula, húmeda...

Franki la coge del collar antipulgas, empieza a arrastrarla hacia el baño.

La perra aceza. La lengua se le balancea entre los caninos inferiores. Él se pone de rodillas sobre la esterilla de la ducha. Se baja por segunda vez los pantalones de pijama hasta medio muslo. Mira su pölla. Vuelve a estar dura y curvada, invita a comparaciones con Gjallarhorn, el cuerno vikingo que, en los mitos escandinavos, anuncia el Ragnarök. Le brilla la punta del glande.

Franki tiene en ese momento una idea audaz: echa la mano al borde de la bañera y toma un bote de acondicionador. Lo abre, deja caer la tapa circular. Se toma el pudendo con dos dedos. Introduce la punta en el bote. La crema está algo fría pero el aparato no se destensa. Empieza a patinar con el frenillo por la superficie; resulta agradable.

Muy agradable.

¿Demasiado agradable?

¡Ten cuidado, Franki Prats!

Separa el dardo del bote. Se obliga a serenarse; sacude la cabeza. Tranquilo, amigo. Si vas a hacer algo, hazlo bien.

La retriever le mira con interés. Él se endereza un instante y se ve el rostro en la parte inferior del espejo. Siente ganas de devolver. Piel linfática y pulverulenta, del color de la cebolla. *Todos los signos del desenfreno* que centellean en su mirada. Por suerte no alcanza a ver su sexo embadurnado.

Devuelve el bote a la bañera y se resguarda del reflejo, doblando la columna por la zona lumbar. El pene erecto le mancha la tripa de acondicionador, lo nota frío y rígido en el ombligo.

En cuanto a Perla, cada vez parece más contenta. Por un segundo, el chico titubea. ¿Y si la perra le arranca el carajo de una dentellada? Una *fellatio* bien realizada, la primera de su vida, no será de mucho consuelo cuando se vea obligado a ejercer de eunuco, piensa; y esta vez, al contrario de lo que sucedió con la hernia, lo será de veras.

El presente hiato en la acción, lector desconocido, sería un excelente momento para que Franki reflexionase sobre lo que está a punto de hacer, buscar pros y contras, vaticinar consecuencias futuras, manchas en la biografía póstuma, incluso implicaciones de tipo legal, pero su urgencia, como manifiesta el estado de su caramillo, es demasiado grande. Un *priapismo considerable*, similar al que, según dicen, padeció Friedrich cuando se volvió loco en Turín.

Choma, chupa, le dice.

La perra acerca su cara al falo. Sin más preámbulos, empieza a lamerlo, lengua arriba y lengua abajo. Pega unos lametones ásperos y suaves a la vez, en la punta y en la base. Es una lengua amplia y larga. Franki no se cree que aquello esté sucediendo de veras; es maravilloso.

Gime.

Pasan veinte segundos.

Gime, más fuerte aún.

Su sexo convulsiona. Empieza a escupir balazos de esperma: uno de ellos impacta en el borde de la bañera; el otro dibuja una elegante parábola en el aire y aterriza en el lomo del animal; otro se derrama con menor fuerza, borboteando, y le pinta al chico un puño americano en nudillos y primeras falanges.

Virgen santísima. Se nota las orejas incandescentes. Le tiemblan las rodillas. No ha tenido ni tiempo de conjurar, como había planeado minutos antes, cuando se dirigía hacia el baño, las primeras líneas argumentales de la ensoñación parisina de Clara Pou.

Que te la chupe un perro es mejor que masturbarte con las revistas del sexperto, decide. Mejor que masturbarte con la biblioteca erótica materna. Mejor que fantasear con Dick. Mejor que «montárselo» con Montse Morales y que te deje en la estacada.

Mejor, en suma, que cualquier cosa que él haya probado en su cerbatana hasta la fecha.

Perla sigue lamiendo, repasa ahora verga y nudillos. Parece contenta, y él está demasiado sofocado como para detenerla. El bis de lametones resulta placentero.

No pasa nada. Tranquilo todo el mundo. Esto no es más que un pacto simbiótico, se dice, en su fuero interno y también a un público de testigos tan imaginarios como imparciales. Es algo perfectamente natural, añade. Todos hemos visto en documentales cómo algunos pájaros comparten una relación similar con un elefante, por ejemplo, limpiándole de parásitos y todo eso, mientras que el elefante...

Siendo sinceros, Franki no tiene del todo claro qué hace el elefante por los pájaros. Quizás no hace nada. Quizás no le hace falta. En las relaciones, siempre hay uno que pone más que el otro.

Cuando la perra termina, las manos y la cola de Franki están limpios. Perla levanta el hocico y se lo queda mirando; orgullosa, tal vez, como si acabase de traerle una pelota de tenis que el chico le lanzó en el patio.

Él permanece de rodillas en la esterilla, mirándola. Se pregunta hasta qué punto la retriever es consciente de lo sucedido. No le mordisqueó en ningún momento. No creía que una verga fuese comida. Por narices tenía que haber entendido, aunque fuese a un nivel instintivo, el significado de lo que se disponía a hacer. La perra había obrado por inclinación genética. No dudó ni un segundo; se amorró al instante, sin remilgos.

Franki tiene la cara ardiendo aún. Puede sentir los latidos del corazón, haciendo eco en el interior de su cráneo. Parecen trabajar solo para devolver sangre desde el órgano, que se deshincha, al resto de su cuerpo.

Cuando empieza a sentir los síntomas de abatimiento

que son inseparables de la *pequeña muerte*, según la llaman en algunos libros, le dice a la perra:

Fuera de aquí, Perla. Venga, fuera, fuera, se acabó lo que se daba.

La empuja por el lomo. La labrador se da la vuelta y abandona el baño, meneando con desenvoltura sus cuartos traseros. Cruza la habitación, luego sube las escaleras del búnker, sin más, y desaparece.

Franki se pone en pie en el baño y se sube los pantalones. Vuelve a enfrentarse a su rostro en el espejo, sofocado, ojos delirantes. Cae en la cuenta, como el que regresa a su cuerpo físico después de un viaje astral, de que, lisa y llanamente, acaba de culminar el primer acto sexual satisfactorio de su vida con un can.

Sí. Un animal acaba de quitarle la virginidad, o al menos parte de ella.

Un nuevo pensamiento le golpea con fuerza inesperada: desde ese día y hasta el día en que se muera, cada vez que alguien le pregunte, o él rememore, su «primera vez», pensará en Perla, la perra de la familia.

Franki *cierra las puertas de sus ojos para impedir que su alma se despeñe hacia tanto mal*, que dijo san Agustín. No le sirve de nada. Ojos abiertos o cerrados, sabe que ha hecho lo que ha hecho, y que era malo, y que su alma, a consecuencia de ello, ha empezado a despeñarse.

Franki olía el cloro debajo de su propia ropa; escapaba de su cuello e iba a parar a su nariz. Salía de la piscina del colegio Bardina, en la calle Marià Fortuny, al extremo oeste del pueblo. Hacía tan solo un mes que había matado de un tiro a Fokker, el sabueso de su tío.

Era un día helado de principios de diciembre, a las siete de la tarde. Quedaba poco para la feria de la Puríssima, primero, y su cumpleaños, justo después. El cielo estaba negro, espeso, del color de la pez, como si el mundo llevase una eternidad sumido en la penumbra, aunque empezó a oscurecer tan solo media hora antes. El ayuntamiento acababa de colgar las luces de Navidad, y las arterias principales destellaban con estrellas, letras y, por alguna razón, pollos eléctricos. Olía a metal húmedo de barandas y semáforos; a las planchas vaporosas de la tintorería Casals; a invierno.

El chico se aferró con ambas manos, embutidas en manoplas, a su mochila. Se dispuso a imprimir prisa a sus pies, aunque sus padres no le esperaban. El profesor ni siquiera estaría en casa, posiblemente. Le sonaba que se había ido a algún congreso. O a unas «jornadas». No sabía qué diferencia había entre ambas actividades.

En la puerta del Bardina, ponderó por un instante el camino a tomar. Alguien como él, destinado a la grandeza, debía mantenerse siempre vigilante. Sus antagonistas aguardaban cualquier descuido para caer sobre él en mortífera jauría, como le sucedió a Semmelweis en los pabellones de maternidad vieneses.

Era aún temprano, quedaba casi una hora para que las tiendas empezaran a cerrar, se veía a gente circulando, sobre todo chavales que, lo mismo que él, terminaban sus actividades extraescolares. Jaume I estaría concurrida a esas horas, por las compras navideñas, y también por las granjas y el kiosko de prensa y el bar Nicasio y todo lo demás. Decidió bajar por allí, atravesar el casco antiguo, cruzar la plaza del ayuntamiento y subir por la cuesta de la iglesia para coger su calle por el extremo opuesto.

Desembocó en Francesc Macià sumido en sus cavilaciones. Por extraño que pueda parecer, aquel día no eran premonitorias de nuevas calamidades. Estaba fantaseando con Clara Pou, la chica más guapa del Vedruna y capitana del equipo de básquet. Iba a la misma piscina que Franki, aunque sin hacer aprecio explícito de la existencia del chico. Nadaba muy bien, su pequeño cuerpo, embutido en un bañador Amarras entero, se deslizaba por la superficie del agua como un escualo sin problemas de conciencia.

Al terminar, él la veía secarse con la toalla, admiraba en secreto su silueta treceañera, que en un par de cursos había dejado de ser fusiforme, con su barriguita y pecho plano, para desarrollar pequeñas lomas y salientes en los sitios indicados.

En el vestuario, Franki se imaginaba citándose con ella, encarnado en Dick Loveman. El casanova galáctico se sentaba en el dintel de su ventana, en la calle Amadeu Vives, y le susurraba a la chica en el idioma de la seducción.

A él le gustaba mucho más habitar la piel de su otro yo que la suya propia. Todo era más sencillo siendo Dick, los contrastes eran en él más definidos, las soluciones a problemas se presentaban en una forma transparente, aplicable.

El huérfano Dick, por añadidura, no tenía que soportar a una *zona anímica vacante ocupada por un ente parasitario*, que diría Friedrich, ni a una exmodelo de fama regional, hoy ama de casa banal y aplicadora compulsiva de enemas. Y solo por esas dos razones valía la pena cobijarse en él.

Sobre los enemas, lector desconocido, Franki tenía que decir lo siguiente: las lavativas y los supositorios eran una forma de vejación que llevaba sufriendo una vida entera. Él no sabía hasta qué punto era normal aquello; no tenía forma de compararlo, y no se atrevía a preguntárselo a nadie, mucho menos a Bruno Berniola, quien, pese a su corta edad, ya «apuntaba maneras», como suele decirse, y era capaz de presentarse voluntario para ello.

El problema había ido aumentando a lo largo del último año. Desde hacía unos meses, una jornada sin ir de vientre era la única excusa que Marga necesitaba para colocar al hijo boca abajo en la cama y, sin más preámbulos, deslizar una bala engrasada de glicerina en el interior de su recto. En casos más «graves», cuando él llevaba simplemente dos días sin ir de vientre, Mamá se decantaba por la drástica lavativa de agua con jabón.

Si cerraba los ojos por un instante podía verla, solo dos días atrás, entrando en la habitación con aquel artefacto de blando plástico verde, en forma de bocina y con cuello estrecho, en las manos. Una mirada de expectación en sus ojos que él no se atrevería aún a calificar de lúbrica, pues era demasiado chico para realizar tales asociaciones, pero que sí era, de un modo que no acababa de quedar claro, impropia, a la vez que inconfundiblemente vejatoria, como intuye el lector.

Franki detectó a su izquierda un vehículo que aminoraba la marcha. El coche se detuvo en doble fila, enfrente del bar Nevada, unos metros más adelante. Era una furgoneta Seat Trans de color semen. Hizo luces: un par de pestañeos breves. Luego se encendieron los warnings, que continuaron pestañeando, solo que en color anaranjado. Franki vio, a través del parabrisas trasero, cómo el cuerpo que iba en el interior del vehículo se inclinaba hacia la derecha. La ventanilla del copiloto, que daba a la acera, empezó a deslizarse hacia abajo. Rechinaba.

¡Franki! ¡Aquí!

El interior de la furgona estaba oscuro, pero él no tuvo dificultad en reconocer la voz palatonasal del tío. Anduvo unos pasos más, en nada se situó a su altura. Dejó de andar. Los separaba un vehículo estacionado en la acera.

Jesús parecía llevar gorra plana, de perfil se asemejaba a un pico de pato. Por un segundo pensó que tal vez se había puesto un disfraz anadesco, pero descartó aquello por poco probable, incluso tratándose de una persona «excéntrica», por usar un término no ofensivo, como era el tío.

Franki repasó mentalmente su calendario. No, estaba seguro de que ese día no había quedado con él para jugar al Commodore. De hecho, llevaba un mes sin poner los pies en aquella casa, porque un mes antes, como ya se dijo, se había cargado de un tiro limpio, perfecto, a Fokker, el sabueso cazador.

La vuelta a casa, con el perro muerto en el maletero, el día de Montagut, no resultó fácil ni cómoda para los dos pasajeros que seguían vivos. Fokker ya no ladraba. No se movía. En resumidas cuentas: había abandonado este mundo.

Franki miraba por la ventanilla, intentaba concentrarse en el paisaje de aquella zona norteña, tan distinta a la suya: los pueblos pequeños, pintorescos, con sus depósitos de agua oxidados, sus cultivos fértiles, sus vacas marrones y sanas; casitas con tejados a dos aguas, paredes de piedra y madera, chimeneas que humeaban; bosques de hayas y chopos y robles saludables, en lugar de las moreras aftosas del Baix.

No lo logró. Hiciese lo que hiciese, sus cavilaciones regresaban al fardo peludo, sin el menor hálito de vida, que acarreaban en la parte trasera de la furgoneta.

No tenía claro cómo debía sentirse por la muerte de Fokker. Aquello parecía haberle aportado una extraña sensación de poder, que en un primer momento atribuyó a la terminación deliberada de vida ajena.

Pero no, poder no era, exactamente. Más bien era como si aquel accidente hubiese traído con él una sustancia pesada y sólida que colmaba su ser. Matar al perro le había hecho sentir... ¿entero? Sí, o cuando menos más entero de lo que se había sentido en los últimos años, tras la hernia y el resto de cosas, cuando temió haber dejado de existir en el plano físico. Franki se sentía a menudo desintegrado. Desperdigado. Flotando sin entidad en el éter. Evanescente, traslúcido, cual film adhesivo pegado a un arbusto, a merced de la brisa.

El niño vacío, sí, que tras matar a Fokker había dejado de serlo, y notaba cómo sus células y moléculas se reagrupaban, aunque fuese momentáneamente, y tomaban forma sólida, en su cuerpo ya íntegro. Colmaban el hueco de su bragueta.

Eso por un lado. Por el otro, haber matado al perro le hacía sentir mal. Mal de verdad. Pues Franki Prats Ribas, dijesen lo que dijesen los psicólogos infantiles del Bosco, no tenía «dificultad para la empatía». Más bien lo contrario. Más bien lo contrario.

El padrino no le dirigió la palabra en todo el trayecto. No le colocó la mano en el hombro y le dijo «No ha sido nada, vamos, vamos, un accidente lo tiene cualquiera». Él no esperaba algo así, exactamente, de hecho le hubiese sorprendido escuchar aquellas palabras, pero igualmente no pudo evitar desearlo.

Jesús solo le iba mirando, con los párpados entrecerrados, el labio inferior trémulo. Lloraba, esta vez de verdad. Le chirriaban los molares y mascullaba extensas vituperaciones que el chico era incapaz de traducir, no sabía si porque había aumentado el gangueo o por el abigarramiento morfológico.

Kilómetro tras kilómetro, camino a su casa, el sobrino mantuvo una postura que invitaba a comparaciones con el rigor mortis en fase de estado. El tío le dejó, casi empujó fuera del coche, ante la casa de los Prats-Ribas.

Allí, en la puerta rejada del patio, viendo cómo se alejaba, haciendo eses, la furgona del padrino, no sintió el alivio esperado. Todo lo contrario: se vio cautivo de una oscura premonición.

ENLACES *LIB*

BO-65 Marido, deja que tu esposa goce con otro hombre. Ellas también tienen el mismo derecho a cambiar de plato. Tú podrás mirar o participar a trío. Soy atractivo y tengo treinta y tres años. Cataluña.

BO-23 Mujer, si te emocionan las lavativas, escríbeme, por favor.

Papá y Mamá reclaman la presencia de Franki en el salón-comedor. Él detecta en su llamada el tono solemne que reservan para las grandes charlas, y acude a la cita con los primeros indicios de una poderosa depresión gástrica.

Sentado al lado de la inmensa fotografía enmarcada de Perla, Santiago acaricia la cabeza de la perra real, que está a su lado en postura de esfinge, cuartos traseros al suelo y patas delanteras tiesas. Siempre ha sido un animal voluminoso. «Hembra labrador retriever con papeles, pelaje oscuro lustroso», decía el anuncio. «Nacida en España», añadían, como si eso fuese un inestimable extra.

El profesor lleva una camisa de lino, sin cuello, de aspecto tolstoiano, abierta en el torso hasta el cuarto botón. Un observador neutral, lo quisiera o no, sería premiado al mirarle con un alarmante atisbo de jungla pectoral. La perra no parece percibir la *venenosa exhalación de Aqueronte*, sobre la que nos previno el poeta, que despide el cabeza de familia.

Toma asiento, por favor, le interpela Papá, en su voz más engolada, a la vez que le muestra el sofá.

Franki se sienta en el pie de la L, y se pregunta si Perla habrá confesado lo que hizo con su venablo un par de días atrás. El rabo de la perra tamborilea en la moqueta con una serie de golpes sordos e irregulares. ¿Morse, tal vez?

No digas locuras, Prats; haz el condenado favor de calmarte. ¿Cómo va a saber morse una perra?

La labrador mira al padre con la lengua fuera. Aceza. Sus ojos no despiden el brillo mezquino del chivato. Todo parece en su sitio. Lo más probable es que la charla tenga que ver con el malentendido de la rana, que el tutor le ha debido contar a Mamá.

Hoy he hablado con tu tutor, dice ella. Esta vez la has hecho buena, Francesc.

El ancestro solo utiliza el nombre oficial cuando está, o aparenta estar, disgustada. Se halla ante la ventana ovalada, mirando a la calle Sant Pere, una pose aprendida en obras de teatro parroquial de éxito mixto. Un vestido tubular color verde espárrago, de costuras estrechas, constriñe su rotunda popa. Se vuelve. Dos coletas infantilizantes se derraman a cada lado de la clavícula. Franki admira su escote moteado; el hueso abollado que divide sus pequeños senos parece una tableta de Toblerone. Un brazo en jarras y puño en cintura, el otro tieso y pegado al cuerpo.

Espero que estés orgulloso de ti mismo, le dice, ¿tengo que empezar a preocuparme?

Él piensa que «empezar» es el verbo procedente.

Fuera, en la calle, sopla un viento gótico. En la casa, el aire empuja, silba y gime al atravesar tuberías, agujeros de enchufe y ventanas que cierran mal.

Pero qué te ha contado el pollo ese, dice.

La madre inicia su versión personal de la versión del tutor de la versión del maestro que le pilló en pleno acto, en la clase de Biología. Él comprueba que, para su desgracia, en lo fundamental, las tres versiones coinciden.

Dicen la verdad, en una palabra.

Mírate, hijo, dice el profesor, ¿es que no ves que el fango se adhiere a las acciones inmundas?

Mamá se vuelve hacia el marido.

Hamlet, añade Papá, sin mirarla.

Perla se abre de patas y le presenta al amo la panza pálida, con sus rosáceas glándulas mamarias. Un coño canino en forma de pistacho, con un manojo de pelo puntiagudo en el extremo superior y un destello de carne rojiza en su interior. Sonrisa altanera en el hocico.

¿«Sonrisa»? Los perros no ríen, Franki. Ni altaneramente ni de ningún otro modo. Sus músculos faciales son genéticamente incapaces de ordenarse en muecas expresivas.

De verdad que no sucedió como dicen, suelta. Se trata de un enorme malentendido.

Eso mismo me dijiste cuando pasó lo de los yanomamis, y te creí. Te defendí ante tu padre (le señala), le dije a este que, aunque de verdad hubiese sucedido aquello, era normal. ¿Y así me lo pagas?, ¿volviendo a las andadas?

Un recuerdo: en la diapositiva, los yanomamis estaban en fila india, en el claro de un poblado, rodeados de cabañas de adobe y techo de ramas. Espesa jungla al fondo. Todos los hombres llevaban los penes atados por el pellejo a un cinturón de liana. Las mujeres, fuesen jóvenes o viejas, tenían los *aldabones flojos*, se les derretían sobre la tripa. Pelo peinado en forma de cazo, narices y orejas perforados con huesos tallados. Varias de ellas acarreaban a hijos en brazos o a la espalda, enfardillados.

Era el día mundial de recaudación para las misiones. Los curas les contaron que los yanomamis eran una raza de natural pendenciero, sin demasiados reparos a la hora de exterminar a tribus vecinas. Él pensó que en la foto no parecían peligrosos.

La sala de audiovisuales del Bosco olía al plástico caliente del proyector y al fieltro que recubría las paredes. El polvo bailaba en el haz cónico de luz. Octavo B estaba a oscuras y en silencio. El padre Gimeno había amenazado a la clase, en términos no abstractos, con lo que sucedería si alguien soltaba alguna bromita sobre la tradición nudista de los indios. La diapositiva creaba efectos oleaginosos en su cara.

El proyector se atascó. La imagen quedó fija en una yanomami que oraba, postrada, ante una gran cruz de madera. La fotografía estaba tomada en escorzo, desde atrás. Las opulencias de la mujer barrían el suelo. Por debajo de la falda de hojas de palmera se podía distinguir, si uno entornaba los ojos y poseía una imaginación fecunda, como era el caso del joven Franki, una sombra de bollo. Los labios vaginales, dilatados por innumerables partos, colgaban a cada lado del coño como «cortinas de panceta» (pues de ese crudo modo los definía Berniola).

El padre Gimeno empezó a maldecir y trastear con el proyector. Franki, sentado en la última fila de la sala, cerró los párpados y se abrió la cremallera del pantalón y empezó a acariciarse el frenillo con los dedos en forma de ventosa.

Había hecho al fin el «cambio», lector desconocido. Unos días atrás regresó del viaje de fin de curso, donde, como se relató en páginas anteriores, Berniola y los «breakers» le mostraron las prestaciones alternativas que tenía su flecha. Al llegar a casa gozó de un sueño venéreo, de naturaleza indeterminada, que culminó en su primera polución.

Ahora estaba listo para eyacular, por su propia volición, por vez primera. La diapositiva cobró vida en su mente. Se abrió el follaje, apareció un galán de quijada granítica, llevaba ropa de explorador, hecha jirones y embarrada, y un salacot echado a la coronilla. Chupachups en la boca. Una de sus manos estaba sujeta al fusil que colgaba de su hombro. La otra se desplazó a su paquete. Le habló a la yanomami.

Tengo aquí otro ídolo que puedes adorar, pequeña. Fálico, como puedes apreciar. Me temo que se trata de una religión prohibida, y voy a tener que pedirte, a ti y al resto de las comadres, que lo escondáis de las autoridades en algún sitio oscuro y remoto. Ya sé: lo ocultaré en vuestro angosto sendero de Sodoma. Iros poniendo en fila, y en pompa, si me hacéis el favor, por estricto orden de atractividad. Se aceptan, incluso celebran, las desdentadas.

Era Dick. Llevaba existiendo desde la operación de hernia, pero aquella era la primera vez que Franki lo usaba para propósitos lúbricos. Al chico no le sorprendió su presencia en la fantasía; fue como si siempre hubiese estado destinado para esos fines, pero hasta aquel momento a su imaginación le hubiese faltado una pieza esencial para completarlo.

No tardó en escucharse un gemido orgásmico. Venía, claro está, de su boca.

El padre Gimeno murmuró algo, apretó un interruptor. Todos los fluorescentes se encendieron, escalonados, de un extremo a otro del aula. La pantalla se oscureció. La yanomami a cuatro patas seguía allí, algo más neblinosa, como si la hubiesen recubierto de celofán. Al hacerse la luz en la sala se vieron las butacas plegables acolchadas; las nucas, o coronillas, de los alumnos.

Los chicos empezaron a buscar a su alrededor, entretenidos, el origen del gimoteo. El padre Gimeno ya lo tenía localizado. En tres zancadas se hallaba en la última fila. Los alumnos se volvieron a la vez, como si fueran una sola entidad. Franki, en su asiento, respiraba trabajosamente y parecía luchar con algo en su regazo.

El cura no era un gran especialista en temas sexuales, pero al gemido del chico sumó la camisa por fuera de los pantalones, el rostro sofocado, el contenido de la diapositiva, y con ello trazó la casuística. De un berrido hizo callar a la clase, que empezaba a imitar el suspiro de placer fránkico.

Le agarró de un brazo y le obligó a ponerse de pie. Le zarandeó un par de veces, cogiéndole de ambos brazos.

Qué significa esto, eh, qué significa.

Luego le cruzó la cara de una bofetada.

Franki sintió que su cabeza daba una vuelta completa sobre su cuello. Se le anegaron los ojos. No protestó su inocencia. De los libros de Sven Hassel que le prestaba el tío Jesús había sacado unas cuantas ideas más o menos firmes sobre lo que eran la valentía, la dignidad y la nobleza en apuros.

Se tragó las lágrimas y se limpió el semen de la palma de la mano, producto de su primera paja oficial, visiblemente traumática, en un costado del pantalón. Se metió los faldones de su camisa por dentro, sin dejar de examinar el suelo; luego se subió la bragueta. Se acarició la mejilla. Estaba caliente y pulsaba, sincronizada con cada latido de su corazón, y también de su pölla.

La sonrisa del tío Jesús parecía un pliegue del frenillo prepucial. ¡No estoy enfadado, te lo prometo!, gangueó, desde el volante. ¡Tengo [algo] para ti!

El sobrino se dirigió hacia allí. Cruzó por delante de un coche estacionado y se situó junto a la ventanilla de la furgoneta. El auto seguía con el motor en marcha, detenido en doble fila. Una nube de vapor traslúcido se desprendía del capó. Él mantenía ambas manos bien aferradas a las asas de la mochila, por si tenía que echar a correr.

El padrino, dentro de la Trans, continuaba ladeado hacia la derecha con la mano en la manivela.

Hey, hola, dijo él.

¡Hola, sobrino!, contestó el otro. Algo, más extraño de lo habitual, impregnaba su rostro. Sus ojos parecían haberse contraído. El reflejo colorado de los warnings del salpicadero rebotaba en su córnea, sus rasgos invitaban a comparaciones con la niña de *El exorcista*.

¿Pasa algo?, dijo él.

¡Tengo una sorpresa para ti!, repitió el otro.

Esta vez Franki entendió la palabra. Me esperan en casa, respondió. Acababa de concluir que Jesús estaba allí porque llevaba desde el accidente *amasando un odio inter-*

minable, como decían en un libro. Él no deseaba enfrentarse a lo que le tenía preparado como pago por la muerte de Fokker.

En tu casa no hay nadie, dijo el tío. Ni se enterarán.

Tengo deberes, dijo él.

¿Deberes?, dijo el padrino. ¿El genio de la clase hace deberes? ¡No jorobes, hombre! Los deberes son para gente que no tiene más remedio que empollar, como tu padre, con perdón.

Franki sonrió. La alusión directa a su genialidad y, por ende, a la grandeza a la que estaba destinado le hinchó de orgullo la papada. El desaire oblicuo al profesor tampoco fue mal recibido.

Jesús empujó la puerta con la mano, la dejó abierta. Se encendieron las luces interiores en el techo. Regresó a su posición erguida. Llevaba, como Franki había deducido, gorra plana. También una chaqueta impermeable parda, barnizada de una sustancia grasienta, con cuello de pana. Tamborileó con los dedos sobre el volante forrado en cuero. Hizo amago de silbar.

Sube, anda, le dijo.

Franki simuló interesarse por la farola antigua que daba nombre al barrio. Transcurrieron cinco segundos, que pasó meditando su próxima acción. Una vez decidido, agachó la cabeza, entró en la furgoneta y se sentó. Cerró la puerta tras él. No hizo suficiente fuerza; se quedó medio abierta, las luces del techo permanecieron encendidas. La abrió de nuevo y la atrajo hacia él con el doble de potencia. Las luces del techo se apagaron.

Él percibió un zumbido, se alarmó, por un segundo pensó que había desarrollado la habilidad precognitiva de Spiderman, hasta que se dio cuenta de que el pitido venía del sonotone que llevaba el tío. Este se desplazó hacia Franki. Él hizo amago de protegerse la cara, pero el otro solo extendió el brazo hacia el asiento trasero.

La mano regresó y tomó tierra en un muslo del sobrino. Abrió los dedos y depositó un pequeño bulto allí. Tenía forma de casete.

Venga, ábrelo, dijo, apartando la mano. Asintió con la cabeza varias veces.

¿Yo?, dijo él.

Yo, dice. Claro que tú. A qué otro sobrino ves en el coche, ¿eh?

Franki dudó. Él a veces tenía dificultades en leer determinadas expresiones o entonaciones, cuanto más sutiles peor, y por un momento pensó que las frases de su pariente eran literales, y que realmente se le había encomendado buscar a otro sobrino dentro de la furgoneta. Miró hacia el asiento trasero.

Míralo cómo busca, dijo Jesús.

El hecho de que el tío se dirigiese a un testigo invisible le confundió más aún. ¿Se trataba de otro sobrino, entonces? ¿Un clon idéntico, como los que creaban las «esporas antropomorfas de Orión» en el número 14 de *Ricky Wilde*? ¿O tal vez se trataba de alguien a quien habían contratado para vengar lo de Fokker? ¿Cuánta gente había en aquel coche, de todos modos? ¿Disminuían y aumentaban de tamaño a placer, igual que el Cuenta-Nabos de las fábulas alemanas?

Es para ti, tonto, dijo al fin el otro. Por tu cumple. Ábrelo.

El chico se quitó las manoplas. Las dejó sobre el otro muslo. Tanteó el envoltorio con delicadeza, tiró del celo en el centro para relajar la presión y luego hizo lo mismo con el celo de un extremo. Extrajo el objeto.

El interior de la furgoneta estaba aún oscuro, al primer vistazo no supo distinguir lo que era. Se vio obligado a alzarlo, colocarlo en un ángulo favorable, a la luz de la farola más cercana.

Era el *Bruce Lee*. Datasoft 64, con el sello de American Gold, no una copia pirata. Jesús y él lo habían visto anunciado en una de las revistas de juegos de ordenador que llegaban a la mercería. Llevaban un tiempo hablando de él, conjeturando sus prestaciones y pantallas, esperando con ganas el lanzamiento.

En la portada, una ilustración a color del luchador chino, con la mirada perdida y los hombros desnudos. Una captura de pantalla, en un recuadro esquinero, mostraba los gráficos reales: una pagoda con tres niveles, y montañas nevadas al fondo; un ninja de negro en 8 bits saltaba de uno de los niveles, catana en mano; en el nivel inferior, el Bruce Lee de 8 bits ensayaba una patada lateral. No llevaba camiseta. Su piel era de color amarillo canario.

Uah, dijo él. ¡Bruce Lee! Qué guapo.

Su tío le contestó que acababa de salir, no hacía ni una semana. No lo tiene nadie. Una lengua pequeña y rojiza, en forma de pimiento del piquillo, le recorrió los labios, de una comisura a la otra.

Franki se imaginó siendo popular. Contando lo del *Bruce Lee*, chicos salesianos y chicas vedrunas haciendo corro a su alrededor por primera vez, pidiendo detalles, suplicando amistad, futuras meriendas, incluso «fiestas pijama», puestos a soñar, tal vez mixtas, y Franki en medio de todos, dispensando favores o castigos con la aleatoriedad de un virrey corrupto.

Para que veas que no estoy enfadado, dijo el pariente. Se echó la palma de una mano a la propia mejilla, puso los ojos en blanco. Asintió para sí mientras hablaba; miraba de reojo, pestañeaba. ¿Amigos?, dijo.

Claro, dijo Franki.

Jesús entrecruzó el dedo índice y el corazón. Íntimos.

Franki especuló sobre la última palabra. Jesús era una persona amable, pensó, pero no hasta aquel punto. Las veces en que él había estado en su casa jugando a la consola, o pegando tiros en Sant Ramon, el hombre había sido cordial, de acuerdo, pero distante, sin lugar a dudas. De «íntimo» nada. Y no olvidemos, se continuó diciendo, no olvidemos que no hace ni un mes le descerrajé un cartuchazo a Fokker, su querido sabueso, en el costado izquierdo, matándolo al instante.

No, la gente no era tan simpática, decidió, ni en su familia ni en ninguna otra, al menos en aquel pueblo. Desde luego no hasta el punto de hacerle a uno regalos por haber exterminado a mascotas preferidas.

Bueno, qué, dijo el tío. Le brillaban las cejas peladas. El sudor le entraba en los ojos y provocaba que le llorasen por partida doble. Se los secó tirando del puño de una manga y usándola de pañuelo. Se le quedaron las cejas aún más brillantes, por el engrasante del chaquetón. ¿Te vienes o no, colegui?

A Franki le rechinaron los dientes. Examinó su reloj digital de pulsera; pasó unos segundos adicionales concentrado en el segundero parpadeante.

Es importante señalar, lector desconocido, que su acción era puro teatro. Había decidido vencer la inquietud que le despertaba su pariente y acompañarle a la mercería para jugar al *Bruce Lee*.

Quedaban casi dos horas para las nueve. Contando el innecesario, aunque breve, paseo en coche de ida y vuelta, le alcanzaba para un montón de partidas, y sus padres ni se enterarían.

Se forzó a esperar un último par de segundos. No quería parecer un gorrón.

¡Bueno, qué!, le gritó el tío. ¡Que se nos va a hacer de noche!

Vale, vamos, contestó él.

Franki se cruza con Perla por el pasillo y la saluda con una imperceptible sacudida de cabeza. Están los dos solos en la casa. Ella le mira y prosigue su camino: la pisada insonorizada de sus pezuñas sobre la moqueta, el bamboleo de los cuartos traseros, las orejas triangulares rebotando a ambos lados de su cabeza. La cola peluda, que barre el aire de lado a lado.

El chico observa cómo se aleja y trata de discernir entre los movimientos de indiferencia y los de seducción. Luego desciende las escaleras y se mete en su habitación y atranca bien la puerta.

El chico se lame el dedo índice. A la nariz le llega el aroma del papel amarillento de la Biblia Torres Amat, que conserva desde sus años en el Bosco. Huele a libro viejo, a incienso de iglesia, al despacho de su padre; tres fragancias que ni el testigo más desviado definiría como libidinosas.

Pasa una página, luego otra. El flexo de la mesa atrapa en un círculo de luz cenital sus manos y el libro. La habitación está templada, pero no tórrida, y sin embargo él se nota la frente caliente, el intersticio entre las nalgas pegajoso.

Recorre unas cuantas líneas con el dedo, de izquierda a derecha. Desciende por la columna de texto. Se detiene en el punto que buscaba. Levítico, 18. Empieza a leer el versículo:

Con ningún animal tendrás ayuntamiento, haciéndote impuro con él, ni mujer alguna se pondrá delante de animal para ayuntarse con él; es perversión.

Traga saliva. Avanza un par de páginas, hasta que topa con Levítico, 20.

Cualquiera que tuviere cópula con bestia, ha de ser muerto, y mataréis a la bestia.

Su ánimo se enturbia de un modo considerable. Dicho de otro modo: queda sumido en una violenta perturbación del espíritu. No hace falta buscar más, se da cuenta al momento. Por mucho que lea, no va a topar con un pasaje en el que un profeta arcaico absuelva el coito con animales. Siente un escalofrío, como si una revista de ciempiés ligeros de piernas hubiese empezado a practicar la rumba en su espina dorsal. Se seca la frente con la palma izquierda. Empieza a aceptar una realidad que se ha estado negando a lo largo de las últimas semanas: no solo se ha procurado *la polución sin coito carnal, por puro placer, lo cual constituye el pecado de inmundicia*, según afirmaba Tomás de Aquino (él memorizó fragmentos de su *Summa theologica*, con éxito desigual, en el colegio), sino que ahora había realizado *el coito con una cosa de distinta especie, lo cual se llama bestialidad.*

La estancia se ilumina por un segundo. El chico se vuelve hacia los ventanucos. Cuenta los segundos: uno, dos, tres, cuatro, cinco... Estalla el trueno en el exterior. Una tormenta eléctrica, seca aún.

Antes, cuando acababa de terminarse sus macarrones con queso rallado, en la barra de la cocina, se acercó a la ventana y vio cómo se dibujaba una apuñaladura blanca en mitad del cielo negro. El trueno no tardó en llegar.

La habitación se ilumina ahora por segunda vez. Él no cuenta los segundos. El estampido golpea, al poco tiempo, y empieza a llover. Escucha el sonido de las primeras gotas sobre las baldosas del patio y la uralita del bajante. Parece una señal del cielo, casi una advertencia, de naturaleza similar a las plagas y chancros que Moisés arrojó sobre los egipcios.

En ese momento, ante su mesa, siente una aterradora culpa por lo que sucedió (¡provocó!) con Perla. Su catastrófica *liaizoon*. Le entran ganas de chillar; se precipita en una honda desesperación; se muerde el puño. Golpea varias veces con la frente sudada contra la Biblia abierta.

Cómo has podido, se dice, la frente aún pegada al libro. Cómo has podido desviarte del camino de la rectitud para morar por esos descarríos. *El pecado de autoabuso, que algunos llaman incasta indulgencia*, por sí solo, ya era *mortal*, los profetas coincidían al respecto en un grado desconcertante, y tú, Franki Prats, no contento con ello, lo has empeorado con tus bestiales desviaciones.

Estalla un nuevo trueno. El chico levanta la frente de la Biblia; un poco más y rasga la página en la que reposaba (el papel es muy fino, casi de fumar). Le viene a la memoria una frase más, de Antonius de Butrio:

Si neciamente ha tocado su propio miembro de forma que se ha contaminado y derramado su propio semen, este pecado es mayor que si se hubiese acostado con su madre.

Lo que le sucede a continuación es previsible, y a la vez insospechado: nota en su entrepierna el imperioso alzamiento de su virilidad. Decide comprobar si lo que sucedió con la perra fue, como se dice en términos policíacos, un «hecho aislado».

Llama a Perla. La atrae al baño.

Se repite, con variaciones menores, el escenario de la primera vez. La perra le chupa el pífano, arriba y abajo, arriba y abajo, con vigor demiúrgico. Mientras lo hace, el chico se sujeta hacia abajo la piel de la *barra palpitante*, muy fuerte, haciendo presión en la base con el puño, buscando exponer mayor zona sensitiva a la lengua canina.

Al vigésimo lametón, Franki pone los ojos en blanco, se siente a punto de levitar, suelta un gemido. Le parece escuchar el tañido de campanas celestiales junto a sus orejas.

Su dardo explota.

El semen sale en varios estallidos, como una sucesión de hombres bala disparados por su cañón. El primer disparo llena de esperma el hocico de la retriever, ella resopla, trata de limpiarse con la lengua, él se hubiese carcajeado al verla de aquel modo, pero está demasiado ocupado teniendo el segundo orgasmo más sublime de su vida. Los demás disparos caen en la esterilla de la ducha; en el dorso de sus manos; en la pared lateral de la bañera; en su pantalón de pijama arremangado; etc.

Se vacía.

Una gota permanece en la punta del capullo. Franki aparta con una mano a Perla, que intentaba lamerla. Empieza a quedarle claro que esa perra es insaciable, una maníaca, en una palabra, y tiene que establecer ciertos límites. La sujeta y le limpia el pringue del morro con la manga.

Y ahora se acabó, venga, fuera, fuera, le dice. Le arrea un azote con la palma de la mano en los cuartos traseros que la desequilibra momentáneamente. Recobrado el equilibrio, la perra se aleja escaleras arriba.

Bien por ti, se dice él, brava Perla, vive tu vida, querida, y se ríe. El sonido de su risa tiene un eco indudablemente demente, en el baño del búnker, una vez se queda solo.

Ante el espejo del lavabo, dos minutos después. Realiza un análisis severo, implacable, de sí mismo, de la cabeza a los pies, concentrándose en no apartar la mirada. Giacomo Casanova, emergiendo semidesnudo del balcón de una cortesana, tendría una pinta más decorosa que la que ostenta él en ese instante. Se ha quitado los pantalones manchados, y la camisa abierta realza su desnudez, en lugar de atenuarla. Los carrillos, morados como riñones de ternera, contrastan con el resto de su piel, linfática y cadavérica; el sexo caído, irritado y brillante; las cicatrices rosadas de las ingles.

Mírate, Franki Prats. Observa bien la clase de monstruo en el que te has convertido. Te has *abandonado a las más abominables impurezas*, que decía el reverendo George Trosse.

El chico vaticina las nuevas desviaciones que pueden asaltarle en el futuro, y se echa a temblar. ¿Vas tal vez camino de convertirte en el degenerado mayor del pueblo, Prats? ¿Existe un estadio más bajo que el que ocupas en este preciso instante?

Sí, lo hay, mucho más bajo, y nuestro héroe va a alcanzarlo, lector desconocido. Pero eso él aún no lo sabe.

La habitación se ilumina con un nuevo relámpago. Las facultades cogitativas del chico lo registran como simple fenómeno meteorológico, pero no por ello deja de ser simbólico. Se abrocha la camisa, botón a botón, y luego se sube los pantalones, atenazado por un hondo agobio. Deja de observarse en el espejo.

Pasa los siguientes tres días evitando a la perra, y no solo eso, también evitando contemplar su propia imagen. Tuerce el cuello al pasar por delante de los espejos de la casa o, si anda camino del instituto, salva de un brinco el espacio de acera frente a los escaparates reflectantes. Desde fuera parece un vampiro no muy feliz de su condición. O un chiflado.

CASO 194. *Zoorastía / Sodomía impulsiva.* A. Mano de obra de granjero. Dieciséis años. Hijo ilegítimo, padre desconocido; madre fuertemente contaminada, histeroepiléctica. Masturbador desde la infancia; siempre moroso y apático; muy irritable. Imbécil mental, reducido físicamente por el exceso de masturbación; presenta síntomas histeropáticos (anestesia en el testículo izquierdo, limitación del campo visual y daltonismo parcial). Es acusado de cometer masturbación y sodomía con perros y conejos. A los doce ve a un vecino masturbando a un perro, y desde entonces es incapaz de dejar de abusar de canes, gatos y conejos de esa vil manera. Al poco tiempo empieza a cometer sodomía en conejos hembra. Al anochecer, cada ocho semanas, aduce tener que realizar reparaciones en la celda conejera de la granja en la que trabaja, para de este modo gratificar su mezquino deseo. Su empleador halla conejos con el recto rasgado en repetidas ocasiones. El paciente sufre fuertes migrañas tras el acto. Sentimientos de que está perdiendo la razón. En el punto álgido del ataque, sonido de campanas, perspiración fría y temblor de rodillas. En dicha condición, afirma que si le hacen escoger entre una mujer y un conejo hembra, prefiere siempre lo segundo. La evidencia médica prueba que este monstruo humano es un degenerado físico y un inválido irresponsable, pero no un criminal.

(*Tratado de psicopatía sexual*, Dr. Viktor Scholtz-Klink, primera edición, 1888)

Mayo

El cubículo porno de El Elefante Verde huele a una vida entera de transpiración masculina y secreciones furtivas. Es una antigua despensa a la que se desciende por dos peldaños de granito. Sus paredes están cubiertas de estanterías llenas de carátulas, y en la parte superior de la estancia cuelgan un puñado de posters: *Las depravadas*; *Orifice Party*; *Big Melons 5*; *New Wave Hookers*.

En el último puede verse a una pelirroja semidesnuda superpuesta cuatro veces, con la apariencia motriz del Flash de los cómics.

Un solo fluorescente emite su albor frío y difuso, de exigua gradación lumínica. Todo en ese establecimiento parece dispuesto para garantizar la intimidad crepuscular de los clientes. Franki sospecha que el resto de las secciones son meras distracciones, con propósitos fiscales, o simplemente decorativos, del verdadero negocio de la tienda, que es la pornografía audiovisual.

Dicho de otro modo: El Elefante Verde es un sex shop camuflado. El chico nunca ha visto allí a madres alquilando películas de Disney con sus hijos, a ancianas llevándose clásicos náuticos de Gene Kelly. El Elefante Verde se mantiene abierto, incluso con un nivel relativo de éxito, porque al padre de Berniola, desde su intento de suicidio, «le da igual estar vivo que muerto», que dice la gente, y por esa razón no pide el carné a la hora de alquilar películas, ni siquiera a menores.

Es viernes por la tarde. El chico se halla ante una sección marcada por un cartelito plastificado donde puede leerse: INCESTO.

El sexperto no exageraba cuando hizo hincapié en lo «especializado» de la oferta. Un testigo imparcial, de haberlo, podría indicar que la educación sexual de Franki está adoptando un ritmo vertiginoso, pues pocas semanas atrás no tenía revistas pornográficas, ni siquiera había hojeado por encima una de ellas. Ahora no solo tiene tres de dichas publicaciones, sino que está a punto de ver un vídeo de sexo paternofilial. También ha llegado hasta la «segunda base» con una chica y ha recibido sexo oral de un animal doméstico.

Bruno se coloca detrás de nuestro héroe y, con un susurro de aliento caliente que va directo a su oreja izquierda, le dice:

¿Eso es lo que te interesa? ¿La jodienda familiar?

Es una buena pregunta, lector desconocido. Si Franki pudiese expresarse con absoluta sinceridad, haría partícipe a su amigo del desorden romántico en el que se halla inmerso. Sigmund acertó al decir, en su primera tópica, que la *etapa edípica*, que aparecía en la *fase fálica pregenital*, revivía en la pubertad, pero erró al asegurar que aquello terminaba con la entrada en la sexualidad adulta. Lo que Franki padecía no daba la menor señal de remitir.

Al pensar en ello, percibe los síntomas de una cercana perturbación en el tracto gastrointestinal. Toma al azar una película de vídeo, la primera de la estantería. *Anal Fa-*

milie. Lee el texto al dorso: «Papa Walter no puede esperar para penetrar a su Ulrike en el granero». El fraseo no deja claro si la palabra «granero» es un término afectuoso, eufemístico, para llamar al culo de la hija, que a decir verdad es amplio cual silo y parece necesitado de un buen baldeo.

¿Esa? ¿Prefieres el porno alemán?, dice el pelirrojo.

Franki nota la activación de venas, músculos y glándulas que facilitan una conmoción hidráulica. No estoy seguro, responde. Se seca el sudor de la frente con la punta de los dedos. Devuelve la carátula a la estantería. Su mirada planea sobre el resto de las portadas. *Sesso Prohibitto II. Auntie Dearest. Private Teacher. Las madrastraX. Nina se carga a la familia. Tomate Familiar IV.*

Se acuerda de Montse Morales. Ayer, al salir de clase, quedó con ella para ir al cine. No tiene muy claro lo que le estará permitido hacer en la segunda cita. A qué nueva base le permitirá llegar. Duda si pedirle consejo al sexperto; lo último que necesita es que le socaven la confianza. Por añadidura, está empezando a dudar de sus famosas credenciales. Después de todo, ¿qué pruebas fehacientes existen de su currículo coital? No se le conocen novias, ni siquiera «rollos». Incluso Franki, que suele tener dificultades en leer determinadas expresiones o entonaciones, cuanto más sutiles peor, sabe que algo no encaja en las bizantinas sagas eróticas que Berniola asegura protagonizar cada verano, ambientadas en campings de incierta localización, junto a extranjeras «liberadas» que al terminar las vacaciones regresan a toda prisa a su país, casi siempre antipódico.

Tal vez su experiencia sea solo teórica, como la primera parte del carné de conducir (con el que no puedes conducir, se recuerda).

El chico decide callarse lo de Montse, también lo de Perla, que planea llevarse a la tumba, igual que se llevará sus descarríos edípicos. Berniola toma una carátula. Si quieres un consejo, dice, yo me decantaría por las grandes producciones californianas. Posiciona el vídeo ante Franki. Tienen más clase. Y las mejores actrices del género.

«Querida hermanita», lee él, en voz alta.

Esta es una de las mejores, y encima te ríes, dice el sexperto. Te lo digo en dos palabras: *Porky's*... (levanta el pulgar) pornográfico (levanta el índice). La protagonista es Traci Lords, dicen que aquí tenía solo dieciséis. Podría ir al insti. ¿Te imaginas?

Franki la analiza. Una joven de *trémulas lomas* y expresión de vivir en un estado de permanente, e impráctico, orgasmo. Lleva un inusual bañador completo que, desafiando cualquier tipo de lógica, no cubre cántaros ni nalgatorio. Sus ojos transmiten una seguridad fascinante en la atracción de la propia anatomía.

¿Esta es la hermana?

Sí, mira qué tetas, son como quesos gallegos, ¿habías visto alguna vez pezones así?

Franki no responde que son los cuartos pezones, pezón arriba pezón abajo, que ve en su vida, y que por tanto no posee suficientes elementos para realizar la comparativa. Pero sí, de acuerdo, son romos, y raros.

¿Tenéis vídeo en casa?, pregunta el pelirrojo.

Todavía no. Mi madre quiere pillar uno, para ver vídeos de aerobic.

Pues una tarde que no esté mi padre te la pongo aquí. Fliparás. Vamos a guardarla en la trastienda para que no la alquilen. De mientras, cuéntame lo de tu madre y el aerobic.

El señor José María está sentado tras el mostrador, culo en taburete, las dos manos planas sobre la formica.

Su cuerpo se desplaza por inercia hacia un costado, como una bolsa de basura derrumbándose sobre sí misma. Es un hombre flaco, alto, sin hombros; pies muy grandes, que abre mucho al andar. Cuando existía aún una cierta jovialidad en su vida, a lo largo de su infancia y juventud, respondía al nombre de Pepe, pero nadie le llama así ya, como si todos sus conocidos hubiesen llegado a un acuerdo para abandonar el feliz diminutivo y empezar la etapa formal, más acorde con su intento de suicidio.

Su padre, el abuelo del sexperto, emigró de Calaceite y terminó de cartero en el pueblo. Era famoso por regentar, según decían, varias casas de mala reputación del barrio chino, donde pilló una lista exhaustiva de enfermedades venéreas no erradicadas por la medicina moderna. En opinión de Franki, su *pegajosa concupiscencia*, según la llamaba san Agustín, se había saltado al padre para transmitirse al nieto, y acabaría hundiéndole, quizás no ahora pero sí en el futuro lejano, del mismo modo que hundió al abuelo.

Buenas tardes, señor José María, dice Franki.

El padre de Berniola desvía la mirada del televisor. El volumen está bajado. Una de chinos zurrándose.

Ah, hola, Franki, responde. Ojos hundidos y párpados terrosos. Tiene la expresión de alguien que llevase tiempo buscando algo, y al final lo hubiese encontrado, pero entonces no recordara para qué lo quería. Me han dicho que tu padre ha publicado una novela.

Sí, infecta, dice Franki.

Habrá que comprársela, entonces, contesta el otro.

No, no. Digo que su prosa es dócil y pedante, y la novela está llena de aforismos embarazosos. Estará tirando el dinero.

Muy bien, muy bien, dice el hombre. Me alegro. Tras hablar, se peina el pelo ralo a un lado. Luego toma una pila de vídeos porno que había que reponer y empieza a salir del mostrador, arrastrando los pies en horizontal. Su forma de desplazarse invita a comparaciones con un esclavo negro que hubiese sido herido de gravedad durante la fuga, pero que, contra todo pronóstico, por pura desesperación, se empeñase en continuar con ella.

Felicítale de mi parte, no te olvides, añade.

Mientras el padre de Berniola coloca los vídeos, uno tras otro, en distintas estanterías del cubículo porno, aparece en la tienda un hombre de mediana edad. Va peinado igual que un bailarín de *Fama*, las orejas cubiertas por dos guardabarros de pelo lacado y secado hacia atrás. Cliente y dueño evitan el contacto visual.

El hombre, que lleva el pantalón muy subido, los innombrables partidos en dos, va directo a la zona infantil. Una vez allí, pega miradas de barrido a su alrededor y mantiene bajo intensa vigilancia el cubículo para adultos. Una mano metida en el bolsillo, aleteando dentro.

¡Nos ha llegado la película que había encargado, señor Ignacio!, le grita Bruno, amplificando su boca con las dos manos.

El hombre finge no haber escuchado aquello.

¡Se la tengo separada aquí, no sea que se la lleve otro!, dice el pelirrojo. Avíseme cuando la necesite, estaré en la trastienda.

Y luego, solo para Franki, por un lado de la boca: No puedes ni imaginarte lo que le gusta a este enfermo. Levanta la carátula que sostiene debajo del mostrador. En ella se ve a un caniche blanco, ojeroso, con aspecto de fumador de opio, el pelaje recortado en varios setos, al modo británico. El título del filme es *Make Me Happy, My Pet*. A Franki le sobreviene un pasajero tic en el ojo izquierdo, que aplasta en su nacimiento.

Cruzan juntos la cortina de cuentas y pasan al almacén. Es espacioso. Varios pasillos de estanterías metálicas, llenas de carátulas numeradas. Huele a desagües, plástico romático y metal. Encima de la puerta, a mano izquierda, atornillada en la pared, una pantalla de televisor. Berniola se dirige hacia una de las estanterías y empieza a buscar el número deseado.

En las paredes cuelgan numerosos posters promocionales. Ninguna de las películas es pornográfica. *Los Goonies. Superdetective en Hollywood. Bolero.* Franki acerca la nariz al último cartel. Una rubia *de pujantes proyectiles*, desnuda por completo, monta un corcel blanco. Es un poco estrábica. Su larga melena albina, que tapa ambas *bóvedas de cañón*, parece haber crecido para ocultar su pudor, como cuentan que le sucedió a santa Inés en el prostíbulo romano.

Mientras se aparta del cartel, Franki pondera un hecho novedoso: él arrastraba, desde muy pequeño, la conciencia de no encajar en los opresivos sistemas de clasificación de la sociedad patriarcal. Siempre había atribuido aquello a sus facultades cogitativas y genialidad general, pero ahora, al darse cuenta de las compañías que frecuenta (un zoófilo, un suicida, el sexperto), no puede evitar preguntarse si el hecho diferencial obedece solo a que él forma parte de un segmento marginal: los maníacos, sean estos de tipo sexual o depresivo.

Se pregunta si está a tiempo de echarse atrás. Los santos lograban hacerlo, mediante oración, ayuno y labor extenuante. A veces, medidas aún más drásticas eran requeridas. San Francisco de Asís *heló al dios Priapo* arrojándose desnudo a la nieve y restregándose contra ella. No sonaba especialmente apetecible, pero él estaba dispuesto a hacer lo mismo si con ello conseguía atajar la inmundicia.

Aquí está, dice Berniola. *Querida hermanita.* La separo, ¿vale?, y coloca una carátula de plástico negro en un cajón de la mesa. Lo cierra. La vemos otro día, cuando no esté mi padre.

Genial, dice él.

¡AHORA!

LAS DEPRAVADAS

Le advertimos muy seriamente que si decide ver estas películas SE ENFRENTARÁ CON LA PORNOGRAFÍA MÁS BRUTAL Y PERVERSA.

Si cree que ya está aburrido de la pornografía, atrévase a ver estas NUEVAS PELÍCULAS. Pero, cuidado: ES MEJOR QUE LAS VEA EN COMPAÑÍA, porque la crudeza total y el REALISMO SALVAJE de sus escenas pueden provocarle intensa excitación, capaz de llevarle al orgasmo, aunque esté solo.

ADVERTENCIA MUNDIAL / WORLD CAUTION

Únicamente para proyección privada

Estas películas han sido TERMINANTEMENTE PROHIBIDAS en Salas de Proyección Pública (incluso en Locales Porno) porque pueden producir locura sexual colectiva y dar lugar a escandalosas experiencias, por encima de los límites tolerables.

Ref. 1151 THE CUNT BUSTER **(El revientacoños)**
Ref. 1152 THE HOT ANAL FUCKER **(El enculador de fuego)**
Ref. 1153 OH, MY LITTLE BIG-PRICKED DONKEY! **(¡Qué gorda es, burrito mío!)**
Ref. 1155 THE SHE-COCKEATERS **(Las tragapollas)**
Ref. 1154 MAKE ME HAPPY, MY PET **(Dame placer, perrito mío)**

MUDA: 1.690 ptas. cada una
SONORA: 1.990 ptas. cada una

Orgasmo total. Eyaculaciones reales. Desfloraciones. Sexo anal. 69. Perversiones. Salvajismo. Bestialismo. Vicio. Degeneración, etc.

¡SI LAS VE ACOMPAÑADO NO PODRÁ ESPERAR A QUE TERMINEN!

La habitación del tío era la más grande y luminosa de la casa. Estaba en el piso superior de la mercería y daba a la plaza del mercado viejo. Los padres le habían legado el mejor espacio de la finca al hijo defectuoso, pensó Franki la primera vez que entró.

Aquella tarde de diciembre ya se había hecho de noche, pero los sábados en que el sobrino aparecía por allí, especialmente en primavera, el sol de mañana pegaba sobre un guardacamas crudo, de aspecto naval. La luz diurna aportaba calidez a la habitación, a la vez que dotaba al aire de una atmósfera estática. Él nunca diría que convertía aquella estancia en alegre, pero al menos no se hallaba en crepúsculo como las otras.

Aquel día sí; estaba umbría, más de lo habitual. La araña de oro falso, con cuatro frías bombillas de lágrima, de las que solo funcionaban dos, no alcanzaba para iluminar la habitación entera. Olía a suciedad imprecisa, a sudor dulzón y a cerrado. En el poster de Falange Española de las JONS, colgado con chinchetas a la pared blanca, frente a la mesa, se veía una bandera española y otra del partido, bicolor con el yugo y las flechas, y varias personas con la mano levantada, como si quisieran preguntar algo en clase.

Franki se acercó al robusto mueble de pared. Armaritos con puertas de cristal esmerilado y filigranas en forma de hojas. Cuarenta o cincuenta libros en los estantes, los únicos de la casa si no contabas los *Reader's Digest* del comedor. No sabía si era lícito ponerse a husmear en la biblioteca del tío.

Se volvió hacia la puerta. Jesús seguía en el baño, o a donde hubiese ido tras indicarle que pasase a la habitación, que regresaría en un momento. Acercando más la cara, extrajo al azar un libro de la estantería. *La metafísica del sexo*, de un tal Julius Evola. El título era prometedor. Fue resiguiendo con la mirada líneas en zigzag, sin comprender la mayoría de las palabras, turbado por las que sí comprendía, hasta que detectó la expresión «Camino de la Mano Izquierda». Se detuvo en aquel fragmento. Leyó algo más, con la esperanza de que se desarrollase una escena similar a las que había empezado a buscar en la biblioteca erótica materna (aunque, por no haber hecho aún el «cambio», solo le provocasen un cosquilleo en la zona genital, parte púbico y parte prostático, gozoso y culpable al mismo tiempo). No tuvo éxito. Devolvió el libro a la estantería. Había escuchado una puerta cerrarse, y pasos por el pasillo de la planta.

En un texto de 1919, Sigmund incidía en el concepto alemán de *unheimlich*. La traducción literal sería «lo que no es de casa», pero a efectos prácticos hacía referencia a «algo familiar que se torna siniestro».

Todo lo que estando destinado a permanecer en el secreto, en lo oculto, ha salido a la luz, como dijo Schelling.

Franki no sabría señalar en qué momento cambió su pariente, pero a partir de un momento determinado, el hecho resultaba indiscutible: el tío había cruzado la frontera del *unheimlich*. Los gestos; el tono en que hablaba; todo había efectuado una metamorfosis, como si en la última fase del ciclo vital, tras abrirse el capullo, hubiese emergido de él una mariposa de ademanes bruscos.

Cuando el padrino se dirigió a él con aquella nueva inflexión, Franki se volvió en la silla, sobresaltado, esperando encontrar allí a un extraño. No, aún era su tío. Eso sí: iba en calzoncillos.

¿No tienes calor?, le dijo. Colocó el casete en la datasete. La cerró, pulsó Play.

Franki observó su ropa interior. Unos calzones de estilo tradicional, blancos, con burladero frontal, que le iban pequeños. Se inclinó sobre la mesa para ajustar un cable trasero, y él distinguió su rabadilla pelada, el inicio de corte central amaneciendo; los michelines en los costados, plegados unos sobre otros cual branquias.

Su pariente se volvió hacia él y le miró un momento, por encima del hombro, con ojos glaucosos. Respiraba en *staccato*, golpes de aspiración que sonaban igual que sollozos, sin serlo. Parecía a punto de hiperventilar. Franki desvió la mirada y se concentró en la pantalla del monitor Philips, que empezaba a iluminarse.

Sin padres ni abuelos, dijo su padrino, en voz más alta. Forzó una risa. ¡Podemos hacer cualquier travesura! ¡Las gamberradas que queramos! Lo último lo dijo prácticamente a voces. En el monitor aparecía el logotipo THE C64, el arco iris, los créditos y el copyright.

¿No están los abuelos?, preguntó Franki.

Jesús contestó que no. Han ido a un entierro a Molins. Estamos mejor sin ellos, dijo. Menudos pesados son tus yayos, ¿eh? Quítate los pantalones, anda.

¿Los pantalones?, pensó Franki. Pero qué dice el loco

este. Aunque, a decir verdad, la ropa se le empezaba a pegar a la piel, sobre todo en el perineo y las ingles. Se sentía incómodo. Sofocado. Llevaba rato desenganchándose a pellizcos los eslips de las joyas.

Decidió seguir su consejo. Se sacó una bamba, luego otra, se bajó los pantalones de tergal gris, los hizo descender a través de las piernas. Levantó una rodilla y luego la siguiente, cayeron al suelo. Los apartó hacia un lado con el pie izquierdo. Se deshizo también de camiseta y jersey, quedó en calzoncillos y calcetines.

El padrino le miró. Bizqueaba. Luego se volvió hacia la mesa, desenganchó con ambas manos el joystick. Las cuatro ventosas hicieron schlap, una después de la otra. Desplazó el mando hacia donde se encontraba Franki y lo adhirió a la mesa. Las ventosas dejaron escapar esta vez un sonido de vacío que al chico le hizo pensar en una palabra dicha del revés, el aire entrando hacia la boca en lugar de lo contrario: palhcs.

Jesús sacudió el mando para comprobar el agarre. Adelante y atrás, hacia los lados. Sus dedos amarillentos, uñas almendradas demasiado largas, apretaban fuerte el mango, con el pulgar le daba a la punta roja.

Clic-clic-clic.

Muere, mariquita maoísta, dijo, y rió. Una risa aguda, desesperada, *unheimlich*. Soltó el mando, se pasó la mano por la cabeza pelada. Venga, ahora tú, machaca a esos chinorris, dijo.

Franki agarró el mando con la mano derecha, dejó la izquierda sobre la mesa. El tío le puso la palma húmeda encima. Él contuvo tanto la náusea como la contorsión facial que se derivó de ella. Tragó saliva; contó hasta diez; al final recolocó la mano en su regazo. Pulsó el botón rojo. Sonó una musiquita oriental. El juego dio inicio.

Buenos días, les bosteza Franki a sus padres, cuando entra al salón-comedor. Está cansado y deprimido. Siente como si sus testículos fuesen dos naranjas recién exprimidas: secas y fibrosas y sin pulpa. Al final resultó cierto lo que decía un viejo texto hipocrático: el onanismo te hace *débil y miserable.*

Lleva, desde el momento que abrió los ojos, repitiéndose el adagio de san Agustín: *de la voluntad perversa nace el deseo, del deseo secundado nace la costumbre, de la costumbre no contrarrestada nace la necesidad.*

Esas son las tres preguntas cruciales, a su modo de ver, lector desconocido:

¿Por qué nació en él el *perverso deseo*?

¿Por qué tuvo que *secundarle* alguien?

¿Por qué fue él incapaz de *contrarrestar la costumbre*?

Desde la mesa de la cocina, un periódico le responde buenos días. Tras él está el profesor Prats. Una mano pequeña y delicada, rechoncha por el dorso y las falanges proximales, muy poco masculina, toma con dos dedos la taza de café y se la lleva consigo. Xarrupa. La mano reaparece con la taza y la deposita en el platillo.

Mamá masculla buenos días desde la cocina, de espaldas a ellos. Una gruesa bata de ruso la cubre casi por entero, de los gemelos a las orejas, como un abrigo del politburó. Franki siente una vaga aprensión premonitoria. De estar en plena posesión de sus facultades mentales y físicas, Mamá jamás se presentaría a la refacción con albornoz de ducha. Trajina con algo que huele a leche escalfada con Nesquik y cereales. Se vuelve, anda hacia la mesa y deposita allí un tazón achatado de plástico granate. El hijo, cabizbajo, murmura Merci.

Ella solo gruñe. Se sienta a su lado, le pega un sorbo a la taza de café. Mira al marido, que sigue escudado tras el suplemento literario. Franki reconoce aquella mirada: es la que ella utiliza cuando quiere interferir en el cerebro de alguien, meterse en su cabeza a través de los conductos auditivos y, una vez dentro, empezar a abrir interruptores y cortar cables sin permiso.

Chien chiewe a eshta pewicha chan bonicha, ¿eh? ¿Chien la chiewe?, dice el profesor, a la vez que pliega el periódico y lo deja en su regazo. Perla acaba de entrar a la cocina. La media melena plateada de Papá está despeinada, cuando se inclina hacia la perra un mechón se le desploma sobre la cara.

Dile algo a chu hewmanicho, Perla, quién ech chu cheche, ¿eh?, ¿chien es chu cheche?, dice, y encara la cabeza del animal en la dirección de Franki.

Él fuerza una sonrisa, le sale algo más parecido a una mueca de dispepsia. Se le aparece una imagen retrospectiva de sí mismo en la cama con la perra, entregado a lo que un observador neutral podría catalogar de «locura sexual». Perla se mete por debajo de la mesa y coloca la cabeza sobre su muslo. Él le da dos leves toques.

Qué pasa, Perla, dice. El profesor los mira a ambos y asiente y sonríe. Franki la aparta de él con ambas manos. Ahora vete con el papa, anda. Tira.

Bajo la mesa, la perra se desliza hasta su amo. Este toma un trozo de jamón york del plato y se lo entrega. Luego la coge por ambos lados del cuello y la empieza a frotar. Perla se deja hacer mientras mastica con abandono el jamón.

Santiago empieza a acercar su boca al hocico del animal, a la vez que realiza un mohín voluptuoso. Su gesto concita en Mamá *la más grande execración*, que decían en un libro místico. Suelta un ejj.

Papá ignora el ejj, o no lo registra. Su estado por defecto es el autoembeleso. Le da un beso a la perra. Perla responde lamiéndole los labios. Observando aquello, Franki siente la vieja depresión gástrica, por razones que sus padres jamás acertarían, ni que les diesen de antemano las respuestas correctas en un examen tipo test.

El día anterior fue atareado. Mamá, después de su colación, se metió en la habitación para dormir una de sus siestas de media mañana, cada vez más extensas. El hijo, en el búnker, se abrió una lata grande de fluido curativo, marca Skol. Tras pegar un largo trago, eructó y le chifló a la perra.

Perla entró a los pocos segundos. Él pensó que la labrador debía estar de guardia permanente en la puerta, atenta a cualquier señal. Quizás se había mudado al rellano para estar cerca de la fuente espermatosa. Saltó a la cama sin que él se lo indicase.

Franki dejó la cerveza sobre la mesilla de noche. Atrancó la puerta, encajando una silla inclinada bajo el pomo, por la parte de dentro. Regresó a la cama. Se bajó los pantalones de pijama. Su verga se había puesto dura nada más ver a la perra, en una grotesca inversión del experimento de Pávlov. Al superar la goma del pantalón, el pudendo rebotó y golpeó contra la parte baja de su abdomen.

En una escena del *Ratos de Cama*, un hombre fecundaba el rostro de una mujer como si se tratase de un muñeco tragabolas inanimado. Franki, buscando expandir los horizontes de la *liaizoon*, decidió emularle. Se arrodilló ante Perla, abrió sus quijadas, forzó el aparato en la garganta.

Tan solo empezar notó que sus caninos le arañaban, y el hocico era demasiado largo, chocaba con el abdomen del chico, deteniéndole a mitad de camino. La perra se quejaba, se agitaba; estuvo a punto de cerrar las mandíbulas y morderle.

Extrajo el falo, decepcionado. No sabía cómo se lo montaba el sujeto del *Ratos de Cama*, pero el gambito no parecía funcionar con canes. Por añadidura, no se sentía cómodo con el concepto de felación forzada o, según la había llamado Berniola, «arrumación». Él no quería «arrumar» a nadie, ni siquiera a una perra. Decidió resignarse (si lo que hizo puede definirse honestamente como resignación) a que Perla siguiese lamiéndole al modo habitual, arriba y abajo, arriba y abajo del caramillo.

Pasados unos minutos, Franki decidió emprender un segundo experimento. La tumbó en la cama, de lado, aplastándola contra el colchón. Se colocó detrás de ella, reclinado a lo romano. La agarró de las patas traseras y las separó y acercó el pífano por detrás y empezó a restregarse contra su bollo, como en un coito entre humanos, solo que sin llegar a meterla.

La perra respiraba con la lengua fuera, de vez en cuando se volvía, le miraba. No trató de zafarse de él, ni siquiera ladraba. Él volvió a pensar que ella, ello, sabía lo que estaba haciendo. Le gustaba.

Por un segundo, excitado, pensó en profanar su templo de Venus, pero se dijo que sería imposible. Con la Cloaca Máxima sucedería lo mismo. El pudendo de Franki era humano, no fue diseñado para acceder allí. Le asustaba la posibilidad de romperle a la perra algún órgano, o peor aún, quedarse atascado en su interior. Había visto que a los perros callejeros les sucedía cuando les pegaban un susto en pleno coito. Explicarle aquello a sus padres sería complicado. Para colmo se verían obligados a llevarle al ambulatorio, adherido a la concha de Perla; representaría la máxima ignominia, para él y para todos los Prats y Ribas, pasados y futuros.

Se guardó de penetrarla, pues. Se resignó a frotar y frotar contra el bulto púbico del can. Al final eyaculó en sus glándulas mamarias, utilizándola, gracias a la piel desnuda y cálida de su tripa, de *partenaire* y clínex a la vez.

Terminó de limpiarse. Echó a la perra de la habitación. Sintió ganas de vomitar. Pensó en meterse los dedos en la garganta, como hacían en las películas, pero no le acababa de apetecer. Se preguntó si se había convertido realmente en un maníaco incurable. Felix Platter, un médico del siglo XVI, afirmaba que las víctimas de manía *emprenden con apetito brutal diversas actividades, algunas insólitas para los seres humanos*, a la vez que *buscan intensamente satisfacción sexual*. Mencionaba el caso de una *honorable matrona* que, bajo los efectos de dicha locura, *empleaba los gestos y las palabras más bajos para invitar a los hombres y a los perros a copular con ella*.

Franki trató de expulsar aquella idea de su mente. Conectó el televisor y se acabó la Skol.

Tras dos minutos de Televisión Española, la apagó y volvió a chiflarle a Perla. Lo hicieron dos veces más. Tres en total.

A buenas horas estás cariñoso tú, le dice Mamá al marido, en la mesa de la colación. Sus ojos dirigen llamaradas de odio. Ahora ya no hace falta.

Franki no necesita un diploma de orientador matrimonial para averiguar el origen de la última frase. Le basta con el bajante.

La noche anterior empezaron hablando de la incidencia del instituto. Mamá intentó quitarle hierro al asunto; Papá se lo añadió. Se culparon el uno al otro por lo sucedido. En el orden del día siguieron el concurso literario y la operación de hernia. Ella no quería hablar más de todo aquello. Es agua pasada, dijo.

Franki se dio cuenta de que el ancestro deseaba hundir la historia de su mala paternidad común cual buque en el océano Pacífico, hasta la fosa más profunda, para que nunca subiese a la superficie, y continuar viviendo como si nada hubiese sucedido, pero no iba a ser posible, y todos lo sabían, porque su historial de desatención filial era más bien un pesquero embarrancado en una playa vasca, a merced de las mareas cantábricas, condenado a quedar expuesto cada vez que bajase el nivel del mar.

Empezaron a gritarse. El chico captó palabras sueltas. Al poco, entraron en la fase de injurias propiamente dichas. Mamá describió a su marido con una serie de calificativos terribles, casi todos relacionados con su incorregible ineptitud literaria y su inapetencia sexual. Santiago le respondió en términos similares, dijo: frialdad de corazón ... arrancado mi virilidad ... castradora perversa. Unas cuantas expresiones más, que Franki no alcanzó a escuchar. Mamá se carcajeó con una risa que entraba de lleno, por méritos propios, en el concepto de *unheimlich*.

Incapaz de recuperar el sueño, sábana al cuello y boca arriba, ojos fijos en el techo, el chico volvió a atormentarse por lo sucedido con la perra. Le invadió *un gran miedo y estremecimiento*, como al reverendo George Trosse. Deseó no haber inaugurado aquella relación. Era consciente de que no sería capaz de ponerle fin; el momento de su muerte le sorprendería con la bestia amorrada a la cola.

Decidió masturbarse para pillar el sueño, lo que a su vez aumentó el tormento, y le atrapó en un infinito ouróboros onanista. Cuando daba inicio la tercera sesión, le llegó un sonido de llanto que parecía nacer del baño conyugal. Unos sollozos desconsolados, intermitentes, que paraban y empezaban, como el reclamo de un pájaro. Se dijo que era la madre, contra todo pronóstico. Su llanto regular, sordo, se empezó a entrelazar en su fantasía con los gemidos suplicantes de Clara Pou, hasta que él no supo distinguir dónde empezaba una y terminaba la otra. Se mantuvo en los márgenes de la especulación, y esperó a que ella dejase de llorar. Cuando lo hizo, continuó masturbándose.

A lo mejor si yo fuese perra me tocaba algo de eso, dice ella, en la mesa de la refacción. Lo de ser humana, contigo, es un hándicap.

Franki vuelve el rostro para no verlos discutir, a la vez que camufla su visible contorsión facial, pero es peor, porque topa con la foto enmarcada de Perla, en una pared del salón-comedor.

Déjalo ya, Margarita. No se lo dediques al chaval.

Dijo el que estaba a punto de acostarse con la perra, responde ella.

Franki se atraganta con el Nesquik. Margarita empieza a pegarle palmadas en la espalda, solo que sin mirarle. Le sonríe al padre de un modo sevicioso.

Sí, al final voy a tener que pedirle consejo, dice, y mira a Perla, que está abierta de patas bajo la mesa. ¿Qué le haces para que te trate con ese afecto? Un día de estos tenemos que charlar tú y yo, de chica a chica.

Papá separa la mano de la retriever. El molesto tic del ojo se le activa a Franki de un modo especialmente novedoso. No tiene más remedio que cubrírselo con una mano, como si estuviese de visita en el oculista.

El profesor respira hondo. Se pone en pie. Tiene las pupilas pulsantes. Será mejor que me vaya o llegaré tarde a la facultad, dice.

La perra se incorpora también, solo los cuartos delanteros, observa ansiosa a su amo. Se relame el hocico, de un extremo al otro. Papá le rasca la cabeza, entre las orejas. Luego empieza a andar hacia la puerta.

Por cierto, la semana que viene es la presentación oficial, dice, como de pasada, volviéndose solo a medias. Se me había olvidado decírtelo. Viernes noche. Llegaré tarde a casa, lo más seguro.

Tras decir esto se aleja. Sus andares invitan a comparaciones con los que haría alguien que, tras un juicio por asesinato, acabase de librarse de la cárcel pero temiese que el juez le revocara el indulto en el último minuto. Pasos por las escaleras, camino de la buhardilla. La puerta del despacho se abre y cierra (portazo). Luego, silencio.

Franki pasa varios minutos introduciendo cereales pastosos en su boca, a velocidad aumentada. Mamá sigue ante él, se frota el rostro como si tratase de remodelar su busto, bebe de su café. Su pelo blondo está brillante y apelmazado. A ratos levanta la vista y mira hacia el despacho del marido, dándole vueltas y vueltas a algo en su cabeza.

Cuando el profesor sale del despacho (portazo) y desciende trotando por las escaleras, ella le pregunta, a gritos, sobre la presentación, dónde es y a qué hora.

Santiago se detiene en mitad del pasillo. Franki puede verle, desde la silla. Los hombros del padre se hunden de forma física. En su cara, una expresión de desilusión que no difiere demasiado de la que pusieron los invitados al festín de Baltasar cuando, en mitad del segundo plato, irrumpió el profeta Daniel y les dijo: *Dios os ha juzgado.*

Papá le proporciona la información con el ceño fruncido.

Fantástico, cuenta conmigo, responde ella. Estaré en primera fila. Es tu primera novela, después de todo. Qué clase de esposa sería si me lo perdiese.

Pero ¿y el niño?, dice el otro.

El *niño* ya se la sacude, Santiago, dice ella. Puede quedarse solo por una noche.

Franki siente un vivo retortijón duodenal. Espera que haya sido una forma de hablar, no una constatación basada en pruebas.

Muy bien, contesta el profesor. Mira a Franki. En su rictus se esconde una pregunta que no se atreve a formular, ni el hijo estaría en posición de contestar. Se vuelve y continúa su descenso por las escaleras. Anda pesado, cargoso. Su día se ha impregnado de *un amargo perfume cadavérico*, que decía Friedrich. Ni él ni el hijo saben qué trama Marga Ribas, pero sí que no es bueno.

Se escucha el sonido de la puerta del garaje. Él vuelve a mirar al ancestro, que sonríe de un modo críptico. Tendría uno que haber estado estudiando al milímetro cada inflexión de sus rasgos, como él lleva haciendo durante casi toda su vida, con el fin de prever sus estados de ánimo, peleas conyugales e inserción de supositorios, para detectar las diversas capas de significado que acarrea esa expresión.

¿En serio vas a ir, mama?, dice él. ¿Qué cuernos se te ha perdido allí? Además, la novela es dócil y pedante, está llena de aforismos emb...

No te metas. Iré a donde me dé la real gana, y ni tú ni tu padre podéis impedírmelo. Estoy harta de que me cortéis las alas.

Se oye el Opel Senator, saliendo del garaje en primera. Franki se incorpora, deposita su taza en la pica. Solo preguntaba, le dice.

No preguntes, le dice ella. Tanto preguntar, tanto preguntar, al final te enteras de cosas que no querías saber.

Él tuerce la boca y aprieta los labios para atajar un temblor indigno de los Prats. El sonido del coche se va haciendo débil según se aleja por la calle Sant Pere.

Estás un poco pálido, ahora que me doy cuenta. ¿Cuánto hiciste de vientre por última vez?

Esta mañana, miente Franki. Se siente suficientemente deprimido para que encima le deslicen una bala de glicerina por el ano. Cuando sale por la puerta del salón-comedor escucha el gimoteo de Perla. Mamá debe haberla pateado.

¡Haz el favor de llevarte de aquí a este animal! Un día lo enveneno, no es broma.

CASO 210. *Zoorastía / Onanismo.* W. Cadete, veinticinco años. Tía materna epiléptica, hermano epiléptico. Padre y madre bebedores. Temperamento artístico. Físicamente sano exceptuando manifestaciones de neurastenia y uretra hiperactiva. Su sexualidad se manifiesta temprano, a los once años. Decididamente hipersexual, a los catorce años se masturba hasta cinco y seis veces al día, llegando en una ocasión a las once veces. Es a esa edad cuando, en un momento de desenfreno onanista, decide sodomizar a la perra de un vecino. Extrae una «gran satisfacción» del acto, pero desde aquel día es consciente de la abominación de sus impulsos bestiales, y lucha con toda su fuerza de voluntad para resistirse a ellos. Decide que sus actos tienen que ver con un deseo sexual excesivo, y se esfuerza para mantenerse apartado de parques zoológicos, perreras o amistades con mascotas. Se alista en el ejército y es destinado a otra parte del país. El paciente declara que nunca ha tenido deseos homosexuales, ni inclinación hacia las mujeres. Hasta ahí, la opinión médica sobre su caso es que su bestialismo no es una perversión, sino una consecuencia de su libido y sus hábitos hipersexuales. Asimismo, los sueños eróticos del paciente son siempre sobre coito bestial, y cuando a los veinte intenta practicar coito con una mujer, no extrae de ello la menor gratificación, a pesar de que él se mantiene potente y la mujer es empática. A los veintiuno recae, y estando de permiso en la granja de un familiar yace con una cerda, a la que previamente ha suministrado somníferos. Se admite por fin que la mera presencia de un animal le excita salvajemente, y que su fuerza de voluntad no basta para mantenerle alejado de la zoorastía (o bestialismo de naturaleza patológica). La visión de alguien montando a caballo, o perros corriendo, le provoca fuertes erecciones. Física e intelectualmente es un tipo superior de pervertido, no muestra señales de degeneración anatómica ni debilidad mental. En la granja realiza su inmoralidad con dos cerdas más, una yegua, una vaca, dos cabras y numerosas gallinas y patos. A resultas de varias muertes de aves por hemorragia cloacal, su caso es descubierto, y el paciente realiza todas las confesiones previas. Se le recetan anafrodisíacos, se recomienda frugalidad, leve hidroterapia, ejercicio al aire libre y una ocupación absorbente. Sus erecciones al ver jinetes o animales empiezan a descender, y desaparecen los sueños eróticos con animales. El coito patológico se normaliza con tratamiento de sonidos. El paciente es liberado de su impulso sexual perverso.

(*Tratado de psicopatía sexual*, Dr. Viktor Scholtz-Klink, primera edición, 1888)

Franki llevaba cuatro partidas de *Bruce Lee* no muy buenas, en la habitación del tío Jesús. Aún no sabía sortear los letales ríos de lava, o magia, o electricidad, lo que fuesen, que circulaban por el suelo en algunas pantallas. El salto en diagonal no le salía. Cada vez que lo intentaba, el luchador brincaba hacia arriba con los brazos alzados, como si se alegrara mucho de algo.

Sacudió el mando en diagonal una vez más, volvió a fallar: Bruce Lee pegó un salto estúpido hacia el techo de la pagoda y cayó sobre el mismo punto, encima de la bola de luz, o de fuego, lo que fuese, que se le venía encima.

Mierda, dijo. Perdón.

Se escuchó una música de decepción, hecha de gongs digitales en cadencia decreciente. El avatar amarillo se volatilizó de la pantalla. Era la última vida. GAME OVER.

Mala suerte, vuelva a intentarlo, dijo el padrino.

Al principio, por culpa del gangueo, Franki no entendió que el tío acababa de realizar la parodia racista de un acento chino. El hombre llevaba un buen rato bebiendo. Pacharán, la etiqueta del tapón marcaba trescientas pesetas. Cuando él logró entenderle, sonrió, indeciso. Pensó si debía colaborar en la facecia. Decidió hacerlo; era el invitado, después de todo.

Esos ninjas de la porra, dijo, sustituyendo la erre por una ele.

¿La...?, preguntó el tío, llevándose un dedo a la oreja.

Ya sabes, una porra con la que los ninjas te aporrean el tarro, dijo él, en voz más alta, sustituyendo de nuevo todas las erres.

Ah, rió el tío. Por un momento pensaba que habías dicho polla.

No, rió él.

Míralo cómo se ruboriza. Eres muy tímido, para tu edad. ¿Cuántos tienes, por cierto? ¿Trece?

Catorce, contestó, en voz demasiado alta, como si su edad fuese su mayor orgullo.

Vaya, catorce, ya eres todo un hombre. Le echó una mano al hombro, le arreó un par de golpecitos. Seguro que has visto más de una, añadió. En el vestuario del Bardina, por ejemplo. Es lo natural. ¡Todos tenemos una!

Sí, rió él. El logotipo de *Bruce Lee* apareció en el monitor.

No hay que tener vergüenza. Podríamos ir en pelotas y no pasaría nada. Somos dos machos, ¿no? Lo más natural del m-mundo. Le tembló la voz. Además, nadie nos v-vería.

No, por suerte, rió él.

¿Por suerte? Qué quieres decir.

Que ninguno de los dos... O sea... Yo al menos. No soy precisamente Paul Newman. Intentó reír de nuevo.

No digas eso. Eres muy guapo. Ya les gustaría a muchas tener un novio como tú. Seguro que ya has tocado alguna teta. A mí me lo puedes contar.

A Franki le entraron ganas de ir al baño. Apretó las nalgas contra la silla. Para ser sinceros, estaba siendo presa de una severa aprensión. ¿Era aquello natural?, se preguntó por cuarta vez. ¿Formaba parte aquello de lo que se conocía como normalidad? Él a veces tenía dificultades en leer determinadas expresiones o entonaciones, cuanto más sutiles peor, como sabe el lector, y por eso no se veía capaz de determinar el alcance del problema. Tenía solo trece años, no estaba tan cerca de los catorce como había dado a entender. Esa era otra: no entendía por qué se había sumado un año, si había sido con fines disuasorios o qué, y disuasorios de qué, maldita sea, se le estaba escamoteando material indispensable para su proceso cogitativo. Era frustrante.

START GAME, leyó, al fin, en el monitor, cuando se reinició el *Bruce Lee*.

¿No te cansas nunca de este juego?, le soltó Jesús. Pegó un trago de pacharán. Respiraba por la boca, la botella inclinada, medio llena, encima de su boca abierta.

Pues la verdad es que no, contestó él. Quiero pillarle el truco a lo del salto en diagonal, todo el rato me matan por lo mismo.

El tío bajó la botella, devolvió la cabeza calva a una posición semierguida. Tenía la expresión de alguien que llevase tiempo buscando algo, y al final lo hubiese encontrado, pero entonces viese que era menos bonito de lo que recordaba.

Mira, vamos a hacer una cosa, dijo el padrino. Palpó la mesa con una mano, como hacen los borrachos, antes de dejar la botella. Le miró fijamente. Lo de «fijamente» es una forma de hablar. Aquellos ojos erráticos, inyectados en alcohol, hacía rato que eran incapaces de enfocar nada. Jugamos un rato a otro juego, para variar, y luego seguimos con el *Bruce Lee*. ¿Te parece bien?

De haber podido expresarse con absoluta franqueza, Franki hubiese dicho que no le parecía nada bien. No quería jugar a otra cosa, ni siquiera quería aprender a hacer el salto diagonal, lo dijo por decir algo. Lo que realmente quería, si al lector le interesa saberlo, era salir «pitando» de allí. Pero no se atrevía a ofender a su anfitrión.

Vale, dijo.

Cógelo tú, ¿vale?, le dijo el padrino. Yo voy a cambiarle el agua al canario. Le guiñó un ojo, que se le quedó entornado. Sus párpados sin pestañas parecían dos vaginas depiladas, colocadas en horizontal.

Está en el primer cajón, añadió. Señaló hacia la mesa. Franki volvió la cabeza hacia allí. El dedo del tío oscilaba en el aire, señalaba medio al suelo, medio al cajón, medio a ninguna parte; era difícil aseverar el punto exacto de destino.

Jesús se puso en pie. Se tambaleaba. Se volvió hacia Franki. Un pequeño bulto en la parte frontal de los calzoncillos.

Se llama *Stroker*, dijo el tío. Está en un casete que se llama *Erotic Games*.

Franki volvió a mirar la pantalla. Bruce Lee seguía quieto allí, en mitad de la pagoda, de perfil, posición de combate, a pecho descubierto. Aparecían ninjas y budas por los extremos, pero él no se agitaba; parecía dispuesto a suicidarse por inacción.

El padrino se inclinó a un lado, extendió el brazo, detuvo el casete apretando Eject. La pantalla del monitor se fundió a negro, justo cuando un buda iba a arrearle una buena hostia a Bruce Lee. La tapa de la datasete se abrió.

Jesús pasó por detrás de Franki, se pegó a su espalda, le echó una mano al hombro derecho, otra al izquierdo, trastabilló, le realizó un breve masaje en las clavículas, hincando fuerte los dedos.

Le llegó el olor áspero del pariente, mezclado con su colonia extraviril, dulzona, Varón Dandy o tal vez Brummel. Algo que no era ninguna de las dos manos se posó suavemente entre los omóplatos del chico. Le vino a la mente una imagen del rey Arturo con su mandoble, nombrando caballero a alguien, aunque a decir verdad el tamaño de aquello invitaba a comparaciones con un arma mucho menor, un cortaúñas o un cuchillo pelador. Sintió un retortijón duodenal. Hurtó el cuerpo, sacando pecho, y «aquello», lo que fuera, dejó de hacer contacto con su piel.

Se volvió, observó cómo el padrino andaba hacia la puerta. Se golpeó el brazo izquierdo en el marco, el impacto le empujó al otro lado, se golpeó allí el brazo derecho. Consiguió cruzar la puerta y desapareció, trastabillando por el pasillo. Hablaba solo. No: cantaba.

Al cabo de una semana, Franki regresa a El Elefante Verde para ver *Querida hermanita.* No llevan ni veinte minutos de visionado cuando decide que es la mejor película de la historia. Le otorga cinco estrellas, la máxima puntuación de la Escala Prats. El lector, antes de incurrir en un juicio prematuro, debería recordar que se trata de la primera vez que nuestro héroe ve pornografía motriz.

«Mi hermano me odia», le dice «Vicky» a una amiga, en la piscina. Franki reconoce a Vicky. Es Traci Lords.

Cómo se llama la otra, pregunta. Salía en el poster de *New Wave Hookers.*

Ginger Lynn, contesta Berniola. Ahora cállate. Quiero ver la película.

Tras intercambiar unas cuantas frases corteses, las dos amigas se ensamblan sobre una tumbona como dos lonchas de pan Bimbo. Sus lengüitas repican el clítoris ajeno, a la vez que sienten la lengua de la otra en el suyo. Debe ser como cuando una perra se lame a sí misma, piensa Franki.

¿Qué es eso que están haciendo?

Te he dicho que no hables. Es un sesenta y nueve.

¿Solo sesenta y nueve? ¡Yo le doy noventa!

El sexperto se vuelve hacia él. Su rostro invita a comparaciones con la parte delantera de un coche tras una colisión frontal. No, no, la posición. Seis y nueve, ¿entiendes?

Franki se ruboriza, lucha por no contorsionar la cara. Era broma, dice. Por cierto, espero que ningún huésped decida pegarse un baño precisamente ahora (fuerza una risa).

¿Cómo?

Que no hay socorrista. El hotel está incumpliendo los requisitos de seguridad mínimos para garantizar un baño seguro. Les puede caer una multa.

Para ya.

Claro, claro. Solo digo que mejor que no se bañen. En las condiciones actuales sería imprudente.

¡Silencio, joder!

¿Cuánto crees que hace desde su última comida? Un corte de digestión no es ninguna broma.

Vale, se acabó, la quito.

Franki apretuja los labios. Sin volverse hacia el otro, dice: No.

Pues deja de buscarle fallos.

En honor a la verdad, murmura él, entre dientes, no son mis fallos. Son del guión.

Además, míralas, dice el vecino. Tienen cada una un coño en la cara. ¿A ti te parece que les preocupa algo?

Diez minutos más tarde, Vicky se presenta en el dormitorio del hermano. «Randy» hace las maletas. Sus intentos de perder la virginidad han fracasado. Lamenta tener tan pocas cosas «en común» con ella. Vicky responde que siempre han tenido «cosas en común».

Nuestros deseos, susurra Berniola.

«Nuestros deseos», dice Vicky.

Franki activa el gambito del pellizco al glande, por encima de los vaqueros. Escucha un sonido de rasgado. No forma parte del filme. Con el rabillo del ojo percibe que el pelirrojo, sentado a su derecha, acaba de bajarse la cremallera de la bragueta. Quizás quiera ganar tiempo para cuando le toque ir al lavabo.

Bruno se la saca. Es un implemento distinto al de Franki, con un glande tumefacto que recuerda a una casa de los pitufos. Empieza a masturbarse, como si su amigo no estuviese allí. Una mano pecosa sube y baja la piel. Carga hacia la derecha, por fortuna.

«¿Por qué hablas de ese modo?», pregunta Randy, que sospecha que algo no marcha por los cauces acostumbrados. Vicky se le acerca, le toma una mano y baila con él un torpe agarrado. Tras dos compases, Vicky mueve la mano del hermano hacia una de sus exuberancias. «Quiero que me toques», le dice.

Él se zafa de ella. «¡Eres mi hermana, por el amor de Dios!»

Por toda respuesta, Vicky le empuja sobre la cama y empieza a bajarle los pantalones y los eslips. Sujeta el falo de Randy. A pesar de los reparos recientemente manifestados, el joven luce una inconfundible erección.

Puedes hacerte una si quieres, susurra el pelirrojo, con voz entrecortada, sin dejar de sacudirse.

Vicky empieza a lamer sorber chupar tragar golpearse los labios y las mejillas con una entrega que Franki jamás había presenciado. Se introduce la cola fraterna hasta la laringe, no se asfixia ni tose, la saca; un hilillo de saliva une sus labios con el glande.

Franki decide aceptar la oferta del vecino. Extrae el venablo, que ostenta una pujanza inquieta. Empieza a menearlo. El sexperto ni se inmuta. Van los dos a ritmos distintos, por un segundo parece que estén a punto de conjuntarse, como si lo hubiesen ensayado para el fin de curso del instituto.

Berniola desplaza hacia Franki su mano izquierda. Le agarra el pene erecto.

Él está a punto de ponerse en pie. Soltar un grito.

No, no. Tranquilo. Cógemela tú también, ya verás. Es como si te lo hiciese una tía.

Franki duda un instante. ¿Es eso uranismo? No lo sabe, ni tiene tiempo para reflexionarlo. En la pantalla, Randy coloca a la hermana a cuatro patas y mantiene comercio con ella. Vicky chilla a través de los dientes cerrados.

Él se resigna. Desplaza su mano hacia la flauta del amigo. Empieza a sacudírsela. Sin cariño pero con ritmo. Siente aquel aparato extraño en sus manos, lo nota incongruente, ajeno.

Más lento, susurra Berniola.

Franki reduce la frecuencia. El sexperto lo hace también. Los brazos de los dos están en forma de equis, a ratos sus antebrazos se rozan; los de Berniola un poco peludos, los de Franki lampiños.

A los pocos minutos Berniola le suelta y se agarra la suya. Él comprende la señal, le imita. Los dos continúan, cada uno con la propia.

Randy, en el filme, extrae el pudendo y se corre pródigamente sobre la rabadilla y las nalgas de su pariente. La pölla de Franki, un segundo después, escupe su zumo de gametos, en tres catapultazos seguidos, de alcance y volumen decrecientes. De reojo observa la papilla genital del otro. No estaban compitiendo, pero en distancia habría ganado él. Se siente orgulloso por un momento.

Cuando regresa a su propio cuerpo (llevaba habitando la piel de Randy desde que la hermana le sacó a bailar) se da cuenta, no sin cierta sorpresa, de que acaba de masturbar a su vecino. Y que su vecino le ha masturbado a él.

Limpian el semen del suelo con sendas bolas de papel de váter, los dos a cuatro patas, en silencio. No han puesto en el vídeo la película normal que, mientras empezaban a limpiar, acordaron ver (*Firefox*, de Clint Eastwood).

Mientras frota la baldosa y, al terminar, recoge el líquido en el papel, con los dedos en pico, Franki trata de no pensar en la paja de cariz tangencialmente uranista que acaba de ofrecer y recibir. Deja caer la bola de celulosa a la taza del váter y tira de la cadena.

Sale del baño. Cruza la trastienda. El pelirrojo está sentado a la mesa, colocando el casete de *Firefox* en el reproductor. Franki separa la silla y se sienta a su lado.

Se escucha el zumbido de la puerta del videoclub. Pasa medio minuto. Una mano pequeña y morena abre la cortina de cuentas. Luego, como si acabasen de parirla, aparece la cabeza de Sonia. El pelo, cortado en media melena, metido por detrás de sus orejas. Un bigotillo de belleza byrónica.

¿Qué hacéis aquí? ¿Y el papa?

Se ha ido a casa, dice Bruno. Estaba cansado.

Necesito dinero para la merienda.

Cógelo de la caja, a mí qué me cuentas.

Mamá dijo que no cogiésemos nada de la caja sin preguntar.

¿Y tú le haces caso? Qué pardilla eres.

Sonia resopla por la nariz. Lleva bombachos nevados y una camiseta Fruit of the Moon, muy ancha, metida por dentro de la cintura. Calcetines blancos y Kickers de hebilla.

Desde cuándo tienes esas Kickers.

Papá me las compró.

¿No necesitabas unas sandalias?

Sí. No sé. ¿A ti qué te importa?

El sexperto ríe, una risa artificiosa y *unheimlich*. Franki decide no mirarle.

Claro, el papa está que no caga contigo, o te crees que no me doy cuenta. Todo el día sentada en sus rodillas, portándote mal para que te arree con la zapatilla.

Qué hablas.

Ya, ya. Hazte la loca. En mis rodillas no te sientas, claro.

Pero cómo me voy a sentar en tus rodillas. ¿Estás borracho? ¿Está borracho, Franki?

Él se encoge de hombros.

Pues en las rodillas del novio, dice Berniola.

Qué novio, qué dices.

Me han dicho que sales con el Pirret mediano.

¿Quién te ha dicho eso? Es bola. Además, al Pirret mediano no le gustan las ch... Da igual. Somos amigos y ya está. ¿Y tú desde cuándo me espías?

No te espío. Ya te gustaría.

Te he dicho mil veces que a nadie le gusta eso. Se vuelve para marcharse. Ya no tiene el tafanario plano, como cuando era pequeña. Se detiene en la cortina de cuentas. Un momento, dice, volviéndose. Estáis raros. ¿Os habéis peleado?

Qué dices, por qué nos tendríamos que haber peleado. Dile a esta que no nos hemos peleado, tú, y le pega un codazo a Franki.

Claro que no.

Pues qué es, decídmelo, venga. ¿Estabais mirando porno?, dice, y sonríe. Se le ve la ortodoncia. Es como si seres diminutos hubiesen levantado una empalizada en su boca. Decid la verdad.

La única verdad es que te measte encima.

Ella se pone colorada. Qué hijo de puta eres. Atraviesa la cortina de cuentas y desaparece. Se oye el campaneo de la caja registradora al abrirse, luego un golpetazo cuando la cierra. Pasos, y el timbre de la puerta.

El sexperto dirige la mano al reproductor y le da a Eject. Esa niñata me saca de quicio, dice. El casete aparece por la ranura. El pelirrojo lo extrae, lo deja sobre la mesa.

¿No vamos a ver *Firefox*?, dice él.

No, dice el otro. ¿Tú crees que tiene novio, entonces?

Quién.

Traci Lords, si te parece. Mi hermana, tío, mi hermana. ¿Tú te crees eso? ¿Que no sale con el Pirret?

No sé. Quién te dijo que salían.

Un amigo. Los vio juntos.

Qué amigo, pregunta Franki (pues el vecino sufre la misma carestía amical que él).

Uno, no puedo decir su nombre. Los vio de la manita el otro día, saliendo del Vedruna.

Franki no sabe qué decir. Bruno tampoco habla, está reflexionando, la mirada perdida y el ceño fruncido.

Bueno, creo que voy a mirar otra vez *Querida hermanita*. ¿Te apuntas?

Vale, contesta él. Y, discretamente, acerca su silla hacia la derecha, en dos suaves toques combinados de culo, caderas y pies. Luego se abre la bragueta y el botón.

CASO 196. *Instinto sexual antipático adquirido / Homosexualidad.* Señor R. Estudiante. Familia no contaminada. Padre fallecido, madre nerviosa. Hermana intensamente religiosa. Joven alto y de impresión masculina. Desde los trece años, agudas migrañas. A los catorce, se relaciona con un chico algo mayor, con el que se divierte practicando el toqueteo mutuo de genitales. A resultas de ello, primera eyaculación. Tras aquella experiencia es seducido hacia el onanismo por otros dos compañeros de estudios; lo practica a veces solo, a veces acompañado por ellos, con masturbación mutua. Sus poluciones son tan frecuentes que empieza a sentirse débil, y sus estudios se resienten. En aquel punto afirma hacerlo aun pensando en personas del sexo opuesto. Visita burdeles femeninos y es masturbado repetidas veces por una sirvienta «robusta». Ya en la universidad, tras una noche de borrachera, comienza «de forma fortuita» una relación con otro compañero. Empiezan primero a masturbarse y besarse mutuamente los genitales, más adelante a relacionarse como hombre y mujer, con el compañero en la posición viril. Desarrolla inflamación rectal. Le cuenta al tutor que es resultado de estudiar demasiado para los exámenes. Al poco tiempo padece una fístula, pero aquello no le cancela el deseo perverso de ser utilizado pasivamente. Desesperado, intenta una cura de hipnosis para deshacerse de su desviación. Las sugerencias hipnóticas son: 1) Aborrezco el onanismo porque me hace débil y miserable. 2) Ya no tengo inclinaciones hacia otros hombres, pues el amor hacia otros hombres va en contra de la religión, la naturaleza y la ley. 3) Solo siento inclinación hacia las mujeres, pues la mujer es encantadora y deseable, y fue creada para el hombre.

Tras el tratamiento, el paciente sigue prefiriendo la compañía de caballeros jóvenes, pero una intensa vigilancia médica no revela nuevas relaciones sospechosas. En julio de 1887 se recibe una carta de la madre indicando que el hijo aún tiene simpatía por los hombres, pero que su conducta desde la hipnosis es irreprochable, y su salud excelente. Conclusión: el paciente no es un homosexual completo sin esperanza de curación, y su cura hipnótica parece haber dado buenos resultados.

(*Tratado de psicopatía sexual*, Dr. Viktor Scholtz-Klink, primera edición, 1888)

En la habitación de la mercería, la mano de Franki tomó el casete de *Erotic Games*. No tenía ni caja, se encontraba en la parte superior de una pila, era el único casete desprotegido. Se aseguró de que fuese el deseado. Leyó en la galleta frontal la lista de juegos incluidos:

Strip Poker. Erotic Slot Machine. Seduction Test. The Bottle Game.

Stroker.

Realizó una contorsión facial. Aquello no parecía la compañía adecuada para un juego de acción arcade. Se dijo que tal vez fuese la compilación promocional, heterogénea, que venía con alguna revista de informática.

Lo introdujo en la datasete. Cerró la tapa. Pulsó Play. La casetera empezó a hacer ruido de cargar, un chirrido molesto, sonaba como un ascensor acercándose a la planta y rascando las paredes a su paso.

Al cabo de un minuto, el monitor se iluminó. Él leyó el aviso que había aparecido allí.

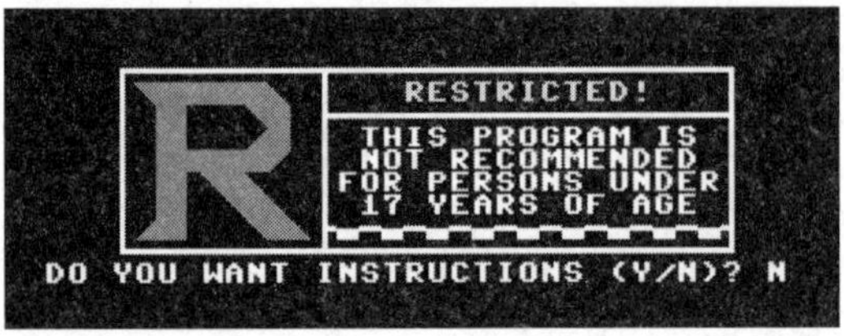

Sí que necesitaba instrucciones, contestó Franki en su fuero interno. Nunca antes había jugado al *Stroker*. Desoyó la sugerencia de restricción de edad. Pulsó Y con el dedo índice en el teclado. Apareció una nueva pantalla.

No, no quería jugar con el teclado. En una nueva pantalla apareció la opción del joystick. La seleccionó.

Agarró el joystick y pulsó el botón. La pantalla se esfumó y en su lugar apareció otra, con nuevas instrucciones. Estaban escritas en inglés básico. Leyó, línea tras línea, lo siguiente:

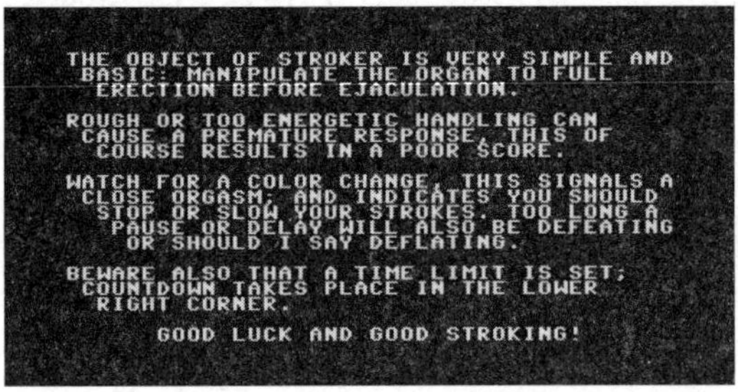

Le sobrevino un fugaz tic en el ojo izquierdo. Volvió atrás y releyó, desde la primera palabra, el texto entero:

El objetivo de Stroker *es muy sencillo y básico: manipular el órgano hasta conseguir una erección completa antes de la eyaculación...*

Qué órgano. Qué erección completa, se preguntó. ¿Eyaculación? ¿«Good stroking»? Nada de aquello parecía «muy sencillo y básico».

La pantalla de las instrucciones desapareció por decisión propia al cabo de unos segundos. En su lugar se materializó la pantalla central del juego:

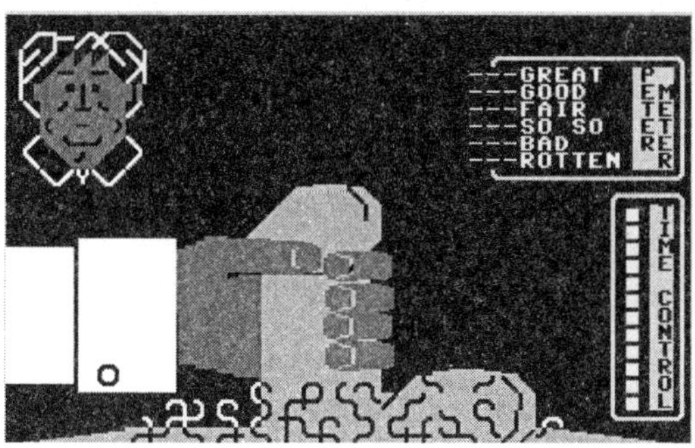

Los ojos se le engrandecieron. Aquello, sin lugar a dudas, era un cipote. Y unos crótalos recubiertos de pelos rizados. Parecían trazos nerviosos de un Telesketch.

Sintió como si alguien le estuviese mirando. Pensó que su tío había regresado. Se volvió hacia la puerta. No había nadie allí.

Al momento comprendió. En la esquina superior izquierda de la pantalla podía verse a un sujeto con tez de color lenteja y pelo compuesto por plumas estilográficas. Aunque sus rasgos eran signos de puntuación (dos puntos hacían de ojos, la boca era un guión), no parecía estar juzgándole.

Se dio cuenta de que la mano que agarraba el aparato era también de color lenteja. El hecho admitía distintas lecturas,[1] pero no se detuvo a ponderarlas. Movió el mando sin mucho entusiasmo, solo para comprobar qué sucedía.

La garra de la pantalla subió y bajó en la pölla digital. Se iluminó el «Fair» del panel de puntuación.

Él separó las manos del joystick. Tenía a veces dificultades en leer determinadas expresiones o entonaciones, cuanto más sutiles peor, pero se dio cuenta de que acababa de masturbar a una entidad informática, carente de albedrío. O había sido masturbado por una entidad informática, carente de albedrío. Una de las dos opciones.

Al cabo de unos segundos de reflexión, decidió que no quería seguir con aquello. Extendió la mano derecha y pulsó Eject. El monitor se fundió a negro por segunda vez.

Extrajo el *Stroker* y pensó, mientras lo hacía, qué iba a decirle al tío.

No ha habido forma de cargarlo, le diría. Defectuoso, o algo así. Suele suceder, con casetes promocionales. Una excusa plausible, aunque no muy difícil de comprobar.

Depositó el casete de *Stroker* sobre la mesa. Volvió a colocar *Bruce Lee* en la datasete. En el monitor apareció una vez más el logotipo THE C64, el arco iris, los créditos y el copyright. Vale, ahora sí, pensó.

1. En la primera lectura, los tres elementos –pene, mano y cara– pertenecían a la misma persona: el sujeto color lenteja. La verga era suya, y se la estaba tocando, posiblemente por primera vez, lo que explicaría su expresión de asombro. Pero el pene era de color púrpura, no lenteja, lo que originaba la segunda lectura: el hombre le estaba tocando el pene a otra persona, y por ello su rictus no era tan de asombro como temeroso, por las repercusiones de su acto.

Montse y Franki están sentados en la última fila del cine Gater. Hace cinco minutos que empezó la sesión única del sábado: *St. Elmo, punto de encuentro.* Terminan los anuncios, aparecen los créditos de inicio. Los nombres de los actores atraviesan la pantalla mientras suena una melodía de piano. Un grupo de universitarios con birrete y toga, abrazados en postura de sirtaki, salen de un edificio de apariencia suntuaria y se acercan hacia la cámara.

Al contrario de lo que debió planear el director al filmar la secuencia de inicio, Franki no siente la menor simpatía por aquella cuadrilla. Su experiencia personal, basada en la observación metódica del profesor Prats a lo largo de los últimos años, le ha predispuesto negativamente contra la vida universitaria.

La cámara se acerca más y se distinguen las facciones de cada uno de los actores. Cuando aparece el tal «Rob Lowe», ella le aprieta la mano a nuestro héroe. Se la están dando, más o menos desde la segunda nota de piano. Les suda mucho la palma a los dos.

La película avanza. Los sonidos de gente pastando chucherías y sorbiendo refrescos, también el sacudido de hielos, se superponen a las voces de los actores. Montse masca su chicle con empeño. Rob Lowe, sentado en la parte trasera de una ambulancia, ocupa la pantalla. Un gran saxofón le cuelga del hombro, pese a que acaba de sufrir un accidente automovilístico y, por lo que se desprende del diálogo, él era el conductor.

No me extraña que se haya metido una hostia, susurra Franki, inclinando la cabeza hacia la chica. Imagina conducir con el saxo ese a cuestas.

Tras decir eso, la observa. La expresión de Montse no difiere demasiado de la que pondría alguien ante los cachorrillos de una tienda de mascotas. En la oscuridad no se distingue, pero lleva una camisa de nailon de manga corta, pasada de moda, y sus viejos vaqueros acampanados, marca Old Chap. Desprende un olor equívoco, similar al del pollo cuando está a punto de ser incomestible.

Quizás, sigue diciendo, le invadió un deseo imparable de expresar su profunda sensibilidad musical al volante.

Desde un par de filas más adelante alguien les chista, volviendo la cabeza a medias. Él frunce el ceño, vuelve a sentarse bien, y piensa de nuevo que podrían estar viendo *El guerrero rojo*, una de Conan, en la sala contigua. En un fotograma que colgaba en las galerías se veía a Red Sonja, la novia del bárbaro, con un sucinto modelito hiperbóreo de cuero y remaches que realzaba sus curvas; apoyaba las dos manos en un tremendo mandoble que mantenía oculta, por muy poco, su *bella hendidura*.

La luz aumenta en la pantalla, le permite distinguir una sien patilluda en el perfil de Montse. Las gafas hacen efecto de prisma y crean dibujos psicodélicos en su rostro.

Ella se las quita, las deja a un lado. Se echa dos dedos a la boca, extrae el chicle y lo adhiere en algún rincón.[1] Se vuelve hacia el chico y, sin articular palabra, rota la cabeza, luego el torso. Cierra los ojos y abre mucho la quijada, como algún singular ejemplar marino de vida abisal.

Franki suele tener dificultades en leer determinadas expresiones o entonaciones, cuanto más sutiles peor, pero no tarda en comprender que la chica quiere volver a «montárselo». Activa el gambito de la lengua espeleológica. Como alguien que se conoce el camino a un sitio, avanza por el «rollo» mucho más rápido que la última vez, ansioso por llegar al destino. Morrea, morrea; luego manosea una de las opulencias. El pezón se petrifica entre sus dedos, y él siente, de forma simultánea, el perentorio auge de su hombría.

No se demora en la superficie tanto tiempo como hizo en la caravana. Introduce la mano por debajo de la camisa de nailon. Varios botones están sueltos ya, tanto por arriba como por abajo (trata de recordar, sin éxito, en qué momento pudo ella haber activado el gambito). Que la camisa esté medio desabrochada, dispuesta, le convence de que esta vez no va a apartarle la mano.

No se la aparta. La chica interrumpe el beso y, tras mirar si hay alguien en las inmediaciones, dice Espera y se inclina hacia delante y se echa ambas manos a la espalda, por debajo de la camisa arremangada. Se quita el sostén, lo hace salir mágicamente por el escote. Lo deja también a un lado, junto a las gafas y, tal vez, el chicle masticado.

Franki tiene los ojos desorbitados, fijos en sus amplios mugrones. Incluso en la penumbra del cine, y bajo la ca-

1. Él siempre se había preguntado qué clase de persona hacía eso; le satisface haber hallado la respuesta.

misa, se marcan erectos, muy distintos a los de Traci Lords. Por añadidura, en Montse parecen apuntar hacia el suelo, en lugar del cielo.

Vuelve a ensamblar su boca contra la de ella. El vello de barbilla y bozo le cosquillea los labios. La saliva transporta restos gustativos de algo no del todo nauseabundo. Él aspira nuevos aromas corporales que, desde la abertura de la camisa, se empiezan a propagar por el éter como esporas micoides: axilas sudadas, sin duda, pero también *la feminidad que todos los sodomitas aborrecen*, como decían en un libro erótico.

Una mano de ella abandona la nuca de él. Franki la ve descender, de reojo. La mano se posa en el regazo del chico, que evidencia una elocuente erección. Empieza a masajearle la bragueta, arriba y abajo. Las uñas le acarician los innombrables por encima de los pantalones. Franki gime.

Ella le chista. Que vendrá el acomodador, dice.

Él estrangula sus gemidos. Montse pinza el jalador y lo hace descender, le cuesta un poco porque la cremallera realiza dos o tres ondulaciones, provocadas por las arrugas del tergal y la curvatura del venablo. Lo logra. Desabrocha el botón, el pantalón se abre. Transforma su mano en un pico para introducirlo allí; lo hace, con cuidado. Una vez dentro, abre los dedos en ramillete y los desliza por debajo de la goma de los eslips.

La mano sudada envuelve la *enaltecida lanza* y la saca al exterior. Hace presión en la base, luego en el yelmo. Sube la piel. Baja la piel. Sube la piel. Baja la piel. Con vigor comendable.

Él siente la necesidad de ponerse en pie y elevar al cielo un salmo pletórico de agradecimiento a Dios, quizás acompañado de efusivo fandango. Sus emociones no difieren demasiado de las que debió sentir Guifré El Pilós cuando salió a defender de los infieles el castillo de Aura. Se siente épico. Señorial. Por fin va a suceder lo que lleva anhelando desde el día en que hizo el «cambio».

Parte de su júbilo tiene que ver, es cierto, con no haber «perdido presión en cabina». Siempre temió, por culpa de las cicatrices, y el resto de los eventos traumáticos que tuvieron lugar en su infancia, no ser capaz de sostener la tiesura a lo largo del acto.

Ahora ve que es posible. No puede esperar a contárselo a Berniola, también hacer partícipes de ello a sus numerosos enemigos. Ella sigue subiendo la piel, bajando la piel, subiendo la piel, bajando la piel, y con cada nuevo movimiento Franki es un poco menos virgen.

Unos minutos más tarde, ella le toma la mano que manoseaba una de las cúpulas y la hace descender hacia la propia entrepierna.

A qué esperas, pasmao, susurra, y se automete la mano de él por dentro del pantalón desabrochado (¡otro prodigioso gambito previo!) y las bragas. Franki envía un soplo de vida a su extremidad prensil, pues sus facultades cogitativas han interpretado al instante lo que se espera de él. Hace garra y empieza a manosear el coño. Es muy peludo y rizado. «Frondoso» sería una palabra adecuada a la hora de definirlo. «Amazónico» sería incluso más precisa. Si llega a tratarse de un juego de adivinar con los ojos vendados lo que se esconde dentro de una caja, él habría dicho cobaya sin pensarlo. O castor. Un castor de gran tamaño, moqueante y pegajoso, recién salido de su presa fluvial.

Estoy mojadita, susurra ella, utilizando un extraño atenuante. Al chico se le aparece la cara de su madre diciendo algo parecido a través del bajante. La expulsa de su cerebro. Introduce dos dedos en forma de gancho en el interior de Montse, más o menos hasta la mitad. La mitad de los dedos, no de Montse.

Se los mete y saca, mete y saca, como el que trata de recuperar el cambio en una máquina de refrescos. Una sensación membranosa en las falanges, ahora cubiertas de *jugo del amor*. Ella sigue masturbándole con la mano libre. Gemidos ahogados, en sincronía, de ambos.

El único botón que quedaba abrochado en la camisa de ella se desabrocha, a resultas del manoseo previo de nuestro héroe. Los pechos salen al fin a la luz. Él los admira. Dos *cartuchos descollantes*. Franki nunca había visto exuberancias desnudas que no fuesen las de las revistas pornográficas del sexperto. Siempre había imaginado que cuando topase con unas *proyecciones opulentas* enterraría allí su cara entera, se envolvería con ellas, se sumergiría en sus gorduras y pliegues para no volver a salir al mundo. ¿Debería hacerlo?

Chúpalas, venga, susurra ella. Que estás dormío.

Tras escuchar esas palabras, Franki no incrusta su rostro allí, como un maníaco. Se vuelve un poco hacia ella, se agacha con cuidado, no quiere interrumpir la paja que realiza y le realizan. Toma una de las vasijas con la mano libre, con cierto respeto, y empieza a lamer el pezón, primero con cautela, luego rechupeteándolo. Es gordo y ancho. Duro. Lo mordisquea. Está semirrugoso, con pequeños granitos. Su lengua identifica un par de pelos, no muy largos, aunque dentro de su boca lo parecen. Se mete media teta en la boca. Su otra mano introduce el tercer dedo en el interior de la chica. Ella ronronea.

Sí, sí, sigue así, no pares, le susurra, a la vez que aprieta fuerte el carajo y le masturba con energía renovada.

Mucha fuerza.

Fuerza excesiva.

Le está haciendo daño, siendo sinceros. Él no se atreve a pedirle que baje el ritmo, teme ofenderla, finalmente decide emitir un gemido de dolor, que ella interpreta de manera equivocada y desata una intensificación de los tirones.

Dios santo, pero qué hace esta cafre. ¿Está intentando descapullarle? Quizás crea que hay que quitar toda la piel de la pölla antes de chuparla, como se hace con los plátanos.

Un sollozo primitivo nace del pecho del chico y se le queda atascado en la garganta. El dolor en el pudendo le empuja a pensar en su hernia inguinal. En sus cicatrices, y en cómo, tarde o temprano, si algún día acaba desnudándose frente a ella, la chica reconocerá la anormalidad de su físico, tan distinto al de los jóvenes que la fecundaron con anterioridad, y empezará a vomitar.

Él tiene la boca llena de ubre, no podría quejarse aunque quisiera, y le duele cada vez más el aparato. Al momento, sin poder impedirlo, se acuerda del *Bruce Lee.* Él, en calzoncillos, en la habitación del tío Jesús.

Algo sucede, algo está cambiando ahora, Franki empieza a notar el repliegue del falo, se está ocultando, como un aguijón retráctil, él reza por correrse ya, en ese preciso instante, visualiza la fantasía de Dick Loveman y Clara Pou en la trastienda parisina, si tuviese algo más de tiempo conseguiría eyacular con aquella imagen sin dudarlo, sería *una salida honrosa*, como definen algunos libros la retirada francesa de Indochina, en realidad no sería del todo honrosa, eyacular precozmente no es un acto heroico, que digamos, como por otra parte (piensa acto seguido) tampoco lo fue la retirada francesa de Indochina, pero al menos se habría corrido, sería técnicamente no-virgen, Franki vuelve a intentar endurecerse, proyectando la fuerza de su mente dentro del puño de ella, pero pensar en Indochina no ha ayudado, precisamente, de golpe se le antoja imposible revertir el proceso, es como intentar volver a meter la pasta de dientes en el interior del tubo, si pudiese, al menos, olvidar la habitación del padrino, Bruce Lee inmóvil en aquella pantalla, pero es incapaz, solo sabe que su cola es, ahora, una cosita arrugada, una decepción dúctil, envuelta en excesivo pellejo residual.

Pasan unos pocos segundos. El lenguaje manual de Montse traza un interrogante. El dardo resbaladizo del chico se encoge y escurre de su palma.

¿Qué te pasa ahora?, le dice.

Franki extrae los tres dedos del coño. No le parece adecuado mantenerlos allí, mientras en su entrepierna está teniendo lugar un fiasco de proporciones más terribles que el de la Línea Maginot.

Se separa de ella. Se queda quieto en su butaca, por un instante. Siente la tentación de elevar su voz al cielo, pedirle a Dios que realice un milagro en su entrepierna, pero intuye que Dios es, de hecho, el responsable del percance, y que por tanto la jaculatoria obraría el efecto opuesto. Se seca la boca, cubierta por la saliva de ambos, con la palma de la mano. Siente ganas de llorar, y le duelen los huevos. Una náusea le estrangula el pescuezo.

Me estoy meando, perdona, dice. Se sube la cremallera y se cierra el pantalón. Se pone en pie. Ahora vengo.

Ella encoge las piernas, pero no lo suficiente. Se abrocha los botones de la camisa, esconde sus exuberancias. Tiene la expresión de alguien que llevase tiempo buscando algo, y al final lo hubiese encontrado, solo para que se lo arrebataran de nuevo.

Franki recorre la fila, estaban en los asientos más remotos del cine. Cuando llega al pasillo, lo atraviesa hacia abajo casi al trote. Puede hacerlo porque, al contrario que el día en que vio a su madre medio desnuda, en su entrepierna no hay nada rígido que se entrometa en sus pasos.

El cine está casi lleno. Ninguna de las cabezas espectadoras se vuelve a mirarle, pero él imagina a sus numerosos enemigos cuchicheando sobre el inútil utensilio que lleva entre las piernas. Sin mirar a la pantalla, cruza por delante de la primera fila, hacia la derecha, donde está la luz roja que indica Salida y WC.

Entra en uno de los cubículos. Cierra los ojos para no contemplar el escuálido entorno, y empieza a respirar por la boca. Se abre la bragueta, se desabrocha el botón, se saca el pífano, triste y cabizbajo. Se acaricia los innombrables y comienza a hilvanar una nueva fantasía.

Escenario: una taberna del París ocupado, 1942. Dick Loveman pega una patada a la puerta y entra, pistola láser en mano. Escruta el establecimiento. Sobre la barra, un acordeón entreabierto y un Gitanes que humea en un cenicero de hojalata. El taburete más cercano ha sido tumbado. Las mesas están desocupadas, pero transmiten una sensación de vida reciente, como si un minuto antes estuviesen repletas de *citoyens*. En la mesa donde solían alojarse los soldados de las SS no hay nadie tampoco, y menos aún en la esquina habitual de la curvácea colaboracionista.

Franki se empieza a sacudir el venablo, pero es como jugar a billar con un trozo de cordel. No puede ejecutar ni siquiera un agarre digno de mención, mucho menos una sacudida enérgica. Lo que tiene en la mano está arrugado y es blando y parece una funda de tela sin el objeto dentro.

Dick deduce que los nazis han decidido acabar ellos mismos con Clara Pou y Li King, y se hallan tras la cortina, torturando y desflorando a las chicas. Traza una audaz empresa en su mente: irrumpirá en la trastienda, matará a tiros a los hunos, acto seguido se extraerá de los pantalones el implemento elefantíaco y tomará primero a la asiática, que pondrá a su servicio sus célebres peculiaridades anatómicas, y luego a la pubilla, que no solo habrá abjurado de su asociación con el invasor, sino que se revelará como una hábil contorsionista del connubio. Al terminar, si le quedan fuerzas (y que nadie se engañe, le quedarán, pues Dick es capaz de dar placer a incontables personas seguidas), derramará las últimas gotas de incienso en los anos sin vida de los teutones, pues, como afirma la frase popular, en tiempo de guerra...

Dick cruza la cortina. La trastienda está fría y vacía, y huele a vino rancio y bota enmohecida, y si tuvo lugar en ella algún tipo de estupro, terminó años atrás, sin dejar rastro de su presencia. La luz de un ventanal sucio ilumina las partículas de polvo que bailan en el aire, en una ridícula parodia de vida.

El agente baja el arma, se derrumba en una caja de cascos vacíos. Sus músculos gluteares tienen la consistencia del wolframio fusionado, y por eso no percibe cómo se le hincan allí los cuellos de botella. Por primera vez, se siente estupefacto y aterrado. Desciende a las criptas más sombrías de su conciencia, como si dijéramos. Escucha la voz del abismo jadeado a través de una grieta áspera, en palabras del Pastor de Ettrick. De tener a mano un libro de Kierkegaard, sería el momento de pegarle una lectura abatida, concentrándose en los fragmentos que mejor definiesen su profundo *surmenage*. Rememora con asco su vida venérea, todos los años que despilfarró profanando vulvas y bocas y sentinas fecales, tanto núbiles como seniles, con su garrote de proporciones absurdas, cautivo de sus apetitos.

No, lo ve ahora con un estallido de claridad insoportable: está solo, abandonado, como Jesucristo en la sexta hora; Dios no atiende a sus lamentos. Todo es inútil. Fútil. Incluso las partículas de polvo que bailan ante su cara tienen mayor entereza, intención y conciencia. ¿Él qué es, después de todo? Poco más que una pölla andante. Solo le queda apurar hasta las heces el amargo cáliz, si esa es la expresión.

Franki se detiene, consciente de lo absurdo de su empeño. Era como intentar meter a un bebé de vuelta al útero. Devuelve el pudendo a los eslips, se los sube, cierra cremallera y botón. Un nuevo estado de ánimo se suma a la tristeza que llevaba un rato dominándole: la perplejidad por el fracaso de su fantasía. Es la primera vez que el agente Loveman le deja en la estacada.

Abre el cubículo y sale del baño, regresa a su butaca con paso contrito, mientras lucha por articular en su mente una excusa médica fidedigna. Deja atrás la primera fila y tuerce hacia arriba por el pasillo central, y entonces distingue lo que sucede en su antigua butaca. Suelta un suspiro que, de haber sido escuchado por un testigo imparcial, le recordaría al que soltó Boabdil El Chico, camino a su exilio en las Alpujarras.

Montse ya no está sola. Franki lo confirma mientras termina de subir el pasillo. Al llegar a la última fila se detiene. Las luces de emergencia pintan de rojo parte de la cara de nuestro héroe, le hacen parecer demoníaco. Los asientos siguen vacíos, a excepción de los tres últimos, donde estaban ella y él. Ahora la chica está sentada entre dos jóvenes membrosos, a Franki le suenan de vista, de alguna exhibición deportiva interescolar en la que se vio forzado a participar. No reparan en él.

Incluso desde donde se halla, a unos diez metros, es capaz de distinguir que ella tiene la pölla de uno en la mano, y le masturba a ritmo sostenido. La luz de la pantalla alumbra el falo. Una erección enardecida. No parece dolerle como le dolía a Franki. El joven la agarra de las mejillas y le tuerce la cabeza. Introduce la lengua a través de los labios de ella, en un gambito que, más que espeleológico, recuerda a la violenta invasión de un taladro petrolífero.

El chico echa a andar, camino a la salida. Con el rabillo del ojo distingue cómo el segundo sujeto, que hasta el momento se había contentado con mirar, se baja los pantalones, echa el trasero hacia arriba, haciendo fuerza con la nuca contra el respaldo, y saca al exterior otra erección ejemplar.

Franki atraviesa las galerías Gater, luego rodea la fuente circular de la plaza del ayuntamiento. El viento levanta algunas hojas secas de morera del suelo, también el flequillo que se le había empezado a desplomar sobre las cejas. Sube la cuesta de la iglesia de un humor cada vez más fúnebre.

Ante el espejo del baño, tras la ducha, con una púdica toalla a la cintura, situada a la altura del ombligo con el fin de cubrir las cicatrices herniales, su ánimo cruza varias estaciones, similares, al menos en cuanto a nivel de dolencia, traición y compunción, a las que Cristo recorrió, paso a paso, camino al monte Calvario.

Empieza compungido y lloroso, humillado, pero a la vez siente cómo, a medio camino, le empieza a invadir el odio. Ni siquiera el pincel de John Martin, autor de *El gran día de su ira*, en uno de sus días inspirados, hubiese logrado captar los matices de furia impotente que le sacuden en oleadas.

Igual que le sucedió el día de Montagut, un sentimiento, sea este de cólera o dolor, dota de solidez a sus contornos.

Cuando el chico se separa del espejo, el odio que barnizaba su pena ha terminado de secar su corazón.

¡BRINDE POR SU SEXUALIDAD!

MAXIMALE

La potencia sexual baja contra nuestra voluntad: causas psicológicas, edad, trabajo, enfermedades, etc. Maximale está compuesta de sustancias que penetran profundamente en los tejidos epiteliales del pene, estimulando las células y aumentando la circulación de la sangre. Maximale con sus extraordinarias propiedades orgánicas le devolverá el vigor de sus veinte años, y una erección fuerte y duradera, haciendo [*sic*] la admiración de las mujeres.

Es aconsejable empezar por **Maximale Normale** y de seguir [*sic*] con el **Extra Super**.

Normale: 1.980 ptas. / 80 dosis
Extra Super: 2.480 ptas. / 80 dosis

Mientras se cargaba el *Bruce Lee*, la mirada del chico recaló en el cajón abierto. El tío había apagado la araña del techo y la única luz que permanecía encendida era la pantalla del ordenador. Esta teñía todos los objetos de una capa brumosa, como un faro de coche envuelto en niebla. Al principio, Franki no supo distinguir qué había en la pila que antes creyó ver bajo el *Erotic Games*.

Un cauto palpo en el interior manifestó la presencia de formas sólidas, plásticas, rectangulares, mayores que las de los casetes de música o juegos. Las terminaciones neuronales de su cerebro, alimentadas regularmente con pescado rico en fósforo y cómics de cierta complejidad argumental, llevaban años dedicándose casi en exclusiva al desarrollo de sus facultades cogitativas. Ellas le informaron de que lo que estaba palpando eran vídeos. Decenas de ellos.

Extrajo tres cintas. No se sentía excitado por el descubrimiento. Asumía que serían películas como las que su padre veía de vez en cuando en la UHF, francesas y con subtítulos, de «arte y ensayo», si esa era la denominación.

Se incorporó y dispuso los tres objetos sobre la mesa. Leyó los títulos. *Rock Hard I*, *Dark Young and Handsome* (sin número) y *Hard Teens III*.

Agarró *Rock Hard I* y lo acercó a la pantalla iluminada. Analizó la cubierta. La película, contradiciendo su título, no parecía protagonizada por el tipo de geólogos clásicos que él esperaba encontrar allí, señores de mediana edad con gafas de montura nacarada y cordel sujetorio, chalecos de lana y calcetines a rombos, cuyo trabajo consistía en determinar el origen, composición y evolución de algunas rocas duras, si eran metamórficas o ígneas, todo eso.

Para empezar, los dos jóvenes negros y su amigo el rubio, que ocupaban la portada, parecían demasiado jóvenes para haber terminado los estudios. Uno de ellos, el caucásico, no podría ser mucho mayor que Franki, máximo dieciséis o diecisiete años. La inexperiencia y la falta de titulación de los tres petrógrafos explicarían que vistiesen prendas tan escasas para bajar a una caverna en busca de sedimentos. Se arriesgaban a pillar un buen resfriado, quizás incluso una neumonía. El blondo núbil, quien posaba de espaldas, solo llevaba puesto un eslip, aunque, eso sí, de cuero negro, que debía considerar un material adecuado para las bajas temperaturas de la gruta. Las amplias ventilaciones circulares que lucía en cada una de las nalgas, dejándolas descubiertas de manera implícita, parecían contradecir los propósitos originales de la prenda, pero también era cierto que sus dos amigos negros, algo mayores que él y por tanto también más responsables, hacían todo lo posible por cubrir el trasero semidesnudo con sus amplias manos.

En la fotografía, el rubio se volvía hacia la cámara y guiñaba un ojo. Franki se preguntó si se le habría metido allí dentro algo de polvillo, quizás al golpear una muestra de mineral con su cincel. Morros apretados en mohín de beso; una pequita negra junto al labio. Llevaba puesto un casco de albañil, a falta de uno de espeleólogo. Él se dijo que la apuesta por la seguridad laboral de aquel muchacho era admirable.

Le dio la vuelta a la caja.
Oh. De acuerdo.

En el collage de capturas de la contracubierta, tras un solo golpe de ojo, bajo el subtítulo «Extreme Gay Hardcore», que uno no necesitaba someter a exégesis, precisamente, el chico descubrió lo que hacían los tres jóvenes «geólogos» en su tiempo libre, y al mismo tiempo perdió parte de su inocencia residual.

Quiso chillar. Se contuvo.

El rubio «geólogo», si en verdad lo era (Franki empezaba a sospechar que aquellos tres individuos no habían llegado a licenciarse; posiblemente ni siquiera poseyeran un diploma básico, de formación profesional, de petrografía), estaba ensartado entre los dos hombres negros. Realizaba una imitación competente de un cerdo empalado sobre un fuego rotatorio, por decirlo de algún modo, aunque su rostro difería en grado sumo del que solía tener un animal asado de aquel modo, que era de considerable fastidio.

Sí, lector desconocido: a pesar de que aquel joven tenía dos de sus siete orificios bloqueados, por delante y por detrás, por dos grandes vergas nubianas, su apariencia era de nunca haber sido tan feliz, como si llevara toda la vida deseando aquello y sus compañeros se lo hubiesen regalado por su cumpleaños.

El significado de aquellos tres vídeos arrancó de cuajo la vieja firmeza del labio Prats, tras haberle sacudido a la vez con un indeseado conocimiento del tema.

Por fin lo veía claro. Tonto, tonto Franki. Hacía años que todo el mundo en el pueblo debía conocer la afiliación sodomita de Jesús Prats. Los testigos, a la hora de valorar su persuasión rectal, coincidían de un modo desconcertante. Franki debía ser el único ingenuo que no se había enterado de nada, engañado por, entre otras cosas, el constante uso que hacía su pariente de las palabras «sarasa», «mariquita», «mariposón», «bujarroncete» y «moña». Aunque, gracias a determinados libros, sabía que existía una fraternidad uranista ruda, masculina y reprimida, a la que pertenecían, entre otros, Ernst Röhm o Lawrence de Arabia, no atinó a establecer la relación entre ambas cosas. Se limitó a acumular presentimientos, preguntas, suposiciones difusas, que sus facultades cogitativas no acertaron a ensamblar en una hipótesis cohesiva.

Le vinieron a la mente las palabras que le dedicaba Papá a su hermano, y que él escuchaba, con algunas interferencias, a través del bajante.

Se acordó también de los rumores que circularon en el pueblo, cuando al padrino le echaron de los retiros religiosos del colegio aquel, por no hablar del recorte de prensa que trataron de ocultarle, y él acabó descubriendo.

Era como si hubiese desenterrado una piedra trilingüe que permitía al fin traducir un idioma perdido siglos atrás.

Friedrich decía en un libro, no recordaba cuál, que era mejor no conocerse a uno mismo. El veterano filósofo alemán hubiese estado orgulloso de nuestro héroe, pues este había conseguido no solo no comprenderse a sí mismo, sino no comprender en ningún momento, pese a todas las pruebas que se arrojaron a su paso, la verdad sobre uno de sus parientes más cercanos. Había tenido que suceder lo que estaba sucediendo en aquel momento, en aquella habitación, con aquellas tres películas de vídeo y el *Bruce Lee* y el *Stroker*, para que él lo comprendiese todo. Y ahora, no hacía falta decirlo, era demasiado tarde.

Franki y Berniola se encuentran delante de la zapatería Carmen, en la calle Nord. El cielo ostenta un color cementoso, pesado, y todo pinta que en algún momento se pondrá a llover. El pueblo vuelve a oler a café quemado de filtro. Aunque se trata de un día lectivo, nuestros protagonistas han decidido no ir al instituto y vagar sin rumbo, quizás también poner en práctica algún acto delictivo menor.

De pie ante el escaparate, el pelirrojo finge interesarse por unas Kelme altas. Mientras lo hace, observa de reojo la transacción comercial que tiene lugar en el interior, donde una mujer de unos cincuenta años, con las medias quitadas, se está probando una serie de zapatos de tacón.

Franki la analiza. Ese no es su tipo de parcialismo, pero incluso así cree poseer las suficientes nociones estéticas para dirimir entre pies feos y bonitos. Y la mujer los tiene feos.[1]

1. Su segundo dedo está montado encima del dedo gordo, como practicándole una llave de lucha grecorromana; entre el tercer y cuarto dedo hay un desnivel anómalo, que destruye la armonía del conjunto; no lleva las uñas largas, pero tampoco del todo cortas, a raíz, como dicta el sentido común; y si sus ojos no le engañan, la sua-

Al vecino no parece importarle. Admira la acción a la vez que realiza, de un modo poco discreto, el gambito del pellizco al glande. Su figura, con la capucha colgando en la nuca y el rostro desfigurado por la lujuria, perfil giboso, invita a comparaciones con el famoso Quasimodo, campanero de Nuestra Señora de París, el día en que ve por vez primera a la gitana Esmeralda.

Él piensa que su vecino es un tipo extraño, si uno lo observa con detenimiento. Los años y la familiaridad, el afecto mutuo, que acudiesen juntos al Bosco, enfermasen a la vez y les ingresaran en el mismo hospital, han impedido que él le juzgue como haría con un desconocido. Pero está claro que el pelirrojo ha llevado demasiado lejos su curiosidad erótica. Y que posiblemente, a resultas de la misma, haya enloquecido.

¿Nos vamos ya?, le dice.

Solo un m-momento, contesta Berniola, sin dejar de retorcerse el prepucio.

Franki obedece, aunque no está de humor para las perversiones del amigo. Desde que sucedió la «pérdida de presión» en el cine se ha visto sumido en nuevas simas de melancolía y biliosidad. ¿Por qué nadie le explicó que «aquello» sucedía?, no dejaba de preguntarse. ¿Qué impedía que dedicaran una clase especial a «ello» en educación sexual? ¿Quizás incluso un congreso de expertos?[1] ¿Es que nadie veía que debía informarse con urgencia a la pobla-

---

ve inclinación hacia el interior del dedo gordo del pie izquierdo delata la aviesa presencia de un juanete, presente o futuro.

1. Franki leyó en un libro de Historia que Carlos II, el Hechizado, trató de realizar su primera cópula en una habitación llena de consejeros y médicos, y fueron ellos mismos quienes le manifestaron, en tiempo real, que sufría impotencia. Sin apercibir, de acuerdo, que su tumultuosa presencia junto al tálamo era lo que estaba causando la disfunción; pero al menos alguien emitió una opinión facultativa.

ción masculina sobre aquella clara posibilidad estadística? ¿No sería esa, tal vez, la información más crucial que necesitaría saber un quinceañero sin experiencia? ¿La posibilidad de que sucediese aquel drama, y cómo solventarlo?

La señora se calza de nuevo los zapatos planos, con cierre de velcro, que llevaba al entrar. Berniola dice Vámonos. Él no quiere preguntar si ha «culminado». Lo más probable es que lo haya hecho. El pelirrojo siempre alardea de que, de desearlo, puede eyacular en pocos segundos. Él no es un gran especialista del tema, pero le suena que esa aptitud no es algo de lo que uno deba ir alardeando; más bien lo contrario.

Descienden por la calle Nord. Cruzan Lluís Castells, pasan ante una tienda de alfarería, atraviesan Eusebi Güell, dejan la droguería a la derecha, también el puente sobre la riera Basté. Avanzan en línea recta por Pi i Margall, siguiendo la ruta que los dos tomaban cada mañana, primero separados y luego juntos, para ir al colegio.

Llegan a la esquina con Joan Ribas, donde está L'Amagatall. En el pueblo las yayas lo llaman «antro de perdición» o «donde-ya-sabes». Se apostan en la acera de enfrente.

Franki le dedica al local una mirada de arraigado escepticismo. El club está decorado con haces de ramas secas, como las sombrillas de playas exóticas, clavados al cemento con argollas. Él imagina que la misión de las ramas es dotar al lupanar de un remoto aire a cabaña tropical, pero el fracaso del gambito es absoluto.

Por cierto (carraspea), tengo que decirte una cosa, suelta, de un modo que parece casual pero que dista de serlo. Un par de días atrás decidió que, sobre la «disfunción», el único camino posible era superar la humillación inicial y exigirle un diagnóstico al sexperto.

Si es por lo del otro día, ya te dije que no es de maricones. Todo el mundo lo hace.

Franki contiene una contorsión facial. No, no. Es sobre Montse, la de mi clase.

¿La que no te follarías «ni borracho»? Qué pasa con ella. Se sube la capucha de la sudadera Dunlop, porque empiezan a caer gotas.

Franki le relata el encuentro en el Gater. No olvida la parte en que los dos jóvenes membrosos le suplantaron. Cuando termina de hablar, y lo ha hecho con los ojos fijos en L'Amagatall, sin atreverse a mirar a su amigo en ningún momento, le pregunta al sexperto si a él le ha sucedido alguna vez.

Berniola tarda un rato en reaccionar. Había empezado riéndose del vecino, pero ahora sus ojos delatan una expresión admirativa que, es obvio, lucha por desmantelar. ¿Volver del váter después de hacerme a la tía que «juré» no hacerme y pillarla masturbando a dos capullos?, dice. Pues no, eso nunca me ha pasado.

No. Me refiero solo a... la falla sistémica... el fiasco... o sea... la «pérdida de presión en cabina», por decirlo de algún modo.

El sexperto se analiza la uña del pulgar derecho. Responde sin mirarle. Se llama gatillazo, dice. Pero a mí nunca me ha pasado.

¿Siempre has podido, esto, *introducir tu terrible maza en el antro tenebroso*?

Berniola chuta algo del suelo con un pie, pero no había nada chutable allí. Luego cruza la calle y se sitúa ante la puerta del puticlub, también forrada de ramas. Franki le sigue. Cuando iban al Bosco, la costumbre era pasar por aquí al salir de clase, picar al timbre y esperar. La gente decía que si aguardabas el tiempo suficiente, al final te invitaban a pasar, la «madama» te ofrecía cubalibres y te mostraba a las putas, y era como un catálogo navideño de juguetes de El Corte Inglés, un menú completo, había de todo, de todas las tallas y pesos y edades. Ellos habían llegado a pasar allí más de media hora. Nunca les abrió nadie.

Claro que he podido, contesta Bruno. ¿Te sabes el chiste ese de «Define la peor mamada de tu vida»? Levanta ambos pulgares. «¡De puta madre!» Fuerza una risa.

Franki no se une a él. ¿También cuando te la, esto, chupaba la alemana aquella del camping?, pregunta. ¿La que dijiste que se «amorraba al pilón»...?

Sí. Con ella la tuve siempre como un cuerno.

¿Cómo una *terrible maza*?

Tú lo has dicho.

¿Como se llamaba?

Mmmingrid.

Mmmingrid o Ingrid.

Ingrid, sí, sí, seguro.

¿No era Birgita?

Qué va. Berniola rasca una baldosa de acera con la punta de la zapatilla. Esa era de otro camping, dice. ¡Aquel verano me puse las botas!, dice. Luego levanta la vista. En las películas dicen que el fallo es cosa de los nervios. ¿Estás nervioso?

Ni más ni menos que siempre.

Con *Querida hermanita* no te pasó (carraspea).

Eso es lo que me preocupa.

¿Cómo?

Que ya lo sé.

Berniola señala un timbre de apariencia lujosa que se halla incrustado en el dintel, incongruente en mitad del cañizal. Pica, venga.

Nunca abren. Y aunque abriesen, no tengo un duro.

Da igual. Fían.

Franki acerca la mano al dintel.

Hoy solo me puedo quedar un cuarto de hora, dice el pelirrojo. Tengo que ir a buscar a Sonia al Vedruna. Órdenes de mi madre.

Él coloca el dedo sobre el timbre. Tío, tu hermana tiene trece años, dice. Estás como en el Cantar de los Cantares, diciendo *nuestra hermana es tan pequeña que no le han crecido los pechos*, pero si le preguntas a ella te dirá que sus *pechos son torreones.*

Al terminar de hablar, detecta el tic intermitente en el ojo de Berniola, el labio curvado, mostrando un amenazador canino amarillento.

A que te parto la boca.

Solo quería decir que ya es mayor.

¡Deja de mirar a mi hermana!

Franki pulsa el timbre, que campanea con un sonido similar al de la mercería. Siente una cierta decepción. Por alguna razón, esperaba que la melodía fuese sugerente, de estriptís, o algo de naturaleza similar.

No la miro, dice, volviéndose. Es tu hermana pequeña. La conozco desde que era así (mide con la mano una altura cercana a su cadera).

Berniola analiza a Franki con ojos en rendija, puños prietos. Más te vale, dice. Luego sonríe y abre las manos. El cambio súbito de indignación a contentura le hace parecer mentalmente inestable, algo que Franki lleva sospechando desde hace tiempo.

No van a abrir, dice él. Mejor nos vamos.

El vecino le coloca una mano en el hombro. Escucha: tu gran error fue dejarlo en manos de una aficionada. Necesitas una profesional. Las (carraspea) fulanas están acostumbradas a los gatillazos, y saben cómo solucionarlos. Tienen técnicas secretas contra la impotencia que no conoce ninguna amateur.

Tú qué sabes, dice él.

Soy cliente.

Franki no realiza una contorsión facial. Se limita a levantar una sola ceja, el gesto que reserva para afirmaciones ajenas de completa inverosimilitud.

Te lo juro, Franki. Mi abuelo, el cartero, también lo era.

Él baja la ceja. Se vuelve hacia la puerta. Pasan unos minutos, que él emplea en ponderar la situación, especialmente en relación con la condenación eterna, sobre la que tanto insistieron en el Bosco.

Se acuerda de algo que les enseñaron en octavo, cuando estudiaban las herejías. Según los antinomistas, las malas obras no impedían la salvación; más aún, podían realizarse con impunidad por quienes estaban *predestinados* a ella.

Dicho de otro modo: si uno era un *pecador justificado*, como lo llamaba aquel pastor inglés, el onanismo, la embriaguez, el bestialismo o la fornicación eran *acciones piadosas*.

Se trataba de un razonamiento estrafalario, pero no por ello menos alentador, considerando lo sucedido y lo que estaba por suceder.

Se abre la puerta. Ante ellos, una española de cincuenta años no muy bien llevados. El estado de su rostro, y cuerpo en general, invita a comparaciones con Berlín tras la entrada del ejército ruso, en abril de 1945. Pelo deslustrado, dientes del color de la margarina y, bajo la bata, a media barriga, lo que parecen unos aldabones especialmente flojos. El chico visualiza su vieira, que debe ser *el receptáculo de todas las inmundicias y de todos los horrores, un verdadero sepulcro cuya fetidez provocaba el desvanecimiento*, en palabras del poeta.

Estoy hasta el coño de la bromita del timbre, les dice la mujer.

Franki se vuelve hacia el pelirrojo, pero solo logra ver su espalda encorvada, su figura achatada y contrahecha, alcanzando la esquina de Pi i Margall y desapareciendo.

¿Ese era el nieto del Berniola?, dice la mujer. Pero él ya le ha dado la espalda, y se marcha al trote en la dirección opuesta.

La riera Basté está llena de charcos, y Franki no lleva botas de agua. De niño le encantaba ponérselas, le ayudaban a sentirse como Dick Loveman, agente espaciotemporal, pero tiene quince años y no quiere invitar a nuevas humillaciones en el instituto. Sortea un charco, luego otro, el tercero lo salta. El fango se le adhiere a las Puma.

En el lodo pueden verse, varados, todo tipo de objetos. La mitad superior de una botella de plástico cortada en dos, que debió usarse como embudo o tirachinas; un saco vacío de argamasa; un paquete de Lola espachurrado; un *Lib* abierto.

Se acerca a la revista, dobla la cintura, endereza una hoja con la punta del pie. Es una publicación «de contactos», Berniola tiene varias de ellas en casa, los lectores remiten anuncios para ofrecer o pedir sexo. A él eso le parece una práctica loable, el único problema es que, salta a la vista, solo un corte desapetecible de la población parece anunciarse allí.

> **BO-100** Necesito señoras ardientes, para cama, en Santander. Ayuda económica. Teléfono y hora. Urgente.

Continúa andando. Va mirando a lado y lado de la riera, que en lugar de aceras tiene diques de hormigón. Una escalerilla con baranda para acceder a las calles Cervantes y Ebro. La primera está asfaltada, la segunda no.

En esta, a unos cincuenta metros, ve a dos personas sentadas. Se detiene. Podrían ser sus enemigos, a punto de caer sobre él en mortífera jauría, como le sucedió a Semmelweis en los pabellones de maternidad vieneses. Enfoca los ojos. El que está de espaldas es un chico moreno; la otra una chica rubia, de pelo rizado.

No parecen antagonísticos de cara a su persona. Franki se relaja. Continúa andando. Salta un charco, rodea otro. Aparece el sol de detrás de unas nubes, dibuja en el agua figuras psicodélicas que recuerdan a lámparas de lava. En un charco distingue la piel desechada de una culebra. Cuando se acerca ve que es un condón usado.

Ya está a cinco metros de la escalera. Las dos personas están «montándoselo». La rubia, de cara a Franki, mueve la cabeza a un lado y a otro para acceder con el gambito lingüil a la campanilla del novio. La reconoce. Es Yolanda, la amiga de Sonia. No sabía que se había echado pareja. Debe ser algo reciente, porque de lo contrario Berniola, que la espía de un modo inmundo, se lo habría contado.

Yolanda acerca la mano a un costado del amigo, por debajo del sobaco, la deja allí, pero con el dedo pulgar extendido, como si estuviese conectando un intermitente de coche. Empieza a masajear, casualmente, la zona del mugrón. Franki lo registra como buen gambito en su base de datos erótica, aunque le sorprende que se lo haga la chica al chico, y no al revés.

El novio no le aparta la mano. Lleva unas Kickers de hebilla, parecidas a las de...

Oh, de acuerdo.

Franki no puede detenerse, ni volverse y rehacer sus pasos, es demasiado tarde para eso, así que continúa andando, algo más deprisa. Yolanda le detecta. Separa la boca de Sonia y aparta la mano. Le brillan los labios.

La hermana de Berniola se vuelve hacia Franki. Debe haberse cortado la melena hace poco, lo lleva a lo *garçon*, lados cortos, orejas visibles y nuca rectilínea.

Iep, le dice a nuestro héroe. La cara desprovista de color, como si le faltasen glóbulos rojos, resalta su mostacho grieguesco, de belleza byrónica.

Iep, responde él. Quiere seguir andando, pero en lugar de eso se detiene. Qué hacéis.

Ya ves, aquí, contesta Sonia. Rota sobre sí misma, se separa de la amiga y se queda de cara a él. Tiene los contornos de la boca y la barbilla irritados. Qué haces por aquí.

Nada. Tu hermano te ha ido a buscar al Vedruna.

Ese no está bien de la cabeza, dice, y sonríe. Tenía dientes de conejo, ahora menos, porque con la ortodoncia se le están recolocando.

Ya ves, dice él, y sonríe también. Sonia le cae estupendamente. Bueno, 'deu.

'Deu, Franki, dice ella.

'Deu, dice Yolanda.

Los ojos de la hermana se abren y suplican. Él tiene a veces dificultades en leer determinadas expresiones o entonaciones, cuanto más sutiles peor, pero en este caso las lee adecuadamente. Asiente, luego echa a andar.

Escucha sus risas mientras se aleja. Piensa en qué le dirá a Berniola, si sale el tema. Percibe la vieja depresión gástrica. Se echa la mano a la zona del esófago. Suelta una eructación, sin ruido; deja escapar el aire poco a poco.

Empieza a subir las escaleras metálicas del final de la riera, cada paso hace ruido y queda amplificado en el cauce vacío. Trata de amortiguar el sonido, pero tampoco quiere andar de puntillas, por si siguen observando. Cuando llega arriba, aprieta el paso y desaparece del campo visual de las chicas. Toma la Rambla desierta, en dirección a su casa.

Justo cuando lo hace, sin que él pueda ya verlo ni escucharlo, lector desconocido, las dos amantes juntan las bocas y se empiezan a morrear otra vez. Sonia abre las piernas, Yolanda hinca su rodilla en el muslo de la otra. La deja clavada allí, como si forzase las piernas para que quedasen abiertas, pero sin intención de meter nada intrusivo en la otra vagina, al menos no en ese preciso instante.

CASO 67. *Homosexualidad femenina / Antipatía sexual congénita en la mujer.* Alicia R. Chica de buena familia. Diecinueve años. Hereda la contaminación genética por parte de la madre, quien sufrió psicosis posparto y declinó gradualmente hasta la demencia persecutoria; su hermano, un tío y varios de los primos estaban también locos. La paciente es de estatura media, no bonita. Rostro infantil y demasiado pequeño, asimétrico, el lado derecho de la cara más desarrollado que el izquierdo; nariz irregular. Zurda. De niña es nerviosa e irritable, muy lenta en su desarrollo físico. A los cuatro años extrae un gran disfrute de la tortura de gatos, a los que sujeta de una pierna y sacude. Prefiere jugar con su hermano que con sus hermanas; practica fútbol, schlagball, a veces tiro al blanco. Le encanta subirse a árboles. A los siete años su padre le compra un caballo, que ella cuida y alimenta, y cabalga sin silla, sentada con las piernas abiertas, como un chico. Sus maestros la consideran una «joven anormal». Migrañas continuadas al acceder a la pubertad; también hemorragias nasales y, al menos en una ocasión, pérdida de conocimiento. Desde los trece años, desdeña la compañía masculina.

A los quince desarrolla un «amor extraordinario» por Freda H., hija de unos amigos de la familia; el amor es mutuo, pero más violento por parte de Alicia. Las dos chicas, según testigos, durante las visitas de sus padres, muestran una «ternura repugnante» la una por la otra. Se mecen juntas en una hamaca durante horas, «se abrazan y besan hasta el punto de la náusea». Cuando Freda demuestra interés por un chico, Alicia la obliga a beber láudano, y luego lo bebe ella, porque «no se ve capaz de vivir sin su amor». Las dos enferman violentamente, pero no mueren. Al cabo de poco tiempo, reanudan su correspondencia amorosa y, algo más adelante, los encuentros furtivos. Alicia le propone matrimonio a la amiga, y le hace llegar un anillo de prometida. Freda la rechaza. Alicia queda destruida, deja de dormir y se niega a comer. Es ingresada en un sanatorio. Sufre un brote de manía, seguido de catatonia. También histeropatía, con alucinaciones y delirio. Su caso no es raro. El uranismo femenino debe sospecharse siempre de hembras que llevan el pelo demasiado corto, o que visten como hombres, y juegan a deportes masculinos. La satisfacción intersexual entre ese tipo de mujeres suele limitarse a besos y abrazos, pero en hembras sexualmente neurasténicas puede culminar en eyaculación. Cuando se trata de individuas especialmente sensuales puede llegarse incluso al cunnilingus y la masturbación mutua. Los expertos declaran que el desarrollo mental de Alicia no sobrepasa los trece años. La paciente comprende que no puede tener «hijos» con Freda, pero rechaza admitir que su «matrimonio» sería una absurdidad. Niega tajantemente que se consumara el acto sexual con la amiga, ni siquiera en forma de masturbación mutua. No se considera necesario realizarle un examen ginecológico. El veredicto es insania.

(*Tratado de psicopatía sexual*, Dr. Viktor Scholtz-Klink, primera edición, 1888)

Los yayos llevaban años haciendo oídos sordos, si la facecia es permisible, a la minusvalía auditiva del tío Jesús, así como a su anormalidad en otros frentes, pero en honor a la verdad nunca se resignaron al uranismo. Sus opiniones sobre la convicción sodómica del hijo, y los métodos que se derivaron de dichas opiniones, eran completamente erróneos, por no decir inhumanos, pero sus intenciones iniciales habían sido buenas. Aquellos dos ancianos trataron de sanar a Jesús Prats, evitar que «estropease» a algún niño, mucho antes de que le despidiesen de la oficina postal, cuando lo del *Bruce Lee* ni siquiera era un proyecto en su cabeza.

Con esa meta en mente le inscribieron en los retiros religiosos de Dorotea Chopitea, una reputada escuela-dormitorio barcelonesa de afiliación salesiana. Acogía a estudiantes seminaristas, y también a adolescentes díscolos de clase media que empezaban a transitar «el mal camino».[1]

1. La expresión englobaba tanto las actividades de tipo delictivo (latrocinio, violencia, extorsión) como las pecaminosas (autoabuso, bestialismo, ateísmo o inclinaciones marxistas) y, en el peor de los casos, el amor que no osaba decir su nombre (uranismo).

Los abuelos llegaban recomendados por una asociación conservadora neocatecumenal de la comarca, cercanos a la congregación del Don Bosco. Por eso se les abrió una plaza que de otro modo, si llegan a ser juzgados por sus apellidos y ahorros, les hubiese sido negada de manera tajante.

La meta del ingreso del hijo en aquel centro era una y muy sencilla: proporcionarle al hijo herramientas espirituales para que, con el tiempo, se curase y dejase de utilizar el *estrecho asilo de sus deleites*, tanto propio como del prójimo.

Franki le pasó a ver por allí una sola vez, poco antes de la muerte de Fokker. El chico ya intuía que algo no marchaba bien del todo con su familiar, pero no se atrevía a, o era incapaz dc, señalar la razón. Los abuelos le obligaron a visitarle, como le habían obligado cuando la infección de riñón. Dijeron que su presencia allí «animaría» a Jesús. Una vez le vio, él se dijo que su presencia iba a ser redundante. El tío parecía muy animado. ¿Demasiado, tal vez?

La escuela Dorotea Chopitea estaba en la ladera sur del Tibidabo, en lo que habían sido los dominios privados de un duque. Se accedía al recinto por un amplio puente con pretiles musgosos a ambos lados. Desde allí se escuchaba el sonido de un riachuelo que espumeaba en las rocas.

A principios de otoño, la época en que Franki visitó a su padrino, la gravilla de la entrada estaba alfombrada por flores recién caídas y hojas muertas de alzina y morera. Uno cruzaba dos columnas de piedra granítica y una puerta rejada que exhibía el sello ducal, torcía a la derecha y recorría la hacienda. Había pequeños estanques rectangulares, repletos de nenúfares y renacuajos, y bustos ceñudos de los antiguos propietarios. Olía dulce, a plantas pútridas y musgo exuberante, alguna baya marchita. Mármol humedecido y agua fluvial.

En el otro extremo del jardín estaba la antigua casa señorial, hoy reconvertida en internado. Era un palacio neogótico, coronado por almenas y pináculos de aspecto bávaro, tenía un gran portalón con aldabas de hierro colado. Rodeando el edificio, jardines organizados al estilo renacentista, umbríos, frescos y aromáticos, llenos de rincones discretos para leer o susurrarse embelecos. Palmeras, cipreses. Varias estatuas de cariz neoclásico, aunque del todo pudibundas, penes y vulvas cubiertos por hojas de parra o velos estratégicamente colocados, se repartían por la cuadrícula de setos.

El tío leía de un pequeño volumen en un banco a la sombra, bajo un tilo, en la avenida principal, cuando él llegó. Un pececillo esculpido en piedra escupía agua en la esquina de una alberca cercana. Olor a eucalipto en el aire. Un pájaro cantaba por allí cerca.

El pariente llevaba sandalias de cuero de doble tira, al modo germánico, con calcetines de montaña y pantalones crudos. Guayabera pálida bajo un cárdigan bolsudo. Echado hacia la coronilla, un sombrero panamá cubría su alopecia. Franki nunca le había visto tan atildado y a la vez tan extraordinariamente plácido, allí, junto a la alberca, el libro abierto sobre un muslo. Seguía siendo un error de la naturaleza, que el lector no se lleve a engaño, pero al menos parecía estar tomando medidas para camuflarlo.

Jesús tomaba uvas pasas de un pequeño cestillo que tenía al lado. Las pellizcaba y se las metía en la boca; masticaba, continuaba leyendo. De vez en cuando, si pasaba alguien cerca, levantaba la mirada del libro para exclamar

¡Buenos días, Claudio! o ¡A dónde irás, Adolfo! En ocasiones se pegaba un cortés toque al ala del sombrero, lo echaba hacia atrás.

Los jóvenes internos le devolvían el saludo entre risillas pizpiretas, se pegaban codazos si deambulaban en pareja. El padrino los observaba irse. Una mirada melancólica que se tornaba en bizquera indecente según iban pasando los segundos y los chavales quedaban cada vez más lejos. Se relamía los pequeños labios. En su cara, por lo general adusta y ceñuda, una sonrisa que, si uno le conocía como Franki, comunicaba lo opuesto de lo deseado: una inminente crisis psicótica.

Franki pasó un buen rato de esa guisa, oculto tras un ciprés. Diez minutos se convirtieron en veinte. Estaba fascinado. Él siempre había visto tenso a aquel hombre, mesurando cada movimiento, como si acarrease un frasco de algo volátil que, si no se andaba con cuidado, podía envolverle en llamas. Ahora su pariente parecía contento, incluso entusiasmado, por primera vez en su vida.

Franki no quiso resquebrajar una estampa de paz que, si bien no exenta de demencia, sí parecía inofensiva. Decidió marcharse sin decir ni hola. Recorrió el camino de vuelta aplicando sus facultades cogitativas a lo que acababa de presenciar.

Aunque él jamás lo hubiese expresado de ese modo, pues tenía trece años, y desde muy niño había tenido dificultades en leer determinadas expresiones o entonaciones, cuanto más sutiles peor, le maravillaba lo que un cambio de hábitat podía hacerle al espíritu de alguien. Un ambiente adecuado, por lo que acababa de contemplar, podía hacer aflorar al exterior partes de uno que, de hallarse en un entorno hostil, jamás accederían a la superficie.

Era aquel un pensamiento reconfortante. O deprimente. Todo dependía de si uno pretendía mantener un secreto bien cobijado bajo la piel, llevándoselo a la tumba, como era la meta de Franki, o le apetecía proclamarlo a los cuatro vientos.

El chico concluyó, con la incisiva capacidad de deducción de los Prats, que, por todo lo enumerado, el seminario aquel era quizás el peor lugar del mundo para mandar a alguien como Jesús. O el mejor. Seguramente el mejor. Dependía, claro estaba, de cuál fuese el fin que los abuelos buscaban al inscribirle.

Y él dudaba que los abuelos y el tío coincidiesen en dicho fin.

Al padrino le echaron de Dorotea Chopitea a los dos meses de su ingreso, y aún duró mucho. En el pueblo, las habladurías se diseminaron de casa en casa como un brote de peste bubónica, pero, aunque no hubiese sido así, la noticia acabó apareciendo en varios periódicos de alcance comarcal. Aquello contribuyó a que hasta el más reclusivo de los vecinos estuviese al corriente de lo sucedido. Los abuelos trataron de tapar el escándalo con un éxito similar al que tendrían años después con el despido de la entidad postal o la muerte por cirrosis.

La explicación que ofrecía la prensa no coincidía en nada con lo que comentaron sus padres y abuelos, a modo de excusa, a lo largo de los días siguientes: a Jesús «no le gustaba la cocina salesiana»; el centro «quedaba a desmano»; tuvo lugar un «brote de hepatitis»; un cura cántabro «le pilló ojeriza». Etc.

En su momento, nadie quiso explicarle al sobrino por qué, de verdad, había sucedido lo que había sucedido, aunque mediante el bajante escuchó a Papá y Mamá discutir de ello numerosas veces, a su espalda, o ante él pero con léxico anti-Franki, que él atrapó en el aire y luego trató de diseccionar.

En las frases de sus padres aparecían una y otra vez las palabras «sodomita» y «pederasta». Tuvo que buscarlas en el diccionario, y ni siquiera entonces, combinándolas con el recorte de periódico, acertó a comprender el alcance de todo ello. ¿Sodomita? ¿Pederasta? ¿Exhibición indecente? ¿Veinte pares de botas de agua? ¿Genitales desnudos?

Nada de nada. Como si le hubiesen hablado en etrusco. Tenía trece años.

SUCESOS ***La Campana del Llobregat***

Un hombre de Sant Boi fue detenido en el seminario salesiano Dorotea Chopitea de Barcelona, acusado de hurto y exposición indecente

J. P., varón desempleado de treinta y cinco años, tesorero de la sección local de Falange Española, fue detenido después de que varios residentes del centro denunciaran que el acusado los espiaba detrás de setos y que, tras abrirse el impermeable, les mostraba los genitales. Los denunciantes alegaron que el acusado solía ir completamente desnudo, a excepción de un par de botas de agua que, según su testimonio, habían sido previamente robadas. Al registrar su habitación, la policía halló allí veinte pares de botas, de distintos colores, cada par etiquetado con el nombre de un interno. Las botas llevaban semanas desapareciendo del centro. En el momento de ser aprehendido, el acusado llevaba encima una arma de fuego, pero no opuso resistencia. J. P. fue multado y expulsado del colegio.

Franki abre un irritado párpado y comprueba la hora en el despertador. Las siete y media de la mañana no parece una hora sensata para ir llamando a las casas del prójimo. Se frota el rostro con ambas manos. Despierta de una pesadilla que, por su multitudinario reparto de enemigos, invitaba a comparaciones con las producciones bíblicas de Cecil B. DeMille. Cuando consigue abrir el segundo párpado, las hirientes risas del sueño, dirigidas a él, hacen aún eco en el interior de su cabeza y se unen al campaneo del timbre.

Se pone en pie. Cruza su habitación mientras se arrea a sí mismo un buen par de sopapos, para despejarse. Se rasca el pudendo, lo nota contrito. Según camina y sigue rascándose, el semen seco se desprende de su pubis y tripa, como una muda de piel de serpiente, y cae en copos tras él.

Asciende las escaleras con pies plomizos, en una cadencia que al lector tal vez podría recordarle a las estaciones de la cruz que Cristo recorrió, paso a paso, camino al monte Calvario. El timbre de la puerta vuelve a sonar. Ya va, ya va, tranquilo, dice. Echa mano al pomo de la puerta. El indeseable, quien sea, acabará friendo el fusible. Abre.

Es Berniola.

Ese Franki..., dice.

Iep, contesta él. El cielo está encapotado, parece una sola nube de color semen. Aunque también podría ser que no hubiese acabado de amanecer. No suele estar despierto a esa hora. Un gallo canta en un terreno cercano. ¿Vas a salir huyendo otra vez?, añade.

Qué quieres decir.

Tío, por qué siempre haces eso.

El qué.

Hacer ver que no sabes lo que quiero decir. Me dejaste tirado en la puerta de donde-ya-sabes.

Tenía que ir a buscar a mi hermana, ya te lo dije.

¿La encontraste?

No. Qué tal te fue a ti.

¿En el puticlub? Espectacular. La madama me dijo que, en comparación con tu pölla, la mía era el dirigible *Hindenburg*.

Berniola frunce el ceño, tuerce la cabeza y analiza lo dicho. Franki sabe que no le cree, pero también que, amordazado por sus falacias previas, no puede señalar el bluff.

O sea que ya no eres virgen.

Pues no.

Berniola medita un rato el gambito de su amigo. Mira hacia arriba. Con la capucha del canguro subida, y esa expresión de súplica al cielo, invita a comparaciones con un franciscano de Zurbarán. Franki mira también hacia allí. Unos pocos pájaros pían sin ganas, seguramente acaban de llegar de África, o donde estuviesen, pensando que aquí ya haría bueno, y se sienten estafados. La primavera se está tomando su tiempo este año; parece indecisa. Empieza a sonar un cortabaldosas en algún punto de la calle. Cuando el vecino finalmente dice «Bueno, pues felicidades, tío», parece que esté hablando con alguien que ha salido a la ventana.

Gracias, dice él. ¿Qué haces aquí a esta hora indecente?

Te traigo material. Se señala la mochila que lleva en la espalda. Seis vídeos.

Tengo que ir al instituto. Una incidencia más y me suspenden.

¿Por lo de la rana?

Da igual por qué.

No vayas.

De qué son los vídeos.

Empieza a soplar un viento fresco que, tras su entrada por los tobillos del chico y breve viaje piernas arriba, se pone en violento contacto con sus innombrables. Él se apoya en los laterales externos de cada pie.

Hay un poco de todo. ¿Tienes vídeo ya?

Sí. Mi madre lo compró para ver la nueva del Travolta.

Cuál.

La del aerobic.

Berniola se inclina hacia un lado y deja que se deslice por su hombro la mochila. Sujeta el asa y abre la cremallera. Extrae dos carátulas. Se las ofrece. Es solo una muestra, dice.

El primero de los dos, Franki lo ve sin tocarlo, es uno que se titula *Sex Farm.*[1] Qué te hace pensar que tenga inclinación por eso, dice. Siente que las mejillas le arden, pero tal vez se trate de una ilusión dérmica.

¿No? Tú y Perla, ya sabes...

No digas locuras. Cómo voy a follarme a la perra.

Ya lo sé, coño. Lo decía en broma. Hay que estar muy enfermo para eso.

1. En la fotografía de la carátula se ve a una mujer nubia con el pelo alisado, muy pintada, desnuda pero en sandalias de plataforma, acariciando el costado de un caballo y besando su crin. El rocín tiene un vergajo enorme, tieso, con una punta roja que parece un cucurucho de frambuesa.

Franki trata de camuflar el tic de su ojo izquierdo con un guiño de significado equívoco. Berniola toma el vídeo y lo deja debajo del otro. Queda arriba *Querida hermanita*. Se la acerca.

Él mira a lado y lado del patio, y a la calle. Niega con la cabeza, no se sabe a qué o a quién. Tal vez a la vieja conmoción hidráulica, que ha vuelto a presentarse, titubeante, en el interior de su pijama primaveral.

¿Tampoco? Bueno, supongo que me equivocaba y no tienes el gusto exquisito que te suponía. Vuelve a meter las películas en la mochila.

Franki le agarra por una manga del canguro y tira de él. Me vas a buscar la ruina, le dice. Anda, tira para dentro.

En el búnker, Berniola vuelca el material sobre la cama deshecha. Las películas se abren como una desordenada mano de póker. Él echa un vistazo desde la cima de la escalera e, incluso desde aquella distancia, solo por los títulos, comprende que se trata de un menú ecléctico.

Cierra la puerta del búnker. Encaja la silla inclinada bajo el pomo. El vecino, desde su posición al lado de la cama, mira el gambito de privacidad con sincero recelo. Algo de razón tiene; esto no parece a prueba de padres. No se imagina al crítico literario pateando puertas, su virilidad es insuficiente para un gesto semejante, pero sí a Mamá, si la pilla en un día malo.

¿Tu madre está en casa?, dice el sexperto cuando Franki llega a su lado.

Él le contesta que sí, pero que está en la cama aún.

¿En la cama? Berniola se enrosca con dos dedos unos bigotes imaginarios, a la vez que dice Oh-la-lá.

Ni lo sueñes, dice él.

El ancestro había pasado el día anterior reptando por

la casa, de habitación en habitación, realizando una vívida imitación de un caracol con fatiga crónica. Murmuraba que no se encontraba bien. No había salido de casa desde la reciente discusión conyugal, y bebía a horas inauditas. La última vez que el chico introdujo la nariz por la puerta entreabierta del dormitorio, en mitad de la noche, después de levantarse a beber un vaso de agua, ella tenía la cabeza cubierta por la sábana, y su culo redondo subía y bajaba con cada respiración. Era la única persona del lecho. Papá había sido desterrado al plegatín del despacho, con toda seguridad.

«Afirmativo», dice el sexperto con voz robótica. «Madre: fuera de límites.» Ahora saca lo tuyo. Espero que no sean fotos.

Franki se dirige al escritorio y abre el cajón privado que, cuando no está en casa, mantiene cerrado con llave. Mete la mano. Saca una sandalia de tacón. La voltea, la repasa por arriba y por debajo, confirma que, al menos, el calzado femenino sigue sin despertar reacciones genésicas en su cuerpo. Extiende la mano.

A Berniola la sandalia sí le provoca una reacción. La recibe con las dos manos, con cuidado, como si fuese el cofrecillo de las reliquias de un mártir de Antioquía. Se la lleva a la cara directamente, sin importarle que pertenezca a la persona que trajo a su amigo al mundo, y que el amigo se halle presente. Aspira con fuerza el calzado. Con mucha fuerza. Por un instante el chico teme que sufra un desvanecimiento. También que se disponga a satisfacer sus instintos sin esperar a llegar a su casa.

Tras unos segundos, Berniola se separa la sandalia de la cara. En su rostro, la expresión que debió poner san Francisco de Asís en el monte Alverna, cuando se le apareció Cristo y le imprimió los sagrados estigmas. Espira. Guarda el zapato en la mochila. Voy a amortizar esto que no veas, dice, provocándole al chico una momentánea crisis de náusea. Qué más.

Cómo que qué más. Creo que mi prodigalidad ha sido proporcional a la tuya. Te estoy prestando una sandalia de mi madre. Si no te parece suficiente, pilla una de la tuya.

El pelirrojo tuerce boca y barbilla a un lado.

Mi madre tiene pezuñas de tiranosaurio, dice.

Las de arriba o las de abajo.

¿Cómo?

Del tiranosaurio. Las manos o las patas.

Lo mismo da. Quiero mi cambio, añade, y empieza a contar con los dedos: te he traído una, dos, tres, cuatro, cinco y (añade el pulgar de la otra mano) seis películas de pe-o-erre-ene-o, ¿vale? Todas ellas especializadas (señala una que se llama *Pet Shop Girls*). Y para que veas que no me racaneo... (se inclina y toma una carátula)... te regalo esta.

La coloca delante de Franki. Es *Querida hermanita.* Luego la deja caer sobre la cama. Es tuya, dice. La puedes ver hasta que se te caiga el nabo. Pero tienes que darme algo más que un zapato.

A qué te refieres.

Creo que lo sabes.

Él mira las carátulas. Mira al sexperto. Las carátulas. Al sexperto. Le asquea haberse puesto a merced de ese crimen onanista. Su *abominación indignante,* se da perfecta cuenta, ha terminado de eliminar los escasos restos de amor propio que le quedaban. No puede resistirse, por mucho que quiera, y tampoco quiere, de hecho está deseando realizar el canje, ¡ya tardas, Prats!, oye que grita su voz masturbatoria interior, pues sus facultades cogitativas se han interrumpido para dar paso a *los extravíos más extraordinarios de la disipación.*

Sus emociones no difieren demasiado de las que, según dicen, siente el alcohólico cuando saborea las primeras gotas de aguardiente. Franki percibe el perentorio auge de su hombría. *La crápula más monstruosa y el envilecimiento más entero*, aunque realmente no lo sea, lector desconocido; pues existen envilecimientos peores. Pero eso él aún no lo sabe.

Maldita sea, dice. Esto es extorsión, Bruno, no sé si lo sabes. Hay leyes contra ello.

El vecino se encoge de hombros, inclina la cabeza a un lado.

Está bien, está bien, dice él. Quédate aquí. Ahora vuelvo.

Berniola se aparta de la escalera. Franki asciende por ella, separa la silla, abre la puerta del búnker, dice: Ponla de nuevo cuando salga.

El otro le dedica una nueva mirada irónica. El chico la ignora, sale y cierra la puerta tras él.

¡Sobre todo asegúrate de que esté sucia!, grita el pelirrojo.

Franki echa la mano al pomo y lo voltea con lentitud. Empuja hacia dentro. La puerta del dormitorio suelta un leve chirrido cuando se abre. Él mete la cabeza, solo parte de la frente y un ojo.

¿Mamá?, susurra.

Una línea de luz se marca por debajo de la puerta del baño, el resto de la habitación permanece a oscuras. Chapoteo de ducha.

Se introduce en el dormitorio, lo recorre en diagonal, sorteando el desbarajuste de ropa de cama que distingue en la penumbra. Llega al cesto de la ropa sucia. Es de mimbre, le llega a los muslos. Levanta la tapa y la deposita a un lado, en el suelo.

Hinca una rodilla en la moqueta. Respira hondo.

Es una misión suicida. Se da cuenta de que, con la luz disponible, la única forma de localizar lo que reclama el sexperto es por vía olfativa. Pero si se equivoca, y se echa a las narices unos calzoncillos del padre, la penalización pituitaria será fatal.

Mete el brazo en el cesto. Un palpo aprensivo le descubre un jersey de angora que, aunque agradable al tacto, decide descartar.

El siguiente palpo, más aventurero, manifiesta la presencia de un calcetín ejecutivo. Retira la mano. Gracias a Dios se ha dado cuenta de ello antes de sacarlo y olfatearlo.

Continúa el descenso de su brazo. Tiene dos de sus seis sentidos concentrados en la faena: tacto, naturalmente, pero también oído, por si su madre termina de ducharse. Un tercer sentido, si eso es lo que es, se ocupa de que no se le aflojen los esfínteres. El agua sigue corriendo dentro del baño.

Un esperanzado palpo topa con tela delicada, de tamaño ínfimo, sedosa. ¿Una braguita? La extrae del cesto. Se la acerca a la nariz y, a distancia, ejecuta una cauta inspección olfativa. Huele a cubo con conchas y arena de playa; a metal y fruta podrida. Su sexto sentido masturbador se activa, como un protocolo de emergencia en caso de bombardeo. ¡Llamando a todas las unidades!

Pega la cara a la braga y, ahora sí, aspira fuerte. *El olor de la feminidad que todos los sodomitas aborrecen*, mezclado con cercanos perfumes fémticos, filtrados, sin duda, desde la Cloaca Máxima materna. Su mente se nubla. Pierde todo atisbo de sujeción; todo decoro. Sí, sí, no cabe duda, la dolencia que padeces, Franki Prats, Franki Pecador, Franki El Caído, es peor que el alcoholismo, estás ebrio de lujuria y tu *bragueta se abre sobre el infierno*, como dijo el poeta.

Tensa la goma y se coloca la prenda en la cabeza, como si se tratase de la máscara de un superhéroe, con la zona impregnada de secreciones pegada a la nariz. Una euforia maníaca se adueña de él. Tiene que contenerse para no gritar. Separa las manos de la cola, por si acaso; la tiene a punto de reventar.

Olvidando las promesas de abandonar la desviación, se pregunta: cómo puede ser que no se te haya ocurrido esto antes. ¡Lo tenías justo al lado, Prats! ¡Ante tus mismísimas narices!

Está a punto de carcajearse en voz alta. El suministro de tótems onanistas es infinito, en una palabra. Mientras su madre siga llevando ropa interior, y la siga sellando con *jugo del amor*, para luego arrojarla al cesto de la ropa sucia, y él permanezca viviendo en la misma dirección que ella, podrá masturbarse cada día, una y mil veces, si así lo desea, con un nuevo objeto de deseo, sin desestimar la colaboración de Perla, de quien por el momento no piensa prescindir, todo lo contrario: algo le dice que su presencia será indispensable.

Se felicita a sí mismo por su suerte. Franki, amigo: te ha tocado la lotería, onanísticamente hablando. Como te dijo aquel día el sexperto: ¡un tesoro!

El presente hiato en la acción, lector desconocido, sería el momento idóneo para que nuestro héroe le pidiese a Dios, o a un santo subalterno, que interpusiese algo, lo que fuese, en su camino a la condenación eterna. Un terremoto, un chaparrón de sapos, una erupción de «enormes verrugas genitales», como las de Errol Flynn, o de hecho cualquier enfermedad, venérea o no, erradicada o moderna: chancros, impétigos, ictericias pícricas, escaliosis, fiebre palúdica, astenia palúdica, gonorrea, herpes genital, gonorrea de garganta, ladillas, sífilis latente, sífilis terciaria, nevus facial, estomatisis aftosa o purulenta, disentería bacilar, lupus, tricomoniasis, papiloma humano, sarna, ántrax, bocio o sida. O un simple «gatillazo», como el del cine Gater. Hazlo como quieras, Yavé, pero detén al chico. A cambio, Franki Prats, esta *criatura perversa, víctima de la crápula y el desenfreno públicos,* te promete que, desde este preciso instante, no hallarás en él otra cosa que virtud, castidad y agradecimiento a Dios. Con énfasis en la «castidad».

Franki no le ruega nada de lo anterior a Dios. De hecho, acaba de decidir no compartir su hallazgo con Berniola. Bajará al búnker y le dirá que no ha encontrado lo que buscaba, y que lo siente, y todo eso. Que se lleve sus malditos vídeos si quiere. Quién los necesita. Vete de aquí, le dirá, no me haces falta, ya tengo a mi madre.

¡Mi madre es mi porno!, dirá.

Antes de hacerlo, no hace falta decirlo, debería sacarse el tanga de la cabeza.

Lo hace. Lo embute en uno de sus bolsillos. Sigue erectísimo, y loco de euforia. Sus emociones no difieren demasiado de las que experimentó Friedrich en Turín, justo antes de que le sucediese lo del caballo. No se percata, lector desconocido, de que acaba de abrir una cuenta de crédito ilimitado en el banco de su perdición.

Franki estaba aún concentrado, examinando la cubierta de *Rock Hard I*, cuando detectó movimiento en la periferia de un ojo. Volvió la cara hacia la puerta.

Esta vez sí había alguien allí: el tío Jesús. Estaba apoyado en el dintel de la puerta. Solo llevaba puestas unas botas militares, las que le dejaba a Franki cuando iban al monte. Una pierna, cruzada sobre la otra, comprimía sus huevos pelados, de modo que su vara tumescente parecía llevar una gorguera isabelina. La postura no contribuía a magnificar el tamaño; más bien lo contrario.

Me quedaré yo con eso, si no te importa, farfulló. Extendió un brazo, tan tenso que se le quedó convexo, y puso ante el sobrino su mano pálida. Descruzó las piernas, las dejó semiabiertas, sus pelotas se precipitaron al vacío y se balancearon un par de veces allí abajo, como un columpio recién abandonado por un niño.

Franki depositó *Rock Hard I* en la palma del pariente. No queriendo hacer obvio su desagrado, se forzó a mantenerle la mirada.

El padrino golpeó *Rock Hard I* contra la mano libre, varias veces, con suavidad. El movimiento provocó una breve sacudida en sus testículos. Los faros borrachos de su cara realizaron una parodia de parpadeo seductor.

A no ser que quieras verla, claro, dijo.

Franki murmuró No hace falta, gracias. Hizo descender los ojos, luchó por no mirar directamente aquel pudendo, pero no pudo evitar vislumbrarlo entre las pestañas. Por culpa de sus proporciones, más múridas que equinas, el chico tardó un instante en comprender que el caramillo del tío no estaba en reposo.

Como leyendo su mente, Jesús se llevó la mano allí, lo aferró con los dedos. De haberse sentido con ganas de bromear, el chico hubiese repetido algo que Berniola decía a menudo: «Tienes la pölla como un hámster, pero no como un hámster entero, sino como la pölla de un hámster».

No lo repitió. Sus emociones en aquel momento no diferían demasiado de las que debió sentir Mitrídates cuando Artajerjes II le mandó ejecutar mediante la tortura de los dos barcos.

El vídeo de *Rock Hard I* había desaparecido; el pariente debía haberlo dejado caer cuando Franki no miraba, o colocado encima de la mesa. Por un momento se preguntó si no lo llevaría sujeto entre las nalgas. Descartó la opción por extravagante, incluso tratándose de aquel tipo.

Jesús empezó a agitar el codo y sacudir su precaria erección. No parecía «fuerte y duradera» como prometían los anuncios del *Lib*. Piel arriba, piel abajo. Un sonido líquido, de chancleta chocando, paso a paso, contra el suelo encharcado de una piscina. El glandecito aparecía de entre sus dedos, con expresión asustada, y se volvía a ocultar.

Él separó la mirada antes de registrar más rudimentos prácticos, pero no pudo evitar seguir escuchando aquel sonido truculento. Intentó discernir su origen. No podía provenir de la piel del prepucio, subiendo y bajando, se trataba de un ruido exagerado, el tío Jesús se estaría despellejando el carajo, que además era demasiado pequeño para tales resonancias.

El tempo evidenció un progresivo aumento de vigor.

Franki cerró los ojos y, con aquel flap-flap-flap de fondo, envió al cielo una ferviente plegaria por el regreso de los abuelos. Ellos sabrían qué hacer. Detendrían a aquel hombre.

Abrió los ojos. Comprendió al fin de dónde surgía el chapoteo. Se trataba solo de la base del puño del tío, que golpeaba contra su pubis, seboso y sudado, a cada nueva sacudida. El sonido siguió aumentando, de volumen y cadencia, hasta resultar ensordecedor.

Soy demasiado joven para estar así de amargada, le dice el ancestro. Luego sorbe por la nariz, se seca la zona con el antebrazo desnudo. El moco le recubre el vello de una telilla viscosa, como si un gasterópodo itinerante acabase de recorrer la distancia entre la muñeca y el hombro.

Con la excusa de la novela y la cátedra y todo lo demás, añade, ese hombre lleva años haciendo lo que le viene en gana. Pero yo también tengo derecho. Especialmente teniendo en cuenta que él... vaya... que ni siquiera me... hace caso. ¿Tú qué opinas?

Franki responde, desde debajo de ella, la barbilla hincada en los antebrazos: No sé qué quieres que te diga, Mamá.

Haz el favor de no moverte. Si sigues moviéndote no terminaré nunca.

Una hora antes, una sinfonía de portazos y tropiezos, acompañados de vivas imprecaciones y un canturreo impreciso, de tono marcial, le indicó que Margarita acababa de regresar a casa tras la presentación del libro de Papá.

Franki se detuvo, separó de su cara la braguita sucia.

Que la dueña de la prenda hubiese aparecido justo entonces era un hecho inconveniente, lector desconocido. Él había agendado la cita masturbatoria en el calendario erótico con la previsión de que no habría adultos en casa. Contuvo la respiración. Separó la mano derecha de su *barra palpitante*. La notó encogiéndose allá abajo. Sus sensaciones no diferían demasiado de las que sentiría alguien a quien le hubiesen canjeado, sin previo aviso, su estructura ósea por un circuito de inestable gelatina.

Escuchó los pasos, el peso del cuerpo en cada zancada que daba, pasillo adelante, acercándose hacia la puerta del sótano. El sonido que hacían era distinto. Zapato. Amortiguado. Zapato. Amortiguado.

Transcurrió un largo tiempo en que no se escuchó el quinto paso. Franki hubiese aplicado al enigma sus afamadas facultades cogitativas, pero no lo hizo; estaba demasiado turbado. Lanzó la braga materna, estrujada en una bola, debajo de la cama, sin mirar dónde caía. De hacerlo, habría topado con un verdadero latifundio de clínex, revistas pornográficas y calcetines fecundados.

Mamá soltó una eructación. Tras el eructo, una risita. Tras la risita, el quinto paso, amortiguado. Se detuvo junto a la puerta. Él sentía su aliento al otro lado de la madera.

¿Estás despierto, cielo?, dijo la voz.

Franki activó el gambito del falso ronquido. El ancestro abrió la puerta igualmente. Empezó a descender de puntillas las escaleras del búnker.

Pero si no me he movido, responde Franki. Permanece tumbado en la cama, boca abajo. La popa cálida de la madre, abierta de piernas, está posada sobre la rabadilla de él. Marga lleva un vestido de satén oscuro arremangado hasta las caderas. Él la nota caliente contra su piel, imagina la entrepierna rajada por la mitad, despidiendo un vapor dulce que abre el apetito, como un brioix recién hecho.

Los dedos de ella se desplazan por su hombro, buscan, buscan. Vaya, aquí tienes otro, dice, y aspira por la boca. Él nota dos dedos sobre el omóplato, empiezan a presionar por un lado y por el otro, cercando la grasa, obligándola a resquebrajar la piel opresora y salir al claro. Un escalofrío. El líquido brota, pasa de un cuerpo al otro.

Este era grande, dice ella. Sorbe por la nariz. Luego le pasa un clínex mojado en alcohol por la zona. Cuando termina, se limpia con él las uñas, pintadas de negro y ahora salpicadas de pus adolescente.

Yo podría haber sido modelo, bailarina, incluso actriz, tú lo sabes, Franki, dice. ¡Una artista! Y lo dejé todo por él. Todo. Por un critiquillo de pueblo, soso y pedante.

Franki no realiza el amago de reírse con la madre. Ni aversión endémica hacia el padre, ni desagrado congénito, ni nada. Se le quitaron las ganas de todo eso.

Por cierto, ¿dónde está Papá?, pregunta.

Ha preferido quedarse con sus amiguitos literarios, contesta ella. Me parece que no les caigo muy bien, cariño. Hoy les he dicho un par de cosas, además. No creo que las olviden fácilmente. Ni él tampoco.

Sorbe mocos de nuevo, se seca con el antebrazo.

A ese juego pueden jugar dos, añade. Si él no quiere esto, otro lo querrá, ¿sí o no?

Franki no sabe qué contestar, solo desea que la borracha salga de encima de él de una vez y le deje solo. Teme eyacular sobre la cama, sin necesidad de tocarse, como le sucedía con los primeros sueños húmedos.

No sé. Tengo quince años, mama.

Es verdad. Eres tan listo que a veces se me olvida.

Sale de encima del hijo. Empieza a reír. Qué patético, ¿no?, añade. Pone un pie en el suelo, luego el otro. La risa se transforma en carcajada. ¡La única persona con la que puedo hablar es mi hijo adolescente!, dice. Continúa riendo, pero su risa cruza la invisible frontera del *unheimlich* y se transforma en sollozo sin pasar por la circunspección.

Esto no puede seguir así, solloza. Tengo que vivir mi vida, tú lo entiendes, ¿verdad? La estoy desperdiciando con ese... Interrumpe lo que iba a llamarle. Soy tan infeliz.., dice, y continúa llorando. Se cubre la cara con ambas manos. Se tira así varios minutos.

Franki decide incorporarse, se sienta a lo indio. Siente cómo el aire le enfría la espalda, húmeda de alcohol. Agarra su camisa de pijama y se la coloca de nuevo, empieza a abrochar los botones frontales, de arriba abajo, mientras analiza al ancestro. Aunque ha cesado de llorar, su apariencia general no es muy halagüeña. La pintura de labios está corrida hacia arriba en un lado y hacia abajo en el otro, parece que lleve dos payasos, el triste y el feliz, cosidos en el rostro. Silueta que escora a un lado, pero, al contrario que el yayo, no se trata de cojera. Al entrar a casa debió quitarse una sandalia de tacón y olvidó hacer lo mismo con la otra.

Te falta un zapato, dice él, señalando hacia el final de sus piernas.

Ella se mira los pies con curiosidad. ¡Es verdad!, ríe. ¡No paro de perderlos!

Riendo aún, los ojos llenos de lágrimas, se quita la segunda sandalia de un patadón. Esta vuela y rebota contra la pared, cae sobre la cama, al lado del chico. Él no se atreve a tocarla; ni la mira.

La blonda empieza a trajinar con su vestido, trata de forzar el engranaje de apertura, denuesta. Altera su postura y se lleva las manos a la espalda por encima de los hombros. Sus sobacos depilados se abren, parecen picos de crías de águila esperando a que la madre regurgite.

El hijo recuerda la frase de un tratado médico: *en su axila hirsuta reconoció su ideal de perfección*. Siente un hormigueo mendeliano entre las piernas, anuncio de inminente alzamiento viril. Ella baja los brazos, los deja flácidos, a ambos lados de su cuerpo.

Franki, dice. Bonito. Sé buen chico y échame una mano con esto, anda. No hay manera de abrirlo.

Voy.

¿Se puede saber qué haces con los ojos cerrados?

No los tengo cerrados.

Ayúdame, anda.

Él hace acopio de la *sang-froid* milenaria de los Prats. Abre ambos párpados. A la vez, intenta discernir qué tipo de postura será la idónea para camuflar una conmoción hidráulica que, contenida de manera ineficaz por un fino pantalón de algodón, es visible al ojo desnudo. Decide hacer de su cuerpo un ángulo convexo, de forma que la camisa cubra su entrepierna erecta, y caminar hacia el ancestro en una parodia de reverencia servil.

Lo consigue. Se sitúa a su espalda. Ella huele a tabaco, alcohol y perfume. Él no logra localizar el jalador. Toquetea aleatoriamente la zona por encima de la melena embarullada.

Tienes que apartar el pelo, dice ella.

Él lo separa, se lo coloca a ella sobre el hombro. Trata de no admirar sus axilas. Toma el jalador con dos dedos hechos pinza. Lo desliza hacia abajo, se encalla, queda enganchado a media espalda, se ve obligado a manipularlo con ambas manos, arrancar la tela de los dientes del cursor, subir hacia arriba para luego continuar bajando.

Se tira así un rato. Ella no para de dar traspiés y se agita de un lado a otro, su cuerpo en general vaivén; se impacienta y resopla y repica con un pie desnudo sobre la alfombra. Al final él lo consigue, y la cremallera se desliza hasta la zona lumbar. Él observa la zona superior de sus braguitas, la pelusilla transparente de la rabadilla. Se separa de ella.

Mamá deja caer a sus pies el traje de noche, que acaba arrugado allí debajo, como una cortina desenganchada, y saca una pierna y luego la otra, se queda en bragas y sujetador. Es el conjunto de ingenioso diseño, sensual color salmón, que lleva meses siendo una presencia regular en las ensoñaciones del hijo.

Qué horror, por Dios, dice ella. Tenía la esperanza de que todavía me entrase esa talla, pero está claro que no. Llevo toda la noche (hipido) aguantando la respiración (hipido). Y esta porquería... (echa las manos detrás de su espalda)... lo mismo... (se quita el sostén con un hábil movimiento de dedos y los deja caer a un lado)... ¡qué bien, por Dios! ¡Se me estaban clavando los hierros en las costillas!

Se queda ante Franki con las pequeñas tetas al aire. Se las masajea. Los pezones se le ponen rígidos como alcayatas, parecen capaces de sostener por sí solos gorros y chaquetas de entretiempo.

El labio Prats, que había luchado por mantener su acostumbrada firmeza hasta aquel instante, empieza a temblar de un modo ostensible. Recuerda la frase del Levítico que memorizó en los salesianos:

La desnudez de tu padre, o la desnudez de tu madre, no descubrirás; tu madre es, no descubrirás su desnudez.

Espera, le dice. Se planta en el armario en un par de zancadas y lo abre, interponiendo su cuerpo para que ella no vea las botellas vacías de fluido curativo. Toma una prenda de una pila. Regresa junto a la madre, que sigue con los hombros caídos, brazos a cada lado de su cuerpo. Mirada perdida, pechitos al aire.

Vas a coger frío, Mamá.

Ella toma la camiseta sin mirarle. Sorbe por la nariz. Hipa. Murmura un «gracias» nasal. Se la pone, aparece la cabeza por el agujero, al principio se le queda todo el pelo metido en el cuello, pegado a las orejas, luego la camiseta entra del todo y la melena se suelta en una explosión rubia. Saca un brazo y luego el otro por la manga.

Gracias, guapo. Eres muy amab... Le viene una arcada. Hincha los dos carrillos. Cara cérea. Se vuelve y sale corriendo hacia el baño. Se abalanza sobre el retrete, cierra la puerta tras ella, de un manotazo.

Desde donde se halla él la escucha vomitar, un espasmo peristáltico corto, luego dos bastante más largos, un par de finales, todos ellos acompañados del sonido de salpicaduras en el váter.

¿Todo bien ahí dentro?, dice Franki, unos minutos más tarde, insertando la nariz por la puerta entreabierta. Su olfato discerniente detecta jugos gástricos y vino acerbo. Mete más la chola, consigue ver a la madre.

Está sentada de lado ante la taza, aferrada a la porcelana con ambos brazos, como si condujera un gran tractor. Tose un par de veces, asegurándose de que no le queda nada por devolver. Luego se pasa la palma de la mano por la boca, para eliminar saliva y restos de vómito.

¿Cómo te encuentras?, dice él.

El ancestro se incorpora, separándose de la taza, una mano aún sujeta en ella.

A ti qué te parece, Einstein, dice ella. Se pone en pie con cierta dificultad. Se dirige al lavamanos. Abre el grifo, se agacha, hace cazo con una mano y bebe de allí durante un rato, él la escucha sorber y tragar, sorber y tragar.

Cierra el grifo, se seca la boca con el dorso de la otra mano, y dice: La verdad es que no estoy muy católica. Se acerca a la puerta del baño, hincha los labios, eructa, a Franki le llega una brisa miasmática. Pasa junto a él y le toma de la mano. Venga, que te llevo a la cama, añade. Como cuando eras niño, ¿te acuerdas?

Mientras se desplaza hasta allí, el chico siente cómo le rechinan los dientes a cada nuevo paso. Se mete en la cama sin ayuda, una pierna dentro de la colcha, luego la otra. Se deja caer sobre el colchón, recuesta la cabeza en la almohada, boca arriba.

Ella se sienta al borde y agarra la colcha y se la sube a él hasta medio pecho. Le acaricia una mejilla con la mano durante un rato; le mira, bien bizca.

Mi niño (hipido). Mi niño, eres lo único que (hipido) me queda. Quince años, ya eres todo un hombre. Desplaza la mano al pecho imberbe de Franki y se lo acaricia un rato.

¿De verdad me encuentras guapa?, dice.

Mucho.

No me gusta tu sarcasmo.

No era sarcasmo, te lo juro.

Los hombres aún me desean, que te enteres, añade. En el bar, después de la presentación, se me comían con los ojos cada vez que bailaba, podría haber hecho lo que quisiese, con quien quisiera. La próxima vez no me lo pienso (un hipido se transforma en bostezo). La próxima vez lo hago, te lo juro (bosteza de nuevo). Pero ahora estoy tan cansada, tan cansada, añade. Luego realiza una vívida imitación de un apático trozo de mantequilla que se derritiera sobre una paella, y cae sobre la cama.

El chico se desplaza a la izquierda, para abrir algo parecido a una brecha sanitaria entre ambos, aunque es complicado, pues su cama es individual y tirando a escuálida. Ella deja caer la cabeza en la almohada, de lado, dándole la espalda, su embarullado pelo blondo le cosquillea a él la punta de la nariz. Sube una pierna, luego la otra, las mete dentro de la colcha, las plantas de sus pies se pegan a la pierna del hijo.

S-solo un rato, dice, no quiero dormir sola, estoy siempre tan sola, tan sola, Franki. Tan sola. Descanso un rato y luego m-me voy, ¿vale? Me voy...

En la habitación del padrino, Franki regresó a la pantalla del ordenador. Trató de concentrarse en ella y simular que su pariente no continuaba de pie, vestido solo con unas botas militares, en la puerta de la habitación.

Aún no había aparecido el START GAME. ¿Por qué cuernos tardaba tanto? Sintió cómo el padrino andaba los tres pasos que los separaban; las botas dejaban escapar un sonido charcoso.

Se le colocó detrás. Muy cerca, pero sin hacer contacto. Respiraba entrecortado y por la nariz. Franki percibió su respiración alcohólica, le duchaba entero desde arriba. El movimiento de la mano del padrino, que no dejaba de agitar su aparatito.

Por. Qué no. Has puesto. El juego. A ver.

Es que no cargaba.

No. Te. Gustaba.

No lo sé. No iba bien, te lo juro.

En la pantalla apareció START GAME. Franki se apresuró a darle al botón rojo del joystick.

Si quieres. Lo. Puedes hacer. Con una. De verdad.

Él no contestó. Miró a Bruce Lee. El luchador estaba de perfil, en pose defensiva. Parecía confuso, como si hubiese adquirido conciencia de un modo espontáneo, no contemplado en el código binario, y se preguntara qué carajo hacía él allí, atrapado en una serie tubular, apantallada, de pagodas y túneles, templos y cámaras secretas, condenado a recorrerlas una y otra vez, pegándose a lo largo del trayecto con adversarios desconocidos que no dejaban de aparecer, a decenas, y todo ello en pos de un premio incierto que protegía un mago, o genio, tentaculado, en la pantalla final.

Franki movió el joystick, por hacer algo, y provocó que el avatar saltase hacia arriba un nivel, luego otro. Lo detuvo en una especie de cornisa, en la parte superior izquierda de la pantalla. Del extremo opuesto, en la sección inferior, empezaron a salir ninjas, primero uno, al cabo de unos segundos otro, luego un tercero. Parecían estresados, como si alguien les estuviese gritando órdenes contradictorias entre bambalinas.

Ven. Ga. Saca. Te. La. Sabes. Que. Tie. Nes. Ganas.

La cadencia de sacudidas había aumentado. Franki se concentró mucho, mucho, en la pantalla, pero llegó un momento en que ya no pudo concentrarse más; le era imposible dejar de pensar en el sujeto que se masturbaba a su espalda. Soltó el mando. Se puso en pie, decidido.

Me voy a tener que ir yendo, dijo, con un hilo de voz. Mamá me espera.

Eres. Un. Ni-ño. Su-cio.

Él decidió ignorar aquel inesperado desaire. Lo atribuyó a la tensión. La bebida. Lo incómodo de la situación. El cuadro psiquiátrico del pariente.

Papá también me espera, añadió, por si el viejo vínculo fraterno acarreaba algún peso. Deben estar preguntándose dónde estoy, de hecho, añadió. Quizás vienen hacia aquí ahora mismo. Mira, creo que he escuchado el coche, en la puer...

El padrino le aferró muy fuerte del hombro, le hizo daño, su garra empujaba hacia abajo, hundiéndole las uñas almendradas en la carne, y le clavó de nuevo a la silla, sin decir nada.

Tengo que marcharme, de verdad, por favor.

«Por favor, por favor.» Eres un poco egoísta, ¿no?, añadió, su voz emergía de una gruta, era mucho más fuerte, con ecos, *unheimlich*, distinta a la que tenía otras veces, aunque seguía farfullante y gangosa. ¿Quieres que les diga a tus padres que has venido aquí a... a... provocarme? ¿Eh? ¿Eh? C-como el vicioso que eres. Sí, eres un niño m-malo y pervertido, nadie te quiere, porque eres raro, porque hablas raro, y además eres feo, no sé si te lo han dicho alguna vez, y estás completamente solo, ¿te crees que no se nota?, más solo que la una, como yo, pero a pesar de todo yo te q-q-quiero, yo podría ser tu am-m-igo, y tú vas y me tratas así.

El tío se puso a gimotear. Su mano no dejó de agitarse. Él sabía que aquello estaba sucediendo porque, pese a seguir de espaldas, distinguía en el monitor un reflejo borroso, motor, de su silueta. Y el ruido del puño, incansable y horrible, pegando contra la piel sebosa del pubis.

Y encima mataste a mi perro, dijo. Un asesino, eso es lo que eres.

F-fue sin querer. Yo no quería.

Lo odiabas. Odiabas a Fokker.

No. Ni siquiera le conocía.[1]

Fokker era mi mejor amigo.

Lo siento.

Mi único amigo.

Lo siento mucho, de verdad.

1, Franki no recordará nunca haber dicho esto. Pero, de hacerlo, le intrigaría la formulación de la frase.

Les d-diré a tus p-padres que su hijo es un criminal. Lo pienso hacer.

Al chico se le escapó un sollozo. Yo... te juro que pensaba que era un j-jabalí, dijo. Su depresión gástrica adquirió trazas de shock anafiláctico. En la garganta se le hizo un nudo cuádruple, las lágrimas empezaron a derramarse de sus ojos, le caían pómulos abajo. La mitad de su cuerpo le decía que tal vez estuviese siendo injusto con el padrino, que siempre le hacía caso y le trataba como a un chico mayor y le invitaba a su casa para jugar al *Bruce Lee*. La otra mitad le decía que lo que le estaba haciendo aquel pariente no era justo, porque él era un niño melancólico y excitable de trece años, de rostro asimétrico y constitución amorfa, de acuerdo, feo, en resumen, hasta allí vale, también linfático, de temperamento dramático, con gran dificultad para hacer amigos, también para leer determinadas expresiones o entonaciones, cuanto más sutiles peor, sí, pero a pesar de todo ello no había hecho nada malo, máximo llegaba tarde a casa, como mucho les había mentido a sus padres, ellos le esperaban, o si no «esperaban», quizás aquella no era la palabra adecuada, sí que «estarían» allí, el uno junto al otro, en casa, tal vez peleándose, Franki no sabía si siempre se peleaban por su culpa, por si él era como era, a lo mejor con otro hijo, guapo y normal y sociable, no les sucedería lo que les sucedía, él tendía a echarse siempre la culpa sobre la propia espalda, aquello formaba parte de su carácter, el que heredó y el que le inculcaron, y dicha culpa, no matizada aún por una revisión de la figura del padrino, le acabó convenciendo de que quizás aquel hombre tenía razón y sufría su «condición» por culpa de Franki, porque, ¿cómo había dicho?, él le «provocó», pero a decir verdad él no se recordaba provocando a nadie, él solo vino a jugar al Commodore, palabra, ni siquiera tenía tanto calor, fue el tío quien le dijo que se quedara en calzoncillos, pero qué más daba, era Franki, siempre Franki, la mera presencia de Franki Prats hacía que la gente cambiase a su alrededor, se volviese mala, se pelease a gritos, pidiese el divorcio o se sacudiese la verga en mitad de un juego de ordenador.

Bueno, va, venga, venga, no llores, dijo el padrino, sorbiendo mocos. Su tono volvía a ser *heimlich*, amigable, como el de un policía bueno en una teleserie americana. No ha pasado nada, añadió. No llamaré a tus padres. Fue un accidente. Pero me tienes que hacer un pequeño favor. Por lo de Fokker. Ay, qué pena. Pobre perro. Dijo [algo], se interrumpió. Hablaba entrecortado y farfullante, se le entendía menos que nunca. Volvió a intentarlo.

Me tienes que...

Franki entendió.

Te daré cinco mil pesetas.

Franki entendió también eso. Miró la pantalla del televisor. Ahí estaba Bruce Lee, quieto, perplejo, autoconsciente, desde que él soltó el mando no había vuelto a moverse, la cornisa se encontraba en un ángulo inaccesible para los ninjas y los luchadores de sumo, y permanecía allí, en un punto seguro, no era tonto, no iba a permitir que le pillaran, el chico transportó su ser al personaje de 8 bits, estaba tranquilo en aquella pagoda, en un rincón confortable de la pantalla, bajo el farolillo chino, al maestro kung-fu le habían cercado sus numerosos enemigos, que siempre estaban al acecho, aguardando un descuido para caer sobre él en mortífera jauría, como los de Semmelweis en los pabellones de maternidad vieneses, pero por lo menos seguía vivo, vivo y a salvo, lejos de sus viles complots, sonaba de fondo una musiquita sintética de resonancias orientales, la configuración en pequeños bits no permitía que a Bruce Lee se le viese el cipote con nitidez, pero seguro que no lo tenía retraído, como el chico, tampoco lloraba a lágrima viva, como el chico, él dejó de escuchar los jadeos del pariente, el terrible ruido húmedo, de chancleta, que percutía en su pubis, dejó de sentir la mano que le acariciaba el pecho y el pelo, dejó de pensar en Mamá, abriendo otra botella de vino mientras llamaba por teléfono al Bardina y encargaba al marido que se ocupara de aquel contratiempo, dejó de pensar en el profesor Prats, dirigiéndose en coche a la piscina, infamando a la mujer y lamentándose por el tiempo de escritura que aquel hijo intratable, incapaz de divertirse o hacer amigos, le robaba con sus tonterías, Bruce Lee consiguió apartar de su mente todo eso, Bruce Lee era como Walter Raleigh, como Ricky Wilde, como Dick Loveman, ni padres tenía, lo que le sucediese al tal Franki Prats era cosa suya, no era de la incumbencia de Bruce Lee, el avatar amarillo estaba dentro del juego, intacto, y así se quedó, en la pantalla, cercado pero seguro, todo iba bien, allí nadie podía dañarle, en verdad, y por eso Franki decidió permanecer en la cornisa todo el rato que hiciese falta, inmóvil, siendo el muñeco del juego, para de ese modo no ser el joven triste de la habitación del tío, que acababa de tomar aquello en su mano a cambio de cinco mil pesetas y silencio, y empezaba a sacudirlo ante su cara, y gracias a Bruce Lee todo lo que sucediese desde allí le sucedería al joven, no a él.

El ancestro respira acompasadamente. Se le desploma la quijada y empieza a roncar. No son ronquidos como los de Papá. Se parecen más a la fricción delicada y rítmica de una pequeña sierra de marquetería, cuando se enfrenta a la madera.

Franki le pega un suave codazo. Ella gruñe y deja escapar un pedo.

Él imagina la flatulencia escapando del tafanario como una hoja emerge de una máquina de fotocopiar: ondulándose y siseando, caliente, por entre sus nalgas moteadas.

En un libro erótico, un monje impuro, francés, liberaba en la boca de una joven *los vientos que existían en sus entrañas*. Aquel fragmento, aunque se hallase en plena conmoción hidráulica, siempre hacía reír al chico.

Es el caso ahora. Está tentado de sumergirse bajo la sábana, acercar la cara al trasero de su madre e incrustar su nariz allí, entre las nalgas, quizás tras abrirlas con ambas manos, y aspirar fuerte. No lo hace, gracias a Dios. Lo que hace el hijo, lector desconocido, es permanecer inmóvil junto a su Mamá. Y poco a poco, sin que se dé cuenta, el sueño le va tomando.

Escenario: Rorke's Drift, Zululandia, moderna Sudáfrica, en plena guerra anglo-zulú. Año del Señor de 1879. El agente Dick Loveman lleva una casaca roja, desabrochada hasta medio pecho, y un tricornio sucio, subido en la frente. La cara tiznada de pólvora, tierra roja y sangre coagulada. Algunos rasguños en la quijada, que tiene forma de trapecio isósceles, y una cicatriz antigua, en forma de media luna, bajo el pómulo derecho. El palo de un anacrónico chupa-chups sobresale de la comisura de su boca, el caramelo le abulta la mejilla izquierda.

Se encuentra, en el instante en que le descubrimos, realizando una última ronda por el ala oeste del fortín, andando en paralelo a los sacos terreros, rifle Martini-Henry al hombro. El combate ya terminó. Los ciento cincuenta fusileros británicos que, en la historia real, repelían el ataque de cuatro mil guerreros zulús han sido exterminados del primero al último gracias a las sugerencias tácticas, y las lanzaderas de protones, que Dick le proporcionó al príncipe Dabulamanzi kaMpande.

Dick escucha un sonido que sale de una de las dos cabañas grandes, la que utilizan como hospital. Se detiene. Aguza el oído. Creía haber rematado a todos los ingleses, pero quizás alguno se resistía a morir. Deja caer el fusil, saca de la funda su pistola láser y entra a la cabaña.

Entre las camas vacías hay una mujer. Una yanomami. Es, de hecho, la nativa de la diapositiva del Bosco, se encuentra a miles de kilómetros de la zona que habita su tribu, al otro lado del Atlántico. Al galán galáctico no se le ocurre preguntar cómo es posible aquel portento, qué fabuloso nuevo medio de transporte decimonónico puede haberla transportado hasta Zululandia desde el Amazonas. Solo la admira.

Lleva una falda hecha de hebras de colores, y un collar de cuentas de hueso que se desliza en forma de V por su sima intertetal. Los pechos desnudos no se le desploman sobre la panza como aldabones flojos. Son más bien pequeños, de hecho, de pezón escarpioso. Inconfundiblemente caucásicos. Pecosos y enjutos y...

Oh, de acuerdo.

Margarita Ribas (pues es de ella de quien se trata) le da la espalda al semental del espacio. Se echa a la boca algo; algún tipo de fruto seco. Lo muerde. Se le cae la otra mitad.

Uy, qué torpe soy, dice.

Se agacha a recogerlo. La falda de hebras se levanta por completo. El pandero rubicundo, desnudo, amanece ante Dick como una calabaza partida en dos. Debajo de él cuelga un *cvnnus*, jugoso y chisporroteante, blondo por fuera y rojo por dentro.

Loveman escupe el chupachups. Deja caer la pistola. Cruza la cabaña a toda prisa, zancajea por entre las camas vacías, se deshace del tricornio y la casaca, también de los pantalones blancos y las botas, pegando saltitos, a la pata coja, al final de todo se arranca los calzoncillos largos, los lanza por ahí y, prescindiendo de su locuacidad erótica habitual, sin pronunciar una sola palabra, se adhiere a aquella popa y empieza a restregarse, con vigor, por encima de su milagrosa epidermis, ella no tarda en apercibir la conmoción hidráulica de la muy dotada entrepierna de Dick, pero en lugar de rechazar al *frotteur*, indignada, y llamar de inmediato a algún oficial británico de graduación superior, para quejarse por aquella conducta escandalosa, le mira por encima del hombro, pestañea, coqueta, y sonríe, y a continuación se sitúa mejor, pega las palmas de las manos al suelo y se arrodilla, separando los pies y abriéndose completamente de ancas, recolocando el culo en lo que un observador neutral calificaría, simplemente, de «en pompa», y por si quedase alguna duda de lo que sucede allí, dice:

Dicky, cariño, ven aquí y goza conmigo de intimidad posterior. Siempre he soñado con tener contigo el más vergonzoso trato, como decían en *Edipo Rey*, pues estás extraordinariamente bien proporcionado.

El pudendo del libertino agente se yergue de un modo novedoso, él obedece y se arrodilla tras ella, nota la tierra de la cabaña húmeda en sus rodillas, piedrecitas que se le clavan en el menisco, el realismo es remarcable, incluso teniendo en cuenta la calidad habitual de aquellas fantasías, todavía sin pronunciar palabra la toma de la cintura, se agarra el chocante dolmen con una mano y lo arrima al principal templo donde se ofrenda el incienso varonil, apunta, introduce el extremo del monstruoso glande en el portal que la naturaleza permite, comprobando al hacerlo que ella está mojada, como le dijo al profesor Prats aquella noche, él aún diría más, su vulvátida parece ahogada en una cuba de aceite de motor, y el falo dicksiano, cuyo tamaño invita a comparaciones con un dirigible alemán de la edad de oro, no halla resistencia ni fricción alguna y empieza a deslizarse sin incidencias en su interior, es una impresión deliciosa de veras, lector desconocido, la felicidad invade al casanova cósmico, lisa y llanamente, siente ganas de declamar odas a la patria, elevar al cielo un cántico de gratitud, acompañarlo tal vez de un festivo rigodón, pero no le da tiempo de hacerlo, porque justo entonces siente una descarga que se origina en el nacimiento de su sexo y se extiende como una ola por todo el cuerpo, lo recorre desde la punta de los dedos de los pies hasta el pericráneo, nota como si su organismo entero fuese un embudo, una presa, y en ese momento se abriese una compuerta metálica y un río de semen eléctrico brotase de él y se desbordase sin control, el tsunami espermático se lo lleva todo por delante, el instituto y la mercería, su casa de la calle Sant Pere, sus familiares y sus vecinos y sus numerosos enemigos, las chicas que le rechazaron y los familiares que le estropearon, todos engullidos por la grandiosa ola, Franki no quiere que aquello termine nunca, quiere ser un grifo abierto que expulse lo que le acongoja y le hace ser quien es, un engendro intratable, héctico y aporético y melancólico, de temperamento dramático, que demuestra una gran dificultad a la hora de hacer amigos, pero a la vez teme que si el mar de semen, la materia viva, escapa completamente de su cuerpo, se quedará hueco, traslúcido, desintegrado de nuevo, y será peor, será como si jamás hubiese existido, así que Franki se esfuerza por contener el chorro, pero es demasiado tarde, y su código genético continúa manando hasta que fecunda el lugar de donde salió. El origen de sí mismo.

Franki abre un aterrorizado párpado. Se estremece. Sudor ártico. Sabe al instante que algo ha ido muy mal en Rorke's Drift.

Abre el otro párpado, tiene que contenerse para no chillar.

Está abrazado a su madre.

No en el sueño. No Dick Loveman. Él. Una mano del chico está agarrada a una axila de Mamá, el sexo pegado a la zona posterior de ella. Una sustancia gelatinosa, templada, le adhiere la tela del pijama a la cola y el pubis y parte de los muslos.

Franki reconoce el líquido. No es sangre o sudor, lágrimas o meado. Por suerte, piensa, él sigue llevando los pantalones puestos, y a ella la camiseta le llega a las caderas. Por suerte, no ha llegado a penetrarla.

«Suerte» no es la palabra, precisamente, como seguro que ha apercibido el lector, pero en ese momento no se le ocurre otra.

Nota cómo su aparato se retira. Teme que la contracción despierte al ancestro. Aparta con delicadeza la mano del sobaco, la desplaza de vuelta a la otra parte de la cama. Separa el cuerpo del otro cuerpo.

Se concentra en la respiración de ella, para asegurarse de que continúa dormida. Es entonces cuando se da cuenta.

Margarita está tan paralizada y alerta como él, despierta, completamente consciente, desde Dios sabe cuándo, desde el primer frotamiento tal vez, respira como se respira al activar el gambito del falso sueño, el costillar sube y baja con precaución, atenta a los sucesos del exterior.

¿Mamá?, dice él, con un susurro.

Deja de hacer el burro y duérmete de una vez, contesta ella.

Él aguarda. Y aguarda. A pesar de tener el trasero manchado de semen tibio de su propio hijo, se dice, el ancestro tendrá que volver a dormirse en algún momento.

Cuando la respiración de ella se regulariza, el chico se desprende de la colcha con un par de briosos patadones. Respira por la nariz. Siente el pantalón viscoso y frío en su entrepierna. Se desliza fuera de la cama por la parte inferior. La madre no se agita. Desde donde se halla él puede ver la pequeña mancha de esperma en la zona inferior de la camiseta.

¿Contento ahora, Franki Prats?

¿Orgulloso de ti mismo?

Distingue la braga de Mamá bajo la cama, hecha bola. No es la que llevaba puesta, que sigue en su sitio, gracias a Dios, sino la última que sustrajo de la ropa sucia. Se acerca, se acuclilla y la recoge; se la mete en el bolsillo.

Entra al baño, cierra la puerta tras él. Coloca el pasador. Sitúa sus dos pulgares en los laterales de las gomas, en el hueso de cada cadera, agranda la cintura elástica y desliza el pantalón de pijama hacia abajo. Su órgano, blando y cabizbajo como un lirio marchito, roza la goma. Un escalofrío al notar la humedad del semen cada vez más frío, cuando entra en contacto contra sus muslos. El pantalón cae.

Extrae de allí un pie, luego el otro. Siente un escalofrío de indescriptible aprensión. Vómito incipiente en la garganta. Ganas de arrancarse los ojos y batearlos lejos, quizás con el pene, que se habría extirpado previamente para dicho fin. La cara ardiendo, los pies bajo cero. Debe estarse muriendo. Sí, eso sería lo más probable. Alguien que ha hecho lo que él ha hecho no merece vivir.

Se agacha, pinza con dos dedos el pijama, lo transporta al cesto de la ropa sucia, lo deja caer encima de la pila. Percibe la presencia de la braguita materna, pulsa desde allí, encajada en el bolsillo. Sería muy fácil sacarla. Un flashback del sueño hormiguea en el epicentro de su virilidad, avisándole de que está a punto de sucumbir a la tentación. Vuelve a sentir ganas de sollozar, sin que se le quite del todo la calentura.[1]

Su voz interior, sensata esta vez, le aconseja que no cruce la línea. Que trate de serenarse. Después de todo, ha sido una polución nocturna inconsciente. San Agustín, que las padecía a menudo, juzgaba dicho pecado de forma magnánima. Se repite las palabras del santo, que años atrás, cuando era un colegial salesiano, consignó en su mente:

Cuando consentimos dormidos, al despertar, volvemos a la paz de la conciencia y, por la diferencia que hay entre estar

1. Berniola le contó que los suecos tenían una palabra para llorar y masturbarse a la vez: «gråtunka».

dormido y estar despierto, descubrimos que en realidad no hemos hecho lo que lamentamos que haya ocurrido en nosotros, de la manera que sea.

El chico abraza la idea con vago entusiasmo. Se apacigua un tanto. *En realidad no hemos hecho lo que lamentamos.* Porque si hubieses *consentido*, despierto, Franki Prats, serías incapaz de detenerte. Quedarías encadenado, tal vez para siempre, al enfermizo embrujo del ancestro. Te convertirías en lo que unos testigos americanos imparciales, de haberlos, coincidirían en definir como «motherfucker».

Para lo que sería ella, desconocido lector, ni siquiera existe apelativo.

El chico se vuelve hacia la ducha del baño adosado. Mueve el mando del grifo a fría. De la pera surge un chorro cónico, le salpica los pies, y él arquea los dedos. Está tiritando. Se sitúa debajo del agua helada, ejecuta un par de saltos ridículos, reprime las ganas de chillar. El agua helada impacta contra su rostro y resbala en cascada por sus cejas y barbilla y pecho.

Espera un tiempo prudencial debajo del chorro. Le empiezan a castañear los dientes. La verga, que había empezado a engordar unos segundos antes, con el recuerdo del sueño, ejecuta ahora una imitación competente de un espárrago blanco excesivamente cocido, cae y se retira.

Cierra el grifo. Siente el pudendo blando y pesaroso; eso le apacigua. Espera que Yavé haya tomado nota de sus últimas acciones. De su renuncia.

Sale de la ducha. Se seca cuerpo y pelo con una toalla. Evita mirarse al espejo a lo largo de todo el proceso. Agarra un pijama limpio de un pequeño armarito y se lo pone, primero la camisa y luego los pantalones. Quita el pasador, sale del baño, se desplaza andando con los talones. Recorre el sótano sin hacer ruido.

El ancestro vuelve a roncar. Se ha dado la vuelta, y ahora está boca arriba, despatarrada sobre la cama, una pierna fuera de la manta y la otra dentro, ambos brazos extendidos. Los senos son dos pequeños conos deportivos bajo la camiseta.

Él desvía la mirada e introduce los pies en las pantuflas de pana. Se esfuerza por recuperar la firmeza en el viejo labio Prats, que palpita ahora, por el efecto combinado de ducha fría y viva aprensión.

Sube las escaleras. Sale del búnker y cierra la puerta con cuidado. Asciende al primer piso por las escaleras principales, recorre el pasillo enmoquetado. Pasa por delante del dormitorio conyugal. La luz está abierta, la puerta también. Pese a lo avanzado de la hora, el padre no está allí. No ha vuelto a casa después de la fiesta. Se pregunta qué implicaciones tendrá eso para él; para todos ellos.

Se tumba en el sofá del salón-comedor, bajo la gran fotografía de Perla. Se cubre hasta la barbilla con la manta de ver la televisión que siempre está allí. Las persianas están bajadas. No hace viento. Solo se escucha el zumbido repentino de la nevera, que acaba de conectarse y llega a él desde la cocina.

Justo cuando fuerza un segundo bostezo, Perla aparece por la puerta del salón. Anda hacia donde está él, moviendo los cuartos traseros. Levanta las orejas. Aceza. Pone la pezuña sobre el sofá. Le da un toque en la entrepierna con el hocico. Luego se dirige a su cara y le lame una mejilla, también los labios. Él puede sentir el vapor húmedo de su respiración nasal, el aliento a boca animal que transmite su lengua rugosa.

Oh, por el amor de Dios, dice. Se tapa entero con la manta, mete la cabeza dentro. Decide entonces que tiene que marcharse de la casa, sin dilación. Solo abandonando este lugar lograrás ser puro de nuevo, Franki Prats, se dice, y en su fuero interno empieza a rezar: Padre nuestro que estás en los cielos, santificado sea tu nombre, venga a nosotros tu reino, hágase tu voluntad así en la tierra como en el cielo...

La perra aguarda un rato al lado del fardo. Al poco, se marcha de allí. El chico sigue rezando, y rezando, hasta que al final se queda dormido.

Junio

Dónde está la perra, pregunta Papá, sentado en la silla de su despacho. Por un segundo Franki cree que se está refiriendo a la esposa, pero entonces recuerda que el crítico literario es incapaz de tomar la menor resolución viril, ni siquiera en formato oral.

Pues no tengo ni idea, miente él, que acaba de dejarla en el búnker.

Se pasa el día en tu habitación, ¿le das galletas?

Claro que no.

No le des galletas. Ni dulces. Ni bombones. Se podría quedar ciega, ¿comprendes? Se vuelve hacia la puerta. ¡Perla, cariño!, grita. ¡El papicho echtá en cacha! ¿Wonwe echtá mi pewa wuapa? ¡Wen aquí que che doy un bechito!

Franki rechina los dientes. No tardan en escucharse los pasos cuadrúpedos, acolchados por la moqueta, de la labrador. Aparece por la puerta y cruza la buhardilla y rodea, ansiosa, la mesa. Estaba a punto de amorrarse a la entrepierna del chico, los testigos coincidirían al respecto de forma unánime, pero el padre la intercepta. Toma la cabeza en sus manos, examina su hocico y cuello y lomo.

¿Qué tiene en la cara?, pregunta.

Franki realiza una atenuada contorsión facial. Había

limpiado al animal tras eyacular sobre su hocico, pero no fue tan concienzudo como pensaba.

Se ha manchado con algo, añade el padre. Acerca la nariz y la olisquea.

El chico contiene la respiración. Hace un esfuerzo para encogerse de hombros. Será algo de la calle, le dice, engrudo o algo así.

No. Huele como a angula. Qué raro.

Franki desvía la mirada. Han pasado varios días desde que el ancestro regresó de la presentación y durmió en la cama del hijo, y este vertió, sin querer, polución nocturna en su popa. Él ha estado todos esos días encerrado en casa, acompañado por la perra y la ropa interior sucia de su madre. La noche anterior juró de nuevo que se marcharía de allí, pero, cuando llegó la mañana, no supo cómo hacerlo. Le falló la voluntad. Llamó a Perla. Y luego otra vez, y otra, y otra, así hasta seis, la última de ellas con fecha de hace diez minutos.

Se acerca el propio antebrazo a la nariz. Le parece estar envuelto en un poncho de esperma rancio.

O quizás la ranciedad provenga de otro lado. El despacho del profesor Prats huele a papel amarillento y alfombra acarosa. Cada molécula pastosa de oxígeno anuncia la presencia de un sujeto que, es evidente, se toma demasiado en serio a sí mismo. Tres de las cuatro paredes están cubiertas por estanterías estilo Regencia, ornadas, repletas de volúmenes. Algunos de ellos, los de la vitrina cerrada con llave, son valiosas primeras ediciones. Lo sabe porque tiene prohibido tocarlas bajo ningún concepto.

Sobre un estante individual, encima de la vitrina, descansa el busto de mármol de un inglés patilludo con ojeras cuya identidad él conoce, de hecho idolatra, pero se guarda de admitirlo para evitar una nueva rimbombancia paterna.

En la única pared sin estanterías cuelgan retratos de literatos célebres de varios países. Santiago alardea de haber «platicado» con algunos de ellos. Franki no duda que, de ser eso cierto, su padre accedió a la conversación tras realizar una reverencia acrobática, indigna de un verdadero artista, y se detuvo, o le detuvieron, justo antes de que se arrodillara ante el autor famoso y le ofreciese sexo oral.

Observando los retratos, se vuelve a decir que su padre nunca logrará superar la franja de lo irrisorio, haga lo que haga en la vida. Que ese hombre siga convencido de que, por poseer estudios superiores y una biblioteca surtida, puede, incluso merece, realizar una novela inmortal, es algo que escapa por completo a la comprensión del hijo.

Alcánzame esa bolsa, anda, le dice Papá. Ha dejado de examinar a la perra y se esfuerza por sonreír, le sale algo más parecido a una mueca apoplética. Señala un maletín negro de cuero y asas superiores, como los que usa Jack El Destripador en los telefilmes. Tengo que llevarme algunos libros, dice. Los necesito para dar clase.

Franki toma la bolsa. Está vacía, no pesa nada. Se la deja al lado al padre, en el suelo, sobre una alfombra moruna. El profesor permanece sentado en su silla de escribir. Se acaricia la verruga de la perilla. Franki teme que se avecine un apotegma aleccionador. Elude sus ojos. Se mete las manos en los bolsillos del pantalón.

El padre se agacha hacia Perla. Acaricia el cuello del can.

Chien es la pewa mach wapechona, ¿eh?, dice. ¿Chien es mi pewita wena?

La besa en el pelaje del cráneo, sus labios están ahora a un centímetro de una clapa de semen fránkico seco. Él reza para que no llegue a olerla.

Perla se vuelve, aún entre las manos de su amo, y encara hacia el chico los cuartos traseros. Levantando el rabo, le muestra *el sitio que la naturaleza condena.*

Qué posibilidades deben existir, se pregunta él, empezando a considerar una variación de la vieja manía, de que en vida suya alguien invente una máquina para traducir el idioma perruno, y ella le delate. Sería su completa ruina, se enteraría todo el pueblo, desde luego todo el instituto. Perla certificaría no solo lo de la *liaizoon*, sino también el dilema edípico de Franki; después de todo fue testigo directo, por no decir cómplice, de la mayoría de las maniobras masturbatorias, con o sin tanga materno. Él se vería obligado a emigrar a algún lugar donde nadie le conociese, cambiarse el nombre, como un gánster en un programa de protección de testigos.

No, no. Cálmate, Prats. En menos de cincuenta años, al menos, es imposible que suceda algo así. La ciencia no avanza tan rápido. Y además, la esperanza de vida de los retrievers es de unos catorce años, y la perra tiene tres.[1]

Ningún problema, pues. Perla estará muerta para cuando algún científico loco invente la máquina fatal, y el secreto de Franki Prats, los terribles actos de bestialismo que ha cometido con la perra de la familia, por no sacar a colación el incesto *técnico*, *liviano*, que ha cometido con el ancestro, perecerán con ella, de hecho no hay nada que temer, nada en absoluto, lo único que tiene que hacer ahora es dejar de hacerlo, apartarla de él, como decidió la pasada noche, en el sofá del salón-comedor, en un momento de grave abatimiento poscoital, el peor que había tenido hasta la fecha, y

1. Por un segundo, Franki piensa que ha abusado de una menor, entonces saca las cuentas –un año de perro son siete años humanos– y respira tranquilo: Perla tiene el equivalente a veintiún años; es una joven perfectamente capaz de tomar decisiones por sí misma.

cortar con ello, también con lo de Mamá, y luego olvidarlas a ambas y dedicarse a otra cosa en algún país remoto.

El animal se separa del amo de un tirón, trota hacia Franki. Lengua en bamboleo. Empieza a ladrar, es su ladrido de gozo, que utilizaba en el pasado cuando llegaba el profesor de trabajar, y que desde finales de mayo lleva usando para responder a la llamada erótica del hijo. Le lame una de las manos. Es todo de lo más sospechoso, a decir verdad.

Ven aquí, Perla, guapa, dice el padre. Ven con el papito.

Nada. La perra continúa ignorándole. Se coloca de culo ante Franki y empieza a restregar contra su pierna la parte superior del lomo, una zona que le da especial gusto cuando él se la rasca, o frota (¡frotaba!) allí con el pene.

¿Qué carajo le pasa a la perra esta?, pregunta Santiago, con voz dolida. Ya no me hace ni caso. Mira, mira, solo tiene ojos para ti. ¿Será posible? Y eso que solo hace dos días que no me ve. Ven aquí, Perla, insiste, y palmea sus propios muslos.

El can no se mueve. Ni un solo milímetro. Parece estar realizando una imitación competente de su retrato enmarcado. Al final acerca el hocico hacia la entrepierna de Franki, con intenciones que un observador neutral no tendría el menor problema en identificar. Él le aparta la testa.

Te la llevas, ¿verdad?, le dice al padre. Con la pierna desplaza a la labrador.

Papá coloca el maletín sobre la mesa. Una mesa de nogal, con cajones a los dos lados, estilo Biedermeier. Toma dos o tres libros de la selección. Los ha ido bajando de las estanterías uno a uno y apilando sobre la mesa.

¿A la perra, quieres decir? Se soba la verruga del mentón. Imposible, hijo. Tendrás que cuidarla tú un tiempo. *Désolé*.

Franki rechina los dientes. ¿En serio?, dice, levantando ambas manos. ¿Por qué se supone que tengo que cuidarla yo?

Porque tu madre no la cuida bien. Y aunque lo hiciese, ya no está aquí para hacerlo.

Pero si la perra ni siquiera es mía.

¿Ah, no? Mira, mira cómo te persigue. Está claro que le gustas más que yo. ¡Está enamorada de ti!

Franki realiza una contorsión facial admirablemente contenida.

Además, el sitio en el que me estoy quedando no admite perros.

¿No? De qué sitio estamos hablando, pues. ¿Carterolandia? ¿Gatoburgo?

El profesor Prats no sonríe. Está del peor ánimo posible para apreciar las sutilezas del humor de Franki. Alguna gente, su padre entre ellos, lo consideran un gusto adquirido. Devuelve su mirada a la mesa. Toma un libro. Franki lo reconoce; lo leyó poco después del incidente del Gater y del estéril consejo del sexperto. En el capítulo 60, titulado «Del fiasco», el autor hablaba del *desfallecimiento extraordinario* que uno podía sufrir con una joven. Se pregunta cómo pudo preocuparle tanto aquel *accidente desgraciado*. Hoy pagaría por padecer un «gatillazo» crónico.

Es la casa de un alumno, contesta el profesor, y guarda el libro. Levanta la mirada. Ha sido muy amable en darme cobijo por una temporada. Le estoy muy agradecido, especialmente después de lo que le soltó tu madre en la fiesta. Lo único que sucede es que tiene dos o tres gatos, como sugerías, no sé si en broma (lo dice sin sonreír), y sus gatos les tienen miedo a los perros, aunque suene a (carraspea) lugar común.

Pero qué narices hizo Mamá en esa fiesta.

A ver. Es mejor que no lo sepas. No quiero predisponerte en su contra. Solo puedo decirte que lo que hizo fue inadmisible, y cruzó todas las fronteras del recato, la modestia y la educación. Me humilló, y también a ella misma, quizás incluso a todo el sexo femenino desde que Eva fue obligada *a gustar el fruto fatal*, como lo describe Milton.

Franki se muerde con saña el labio superior. Se calla.

Sí, hijo. Será un milagro si mi carrera sobrevive a lo de aquella noche. Solo espero que mis allegados sepan distinguir entre las opiniones de mi mujer, o tal vez debería decir exmujer, y las mías, y que la novela no salga malparada de ese desagradable incidente.

Por favor, por favor, Papá, escúchame: tienes que llevarte a la perra. Te lo pido de rodillas.

¿No me has estado escuchando?, responde el padre. Vas a tener que ocuparte de ella unos días, al menos hasta que vuelva tu madre. Míralo de este modo: es bueno que tengas responsabilidades. Forjan el carácter. Sobre todo acuérdate de darle de comer. No galletas. Y de sacarla a pasear. Al menos una vez al día. Dale mucho cariño. Le guchtan mucho loch mimichoch, dice, mirando a la perra, ¿verdach que chí, Perlita, que te guchtan loch mimichoch?

Franki frunce la cara entera. La perra ladra, mirando solo al chico.

Por cierto, ya que hablamos de eso, ¿sabes algo de tu madre?

¿Después de que yo me corriese en su culo mientras dormía, quieres decir?, contesta él. No, después de eso no sé nada.

En verdad Franki no contesta lo anterior, lector desconocido. Lo único que sabe es que su madre, tras despertar de aquella agitada noche, pasó el día entero evitando al hijo, llorando y bebiendo y rasgando una selección variada de fotos conyugales, tanto las enmarcadas del dormitorio como las que reposaban en álbumes.

Al segundo día, aprovechó que el chico se había ausentado de la casa y se marchó, sin más.

Él halló, a su regreso del supermercado, sujeta con un imán a la puerta del congelador de la cocina, una prosaica nota que decía lo siguiente:

Querido Franki:
Me voy a visitar a la tía Cris unos días. Necesito tiempo para pensar. Creo que será lo mejor para todos, también para ti. Tienes comida en el congelador. Te llamaré.
Te quiero.

Mamá

PD: Por favor, no le digas a tu padre dónde estoy.

Y su firma, y al lado algo que podía ser un corazón, pero también un bosquejo minimalista de su propio coño.

Él leyó y releyó la parte de «también para ti», aplicando la hermenéutica, desmontando la frase y reconstruyéndola en busca de significados ocultos. Pese a todo lo sucedido, echaba de menos a su Mamá. Era demasiado joven para saber lo que le sucedía. Miró de nuevo el corazón rubricado: recordó aquella frase del bardo: *Si ella fuese un higo abierto, y tú un meloso plátano*. Le sobrevino un breve tic ocular.

Tomó la nota y se la guardó en el bolsillo del pijama, donde seguiría durante días y días, cada vez más rebregada. Su bragueta seguía en estado de perfecta concavidad. Estaba agotado. Deseó no haber empezado con todo aquello.

No tengo ni idea de dónde está, contesta Franki, en el despacho.

¿No te ha dicho cuándo volverá?

No, responde él. Solo que me llamará.

El chico lucha por no mirar a la perra, que se ha tumbado a su lado, patas arriba sobre la alfombra marroquí, y está ocupada lamiéndose la propia vieira.

Papá mete el último libro de la pila en el maletín. Lo cierra con dos clics. Volveré en unos días a por ropa y más cosas, dice. No sé cuándo podré hacer la mudanza definitiva. Toma el maletín por el asa. Rodea la mesa y pasa al lado del chico. Camina hacia la puerta.

Franki piensa: Este individuo es capaz de irse de casa sin presentarme un informe de los hechos, aunque sea en su forma más sucinta, o un mínimo plan de futuro. Era algo típico de sus padres, pensándolo bien. Cuando él acababa de decidir que tenía que salir de allí, fugarse de aquella casa odiosa y dejarlos atrás, sus padres le habían arrebatado la opción, largándose antes.

Así, ¿os vais?, ¿los dos?, dice.

Papá se detiene en la puerta. Se vuelve hacia el hijo.

A ver. Estoy apretado, enclaustrado, limitado, atado en malévolas dudas y miedos.

Franki sacude la cabeza.

Se puede saber qué dices.

Es una cita de *Macbeth*. Lo sabrías si no leyeses tantos tebeos de marcianos.

Solo dime una cosa: ¿os vais a divorciar?

No lo sé, Franki. No lo sé. Es posible. Pero tienes que ser fuerte. No llores, por favor.

No estoy llorando.[1]

El profesor se adentra dos pasos en el despacho y le

1. Sí lo está.

echa una mano al hombro. Al hijo le viene a la nariz el familiar aroma a camisa sucia y boloñesa caducada que exuda su padre. El apretón de clavícula es lo más cercano a un abrazo que él le ha visto dar, y en realidad ni siquiera es tal; se parece más a un soldado que midiese las distancias con el compañero de delante antes de un desfile.

Él se nota los ojos mojados. Acepta a regañadientes que está llorando. El profesor Prats retira el brazo.

Tienes que ser un hombre, hijo, le dice. Pase lo que pase, ten presente que tu padre te quiere, y que desea lo mejor para ti.

Qué padre, dice él.

Qué padre va a ser. Yo.

Ah, vale. Como lo has formulado en tercera persona, igual que Julio César, no te entendía.

Deja de hacer comedia. Ya no eres un niño. Te llamaré cuando pueda. Tu madre vendrá pronto, ya lo verás.

Tras decir eso, anda unos pasos hacia la puerta y, una vez allí, se vuelve.

Madura, hijo, dice, en un tono que rebosa de sentimientos anti-Franki. Por tu bien, *madura*. Luego sale. Desciende por las escaleras.

Él se vuelve hacia Perla. El can termina de lamerse la concha y mira al chico. Saca la lengua, la despliega y la deja caer por entre sus dientes inferiores. Se escucha la puerta de la calle, se abre y se cierra, luego el motor del Opel Senator al ponerse en marcha, la puerta del garaje que sube y baja, el coche que se aleja por Sant Pere, dirección a la Citroën, y al final deja de escucharse.

Franki deja que el teléfono de la casa siga sonando. Lo observa, de pie en mitad del pasillo. Hace un par de días le dio por levantar el auricular. Se lo acercó a la oreja. Era una secretaria del instituto. Preguntó por el chico, luego por el ancestro.

Lo siento, se equivoca de número, contestó él, sin esforzarse siquiera en afectar otra voz. Colgó sin despedirse.

Desde entonces han seguido llamando a casa varias veces al día. También a la puerta de la calle. Franki no responde en ninguna de las ocasiones. Tampoco ha vuelto a tocar, en ninguno de los sentidos de la palabra, a la perra. Solo recorre la casa, piso a piso, habitación a habitación, a ratos hablando consigo mismo, a ratos interpretando la nota de la madre, y nada le parece real. Como si la vida fuese una sucesión de pantallas de juego arcade, cada una con sus tareas y amenazas, pero sin premio final.

A veces le da por visualizarse a sí mismo en el útero de su madre embarazada, y cada vez que lo hace no es un feto de ojos protuberantes que flota, inerte, en el líquido amniótico, sino una versión a escala de su yo actual, un Franki minúsculo, como el *homunculus* del que hablaba Paracelso en su *De natura rerum*, creado a base de esperma putrefacto y boñiga de caballo fermentada. Cuando piensa cosas así, se pregunta si se estará volviendo loco.

El teléfono continúa sonando. Seguirá así durante un buen rato y él lo sabe, porque no tienen contestador automático y en casa no hay nadie más.

En las novelas y telefilmes, en casos similares, los personajes arrancan el aparato de la pared, o lo machacan a martillazos, mientras blasfeman o ríen o lloran. Él solo da un paso adelante, toma el cable y lo desconecta de la pared. Se lleva el auricular a la oreja. No se oye ya sonido de llamar, ni de comunicar. Se aleja de allí.

Mediados de junio. A lo largo del día llegan a él sonidos de la calle, que oye a través de las ventanas abiertas. Un camión de reparto que cruza por delante de su puerta, cada mañana a la misma hora, las botellas de vidrio cascabeleando en sus cajas; tórtolas que pían uhuí-hop, uhuí-hop; un cortabaldosas, quizás el mismo que lleva días sonando, o uno nuevo; las campanas pregrabadas de la iglesia de Sant Baldiri; los del butano, que pasan solo un día a la semana, y se tiran media hora recorriendo la calle de un extremo al otro, atizándole a una bombona con un martillo, con una cadencia litúrgica, medieval, como si anunciasen la recogida de muertos.

A Franki nada de esto, ni siquiera lo del martillo, parece molestarle. Si el lector le mirara desde fuera y le viese subir y bajar las escaleras, mascullando para sí, ambas manos en los bolsillos del pijama, podría llegar a la conclusión de que está calmado, en sus casillas, meditativo. Pero, tras la corteza de aparente serenidad, si el lector se adentrase por varias capas estratificadas de Frankiez, podría ver que en el corazón de su ser se aloja aún, palpitando, una cólera furiosa y antigua.

Un recuerdo: cuando el tío sufrió la hemorragia cirrótica, Franki no fue a visitarle al hospital. Se enteró de su muerte por boca de Mamá, un día, al levantarse. Lo siento, le dijo ella. Su expresión era de no sentirlo en absoluto; habría sido una actriz terrible. Sé que tú y él teníais una relación especial, añadió.

El pecho de Franki chorreó de emociones, ninguna jovial. Espachurró todos sus rasgos en el centro de su rostro.

Por cierto, tu padre dice que no hace falta que vayas al entierro.

En circunstancias normales, él hubiese protestado por aquella medida no solo irracional, sino también antipática y revanchera, típica de alguien que había militado en el PSUC, pero optó por no decir nada. No tenía ganas de ver al tío, ni siquiera dentro de un sarcófago hermético, ni tan solo con varios kilos de compacta arcilla roja encima.

Aquella mañana se marchó al Bosco acarreando una rara sensación. Le nacía en la base del estómago, pero cruzaba el esófago y le arañaba la campanilla de un modo detestable. Puso a trabajar sus facultades cogitativas para desentrañar el origen de su ansiedad, pero fue incapaz de hallar una respuesta pertinente, y una dosis generosa de pentotal sódico no habría extraído de él mejores resultados.

Tenía trece años.

De haber sido algo mayor, habría visto que la explicación se ocultaba en lo más profundo de su psique, y se formulaba de un modo parecido al siguiente: en su vida, una serie de abusos habían colisionado los unos contra los otros, como en un choque en cadena en plena carretera, y aunque no estaba claro hasta quién tenía uno que remontarse para hallar el culpable del siniestro, era indiscutible que al final de la cadena estaba, por continuar con el símil, su parachoques trasero.

Un día se levanta y decide hacerlo. Se viste, luego agarra el macuto, mete dentro una palanca que cogió del garaje y sale de la casa. Se mete por la calle Major y la recorre de un extremo a otro.

A la izquierda van pasando, como si estuviese dentro del *Ghosts'n Goblins*, los comercios que se conoce de memoria: el estanco de la esquina, el bar musical Flash, la mercería de Ca la Tita, la tienda de aceitunas y pescado en salazón; la plaza Presas y la papelería de Cal Isart. Cuando está a punto de llegar al cruce con Rutlla, se da cuenta de que ha distinguido algo familiar en la biblioteca municipal.

Desanda sus pasos. Mira dentro.

Es Clara Pou, símbolo sexual del instituto y expubilla local (durante la fiesta mayor, en mayo, se nominó a una chica nueva, muy alta, de grupa caballar, que él no conocía). Está sentada de cara a la puerta. Lleva el pelo recogido en una insoluble cola de caballo, que se le derrama sobre el hombro derecho. Cabeza apoyada en una mano, codo a la mesa, «empollando», aunque el curso ha terminado y, Franki no tiene ninguna duda, se lo ha sacado con unanimidad de excelentes. Uno de sus pómulos se arruga por efecto de la presión. Lleva gafas, parecidas a las de los policías americanos, pero graduadas, con armazón dorado. Toma notas en un papel lateral. Pasa página.

En ese momento levanta la mirada pero no aparta la cabeza de la mano. Observa la puerta, donde, al otro lado de un cristal traslúcido, está Franki.

Él se encoge sobre sí mismo y baja la cabeza. Desea tener a mano una sábana para echársela por encima. La gente como él, se dice, debería ir por la calle con una campana, como los leprosos de la Edad Media, para avisar de su presencia y que las mujeres como la expubilla no ensuciasen sus retinas.

Ella no hace amago de reconocerle. Sus ojos se cubren de la telilla característica de las miradas a la lejanía. Está viendo a través de él.

Franki se vuelve y echa a andar.

Diez minutos más tarde, entra a la mercería. La puerta campanea con el sonido habitual. Hay serrín esparcido por el suelo, que se le adhiere a las suelas y puntera de las Puma. Se pregunta cuánto llevará allí sin ser barrido; hace días que no llueve.

Dice: Bon dia. Una señora que hace calceta junto al mostrador le responde con la misma fórmula. Su cara no es de las que se olvidan: la mandíbula inferior se le tuerce hacia un lado, por un defecto de nacimiento, o tal vez un accidente de tráfico.

Aunque sus opulencias son míticas en el banco de recuerdos licenciosos del chico, esta vez ni las mira.

¿Está mi abuela?, dice él.

Se está tiñendo el pelo, responde la mujer. Franki asiente. Por la posición deforme de su quijada, la mujer ha pronunciado la frase como si el proceso de teñido representase para ella algo embarazoso, un ignominioso hábito del que prefería no hacer mención. Realiza puntos de calceta: uno del derecho, dos del revés. Sus *trémulas lomas*, incluso ceñidas por el sujetador, se le derraman por los muslos, camino a las rodillas. Franki repara en ellas, pero como si no.

¿Por qué no estás en el instituto?

Se han terminado las clases, contesta él.

En otra ocasión se la estaría jugando, porque el marido de la señora es sargento de la Policía Municipal, pero ese día, por una vez, ha dicho la verdad. Además, incluso si hubiese hecho «campana», no estaría en este mundo cuando lo descubriesen. Su absentismo escolar sería una escueta nota al pie en el libro de la gran tragedia local.

Mi nieta también va al instituto, dice. A lo mejor la conoces. Se llama Clara. Le han dado una beca o no sé qué para irse a Berlín. Es muy lista, nuestra Clarita.

¿Clara Pou?

Sí. ¿La conoces?

El chico nota un murciélago que aletea, adormilado, en el interior de su próstata. Está a punto de decir que acaba de verla, pero el recuerdo de que la expubilla le ha atravesado con la mirada le perfora el amor propio.

De vista, responde. Intenta hallar el mínimo común denominador entre el rostro de la abuela y el de la nieta, pero desiste al poco de empezar.

Mira a su alrededor. Los ovillos de lana se elevan del suelo al techo, encajados en sus celdas de colmena. Todos los colores de la creación, del negro al blanco, pasando por el burdeos y el chartreuse. El orden perfecto de las filas, cualquier otro día, habría contribuido a apaciguar su imaginación atormentada. No así hoy.

Se abre la puerta de cristal ambarino esmerilado que da a la parte privada de la casa. Aparece la abuela. ¿Ese que oigo es mi Franki?, dice. Se queda al otro lado del mostrador. Lleva el pelo recién teñido de negro, suelto, le cae sobre los hombros. Con la ropa de luto, la oscura melena colgando, parece un músico de rock satánico, «Black Sabbath» o alguien parecido.

Empieza a hacerse un moño con ambas manos. ¿Has venido a verme, nietecito?, dice. No parece molesta. Franki piensa en lo que ha sucedido desde marzo y le parece como si hubiesen pasado años, en otra vida, desde entonces.

Sí, yaya, contesta él. Pasaba por aquí y he pensado en decir hola. ¿Está el yayo?

Uy no. Por las mañanas está en el camping.

¿No estaba malo?

Ya se ha puesto bien. Tu abuelo nos enterrará a todos.

Franki piensa: A mí seguro.

Rodea el mostrador. Observa los botones y vetas y cremalleras que se almacenan en pequeñas cajas de cartón, bajo el cristal. Collares de perlas de imitación. Pendientes de falso rubí, de los que se encajan en la oreja con un clip.

Un recuerdo: de niño solía ponerse pendientes como aquellos, también un collar de perlas falsas, para hacerles reír a todos, en alguna de las festividades en que venían a comer, cuando aún lo hacían. El chico desfilaba por el comedor, simulando que recorría una pasarela de modelos. Realizaba poses de uranista, sacando mucho el tafanario. El bolso de Mamá le colgaba de un brazo.

Las reacciones de la audiencia solían ser mixtas. La madre reía; el padre le ignoraba, o pretendía ignorarle, sin éxito; la abuela le decía que no «patease» el género de la tienda; el yayo Modesto decía: Ay que el Frankito se nos ha vuelto sarasa.

El tío Jesús, por último, fingía no haber escuchado las palabras del abuelo. Solo miraba muy fijamente al chico y bebía y lloraba de aquella manera extraña, el sudor de su frente cruzaba los párpados sin pestañas y se le metía en los ojos y le hacía llorar más aún.

Franki se acerca a la oreja de la yaya. Pero no mucho, porque atufa a tinte de peluquería, sudor y gas butano. Le da un beso aéreo. Ella hace lo mismo, con su boca de periquito.

La verdad es que me estoy haciendo caca, yaya, le susurra cerca del oído. Si voy a casa no llegaré a tiempo.

¡Ah!, grita ella. Toma una pinza y la clava en un costado del moño. Ríe. Mi nieto se está cagando, le dice a la clienta. Él fuerza una sonrisa. En otra ocasión, un comentario como ese ante la abuela de Clara Pou le hubiese mortificado, pero esta vez no lo hace. Se siente como si hubiese cruzado al otro lado de algo. De la vida, tal vez.

Mi Clareta todo lo contrario, dice la abuela Pou. Siempre va estreñida, la pobre. No ganamos para supositorios. Espero que en Berlín tengan, o es capaz de no hacer de cuerpo en todo el año.

Unos meses antes, él habría detenido las rotativas para pasar aquella información a primera plana de las fantasías de Dick Loveman. ¿Una bala de glicerina invadiendo voluptuosamente el virginal ano de la pubilla?, ¿aquel esfínter muscular y esterilizado, en sexi mohín, que él, por alguna razón, imaginaba con olor a natillas?

Esta vez casi ni la escucha. Se mete dentro de la casa. Cruza el comedor. No hay allí un espacio libre, entre los muebles de ebanista y las pilas de revistas y todo lo demás. Entra escasa luz por la ventana que da al patio trasero; la cubre una rejilla verde de plástico. Huele a pedo, de los que apestan como un bote de garbanzos recién abierto.

Sube las escaleras sin impulsarse con el pasamanos. Va dejando un pequeño rastro de serrín que se desprende de sus bambas, en cada nuevo escalón. No se nota mucho, porque el suelo de la casa siempre está sin barrer.

Llega a la segunda planta. Tuerce a la derecha y se mete en la habitación del tío.

Sigue igual que la última vez. «La hemos dejado tal y como él la tenía.» Todo estático y a media luz, como en un museo de cera. La cama metálica; las estanterías con libros; el cajón de la pornografía, ahora cerrado; el poster de Falange.

El *Bruce Lee.*

El cuerpo se le convierte en un puño; se le contrae por dentro.

Se dirige hacia la cama. Hinca una rodilla en el suelo, ante el jergón militar, introduce las manos por debajo. Lo toca. Agarra las asas, lo atrae hacia él, sacándolo de debajo de la cama. El peso arrastrado hace un ruido similar al de los guijarros de grava cuando los pisoteas.

Es un cofre rectangular, metal delgado pintado de verde bélico. Tiene una pequeña cerradura. Franki se quita el macuto que llevaba a la espalda, lo abre y extrae de él la palanca de acero. La mete por debajo de la tapa. Pone un pie encima y presiona. La cerradura se peta. La palanca cae al suelo, rebota un par de veces. Franki se queda inmóvil y aguza el oído, encarándolo hacia la puerta de la habitación y las escaleras. Nada.

Abre la tapa. La Remington Magnum de 6 mm con mirilla y el fusil Boston que le prestaban a Franki, doblado por la mitad, en postura de reposo. Toma el segundo con las dos manos, lo saca. Se acuerda de cuando le pegó el tiro a Fokker, y no realiza la acostumbrada contorsión facial.

Lo mete, doblado aún, en el macuto. Agarra también una caja de cartuchos medio llena. Baja la tapa. Empuja el cofre hacia dentro, bajo la cama, con el lateral de un pie. La arena no barrida vuelve a crujir bajo su peso. Olvida la palanca en el suelo, o no le importa que se quede allí; una de dos, la que el lector prefiera.

Desciende por las escaleras, cruza el comedor. Aparece en la mercería. La yaya ya no está, debe haberse acercado al frankfurt para jugar a las tragaperras. En la puerta, sin siquiera volverse, Franki escupe un adiós casi inaudible. Supone que da lo mismo, puesto que, asume, no volverá a verla. Ni a ella ni a nadie.

Franki vuelve a estar sentado sobre su cama, la puerta atrancada con el gambito de la silla, como tantas veces en los últimos meses. En esta ocasión, sin embargo, no le rodea una baraja de revistas porno, ni lleva las bragas del ancestro en la cabeza, ni siquiera puede verse a Perla por allí cerca.

Pega un trago largo de fluido curativo, marca Wistoka, luego se coloca la botella entre los muslos; la siente fría allí.

Piensa en las cosas que le gustaban de este mundo. Le gustaba resguardarse debajo de toldos cuando le sorprendía la lluvia en la calle; le gustaba ver los dibujos del Correcaminos y el Coyote, los sábados por la tarde; le gustaba admirar a los «breakers» del porche del mercado, bailando el «molino» sin esfuerzo aparente; le gustaban las chicas, casi todas las chicas; y los cómics de Ricky Wilde, y los libros de Friedrich, y haber escrito «Dick Loveman, agente espaciotemporal», que ganó un concurso de relatos. Nacional.

También le gustaba masturbarse, pero ahora desea no haberlo hecho. O al menos no hasta aquel punto.

Pega otro trago de vodka español. Nota la lengua, la garganta, el pecho ardiendo. Le lloran los ojos. Se siente bastante ebrio. Deposita la botella en el suelo, junto a uno de sus pies. Agarra la Boston, que cargó hace un instante y que tenía al lado, tumbada en la cama. Le quita el seguro con un clac, luego encaja la culata en el suelo, la sostiene erguida con los costados de los dedos.

Sí, le gustaban algunas cosas de este mundo; solo que no las suficientes.

Un recuerdo: un día se puso a llorar, sin un motivo aparente, en mitad del cumpleaños de un niño de su clase. Nuestro héroe debía tener siete u ocho años. Le habían dejado solo en alguna habitación, o algunos de sus numerosos enemigos, allí presentes, se habían conchabado contra él en mortífera jauría, etc. Su madre le preguntó qué le sucedía, con suavidad al principio, pero a los tres minutos empezó a impacientarse. Había crudeza en su expresión.

Virgen santa, le dijo. Por qué te cuesta tanto pasártelo bien.

Él solo se encogió de hombros. Torció las puntas de los pies hacia dentro. Se miró las piernas. Aquellas rodillas abolladas, recubiertas de piel clorótica. Sorbió por la nariz.

Por qué no eres más alegre, a ver.

No lo hago queriendo, dijo él, sin levantar la cabeza.

Me amargas la existencia, dijo ella. Te quiero, pero a veces pienso que habría sido mejor no tenerte.

Se acuerda del aforismo ruso sobre las familias infelices que soltó su padre aquella vez. Quizás, después de todo, no era una sofistería de crítico literario, como pensó entonces, sino una formulación inacabada: la infelicidad era distinta para todo el mundo, de acuerdo, pero no por su dolor intrínseco, ni por el volumen que le correspondía a cada uno (como aventuró él mismo), sino por la manera en que cada uno respondía a ella. ¿A mayor profundidad de alma, mayor respuesta, tal vez?

Una *respuesta dionisíaca al dolor de la vida*, lo llamaba Friedrich. Franki no tiene muy claro si la respuesta que está a punto de darle al dolor es *dionisíaca* o no. Se trata de una derrota, eso sí, solo que no sabe aún si deshonrosa, como la de Marco Antonio en la batalla naval de Accio, u honrosa, como la que sufrieron los espartanos en las Termópilas.

Sentado en la cama aún, se acerca el cañón de la escopeta a la cara. Se trata de un movimiento contraintuitivo. Su abuelo y su tío le machacaron durante varios años con la inconveniencia de ese gesto. Está por introducírsela en la boca, pero le da escrúpulo.

Saca pecho y desvía la escopeta hacia su corazón. Mejor.

Si lo entendió bien, ahora tiene que apretar el gatillo con el pie. Su dedo gordo cabe confortablemente en el gatillo; lo comprobó antes. La madre de Berniola estaría anatómicamente incapacitada para suicidarse de aquel modo.

Al ver su pie desnudo, acercándose al gatillo, seguido de una pierna igualmente descubierta, se acuerda de que va en eslips. Aunque entiende la motivación inicial, que era no manchar la ropa de sangre y sesos, le sorprende haberla puesto en práctica. Que hallen tu cuerpo de ese modo no es precisamente meritorio. Y ni siquiera revisó si los calzoncillos estaban en estado de revista. Su abuela siempre le decía que se cambiase la ropa interior «por si sufría un accidente». Aquel consejo evidenciaba una visión fatalista del mundo que rozaba lo abstracto. Tal vez por eso él nunca siguió su consejo, ni siquiera ahora, la única vez en su vida en que preveía un accidente de verdad.

Esto le lleva a pensar en el resto de las cosas que, tras su muerte, saldrán a la luz. Es presa de una comprensible aprensión. Visualiza a su madre abriendo el armario, y extrayendo de allí varios pares de sus braguitas sucias, y *Querida hermanita*, y *Sex Farm*. También libros de la biblioteca erótica, todos con las esquinas dobladas y dados. Se acordará de la noche en que su hijo le manchó el tafanario de semen. Se lo contará todo a Papá, que acudirá para colaborar con el registro. Aunque Perla se hará la inocente, y la imaginación del padre no es una que invite a escrutinio, no tardarán en atar cabos. Un prolijo examen veterinario, tanto del pelaje de la retriever como de su *asilo del misterio*, mostrará resultados que resultarán irrefutables para cualquier observador neutral.

Los dos progenitores, tras décadas de hallarse en perfecto desacuerdo en cada pequeña cosa, estarán de acuerdo en una: Franki Prats fue, en vida, un pequeño pervertido. Un degenerado edípico, ingrato y desviado, además de zoorástico.

Algo empieza a rascar la puerta. Franki dirige la mirada hacia allí. Más rascado de pezuña, sonido de acezar. Un ladrido invitante, luego otro. El chico aparta el dedo gordo del gatillo de la Boston. Vuelve a apoyar la planta del pie en la moqueta. No puede marcharse del mundo dejando en él a un testigo de esa relevancia. Se pone en pie, deposita la escopeta encima de la cama y cruza la habitación.

Toma el matarratas, marca Racumin, de debajo de la pica. En la ilustración de la etiqueta puede verse a una rata rampante siendo alcanzada por un relámpago amarillo. Perla se pone a ladrar. Él le da la vuelta al bote y lee la etiqueta trasera. Numerosos sellos de advertencia por toxicidad. Lo anuncian como «inodoro e insípido». Ahora lo veremos.

Le viene a la mente la frase de un párroco inglés, John Donne, que aprendió en los salesianos:

No existe casi nada que no haya matado a alguien. El mejor cordial ha resultado ser un veneno mortal.

Deja el bote a un lado, sobre la encimera. Continúa removiendo el arroz del cazo, que había puesto a hervir unos minutos antes, con una cuchara de madera. Los granos burbujean entre la espuma sucia y hacen rebotar el pote contra el fogón. Sujeta el mango para silenciar el traqueteo. Continúa removiendo. Aunque no tiene previsto titubear cuando llegue el momento, lector desconocido, mentiría si dijese que no está siendo presa de una notable aprensión.

Suena el temporizador de plástico. Le da un toque para apagarlo, luego deposita la cuchara sobre la encimera y apaga el fogón. El agua deja de burbujear.

Extiende una mano y toma de nuevo el Racumin. Desenrosca el tapón anaranjado con un firme movimiento de muñeca, el cierre de seguridad cruje. Vierte los polvos blanquecinos sobre el arroz hervido. Casi toda el agua se ha evaporado. Remueve el arroz con la cuchara, con la otra mano, mientras continúa vertiendo polvos.

Deja de remover. Acerca con cautela la nariz al vapor. Huele solo a arroz. Remarcable. Toma el cazo por el mango y lo acarrea hasta el plato triangular de la perra.

Ella pega un par de brincos. Mira fijamente al plato, luego a él, al plato, a él. El chico vierte el arroz, ayudándolo con la cuchara para que no queden granos pegados al zinc.

Wuena pewa, wuena Perla. Chien ech la pewa mach wapa, ¿eh?

Se cruza de brazos. La perra empieza a comer. Lame. Traga. Mastica. No levanta el hocico del plato. Continúa masticando. El rabo se agita de un lado a otro. Bueno.

La labrador termina y repasa el fondo del plato. Se relame. Él sacude la cabeza. Le está empezando a flaquear la fuerza de voluntad. Percibe las *lánguidas incitaciones del pensamiento carnal.*

Analiza al animal. No parece sucederle nada fuera de lo común. El bicho es la viva imagen de la salud, como suele decirse. Está más sana que el yayo Modesto, el falso moribundo.

Por un segundo teme que le hayan timado. Tal vez le vendieron un suplemento vitamínico canino en lugar del matarratas. La perra ladra otra vez; sus pulmones están en un estado envidiable.

El chico descruza los brazos. Los pone en jarras.

Muérete ya, joder, dice.

En ese momento, como si hubiese escuchado las palabras del chico, a la labrador se le secan las córneas. Tiene la expresión de alguien que acabase de recibir un ensalmo diabólico. Ladra una sola vez, pero de un modo distinto a como lo hacía los días en que estaba feliz, cuando se tumbaba junto a Franki en la cama.

El estómago del can empieza a producir borborigmos, similares a los que él escuchaba de niño en sus propios intestinos, cuando Mamá le aplicaba supositorios laxantes. Un burbujeo de alambique que amenaza con detonar rectalmente en cualquier momento.

La perra ejecuta dos vueltas insólitas sobre sí misma y suelta un gemido prolongado y espantoso. Luego sacude la cabeza, como si quisiese expulsarse una presencia indeseada del interior del cuerpo. El rabo entre las piernas.

Empieza a sacar espumarajos por la boca y a retorcerse entre convulsiones. Salta dos veces en el aire, al estilo rodeo. Es algo terrible de contemplar, pero Franki no aparta la mirada. No tiene lágrimas que verter para la perra del profesor, favorita por encima del hijo y única protagonista del retrato que preside el comedor, casi la casa entera.

Perla se desploma de lado, una vez en el suelo sufre algunas sacudidas más. Estira la pata. Literalmente, es lo que uno buscaba expresar: la extremidad delantera derecha se le queda enhiesta, como si realizase el saludo fascista. La otra permanece en la postura opuesta: encogida sobre su pecho. Los ojos recubiertos de fleje.

El autor premiado lo observa todo, sin perder detalle, con el desapego médico que en ocasiones límite aflora en los Prats.

Se acerca al cuerpo. Le pega al costillar un par de toques con la punta de la zapatilla, luego a la cabeza. Esta se desplaza unos centímetros a la derecha.

Mi secreto ha sido preservado, piensa. Mejor dicho, *uno* de mis secretos, pero Roma no se construyó en un día, si esa es la expresión.

El chico siente una novedosa elación. Se agacha y la toma de las patas traseras. Las almohadillas aún calientes de las pezuñas transmiten a sus manos una incongruente sensación de vida. La empieza a sacar de la cocina. Ese es el instante en que el lector se ha topado con él por vez primera, cuando empezaba la historia. Sí.

Franki baja las escaleras, tuerce a la derecha. La puerta del garaje está abierta. Lo recorre de un extremo al otro. Su idea, si al lector le interesa, es esperar a que anochezca y enterrar a la perra en alguno de los campos que hay a la entrada del pueblo, tras la gasolinera Oasis.

Llega hasta donde está el congelador de sarcófago, que nunca usan y está siempre vacío. Deja la perra en el suelo. La mira: parece una alfombra de caudillo vikingo. Abre el congelador, descansa la puerta contra la pared. El humo seco flota en el aire. Nota frío en un lado del brazo.

No se queja. Podría maldecir a su destino, pero en el fondo está contento. Una de las pocas cosas que entendió de los libros de Friedrich era la doctrina del eterno retorno. No existe el libre albedrío. No existe una dimensión en la que no matabas a la perra después de mantener comercio con ella. No existe un pasado, o un futuro, en el que no te restregabas contra tu madre en mitad de un sueño húmedo. Tampoco uno en el que el tío Jesús no te «estropeaba».

Esto, todo esto, y lo que vendrá, es lo que tenía que suceder y siempre sucederá, en cualquier dimensión y encarnación.

En ese preciso momento decide no suicidarse. Era una idea tonta y literaria, afectada, digna de su padre.

Se agacha, toma a la perra por debajo del abdomen, la levanta (suelta un gemido del esfuerzo), la coloca sobre el congelador abierto. La deja caer.

La perra impacta en el suelo de la nevera con un ruido sordo, se queda de lado, las patas delanteras dobladas sobre sí mismas. Las posteriores, extendidas, rozan la pared lateral helada del sarcófago. Una oreja se le ha vuelto, y Franki puede ver la oscuridad negra del conducto auditivo, la parte interior, ligeramente venosa, del cartílago velloso.

Cierra la puerta del congelador. La nevera, al cerrarse, hace ruido de vacío, y por un segundo se le pasa por la cabeza que haya sido un estertor de agonía.

Pero no. La perra está bien muerta.

Su historia termina aquí, de este modo.

Franki sube al piso de arriba, agarra una fregona y llena el cubo con agua y detergente friegasuelos, y le da bien al tramo de escaleras y a su rellano y a la entrada, también al garaje, de un extremo a otro pero siguiendo la línea helicoidal de sangre, excremento y baba que dejaron el ano y la boca de la perra.

Cuando termina, coge la barbacoa del garaje y la arrastra hacia el patio. Tiene ruedas, no resulta difícil moverla. Es circular y amplia, profesional, pero nunca se ha cocinado en ella. La aparca en el centro del patio, alejada del árbol.

Es un día bonito de junio. La casa de los Berniola mantiene el patio umbrío, ahora, pero por la tarde el sol dará de lleno en las tejas rojas. Unas golondrinas trinan por allí cerca. Se vuelve y las busca con la mirada, detecta el nido en una esquina de la pared de la casa. Las aves entran y salen de él sin concierto aparente, como personajes de una comedia televisiva.

Más adelante, cuando viva en otros lugares, en otros países, siempre que piense en su pueblo lo recordará brumoso y frío, calado y ventoso, todos los comercios cerrados y nadie a la vista y él andando hacia casa, a la salida de natación, con las manos en los bolsillos, el flequillo despeinado y húmedo, pasando por delante de la tintorería Casals y sintiendo el vapor de las planchas en su rostro. Pero también tiene días como este.

El aire huele a eucalipto y morera, también a agua jabonosa y cemento mojado. Alguien debe estar fregando la acera de delante de alguna finca. Se oye el zumbido de los vehículos en la carretera de Santa Creu. El cortabaldosas, de nuevo, y un gallo que cacarea a dúo con él.

El chico abre la tapa metálica, la deposita en el suelo. Arruga unos cuantos periódicos que tomó del garaje, los coloca en la barbacoa. Mete pinaza que agarra del suelo en un par de puñados, viene del pino reseco de los vecinos. Vuelve a entrar en la casa.

Sale con los vídeos de Berniola, varias revistas porno y libros eróticos. También la ropa interior sucia de la madre y un puñado de calcetines fecundados, resecos. Acarrea la pila con los dos brazos. Lo deja caer todo en el suelo, junto a la barbacoa, los materiales se desperdigan sobre las tejas rojas. Vuelve a entrar en la casa.

Esta vez sale con varios carpesanos de la «Sesión bañadores Meyba. 1980», bajo el brazo, y el cartel de VULL LLET, enrollado, que extrajo de su marco. Lo deposita todo con el resto de los objetos. Escoge varios de ellos al azar, los coloca en la barbacoa. Lo rocía todo con gas de mechero. Prende una cerilla y la arroja al holocausto.

Las llamas se comen el oxígeno con un sonido sorbido. Crecen sobre la tela de las bragas de la madre. El fuego parece un cuerpo líquido, se extiende por las revistas, las fotos de modelo y el cartel de VULL LLET, que colocó aún enrollado encima de la pira y empieza ahora a arder por un lado, el humo sale por el otro, como si fumase. Se desenrolla parcialmente. El incendio le deforma los rasgos a Mamá, le derrite las mejillas y la boca, la nariz se le extiende. Franki sonríe, porque la ve fea, por primera vez, y él es un ferviente seguidor de lo premonitorio.

Contempla con gusto la pira. Se agacha, toma un puñado de bragas más, el *Private*, el vídeo de *Querida hermanita*, y los arroja también al fuego. Agarra un atizador que cuelga a un lado de la barbacoa y remueve el contenido. El plástico empieza a derretirse, huele a caucho quemado. Un humo negro y denso. En Barcelona ya hubiesen llamado a los bomberos, pero este olor, aquí, es familiar. En todos los terrenitos se queman, dependiendo de la estación, malas hierbas y sacos de cemento y trapos y basura.

Escucha ruido de risas. Se vuelve hacia la puerta del

patio. Por la calle cruzan cuatro adolescentes, algo mayores que él. Un «punki» con gafas; un «punki» gordo, con peinado de micrófono, que produce un novedoso ruido cascabelero al andar; una «punki» menuda y orejotas; y un chaval fornido, con cabeza rapada y botas militares. Él los conoce de vista, de la calle, hacen fiestas «ska» en un sótano, dos puertas más adelante. El gordo lleva una Torrot roja del manillar, camina a su lado, el motor está apagado. El miope y el rapado, uno a cada lado de la Torrot, a la altura de la rueda trasera, sujetan una caja de quintos Estrella, que va en el asiento, como si condujese, y tintinea. La chica anda tras ellos y habla sin cesar y vitupera y canta y fuma y ríe.

Los cuatro jóvenes desaparecen de su campo de visión, pero él los sigue escuchando reír y tararear. Parecen felices, pese a su insólita apariencia. A él le hubiese gustado ser parte de un grupo de amigos que celebraban fiestas «ska», fuese lo que fuese aquello, pero nunca se dio la oportunidad. Quizás él despedía, sin darse cuenta, una vibración ominosa que mantenía alejados a los demás. Quizás la gente podía oler en él que un pariente treintañero le «estropeó» a los trece, en la habitación superior de una mercería, no muy lejos de allí, y por eso mantenían las distancias.

O quizás, como decía su madre, era incapaz de pasarlo bien.

Echa un trago al fluido curativo. Más de un tercio de botella bebida. Debería parar. No quiere perder del todo la visión. Extiende el brazo, cuidándose de mantener la cara alejada. Echa el resto del vodka al holocausto. Se escucha un nuevo soplo de vacío, las llamaradas crecen casi dos metros y descienden al instante. Deja la botella en el suelo.

¿Qué haces, Franki?, dice una voz.

Se vuelve. Es el padre de Berniola. Al ser un hombre alto, sus hombros sobresalen por encima de la tapia divisoria. Tiene el pelo revuelto en la coronilla, en forma de media cresta, como si se acabase de levantar de la cama.

Hola, señor José María, dice él. Pues ya ve, quemando malas hierbas. No se molesta en cubrir el material pornográfico que arde, porque el padre de Berniola no es el más perspicaz de los ciudadanos, entre la depresión y el intento de suicidio y todo eso. Atiza la pequeña fogata, eso sí, para cubrir la película de vídeo, que ahora es un gurruño goteante.

¿No tienes que ir al instituto? Bruno dijo que estabais de exámenes finales. O eso me pareció. A veces no le entiendo.

No, señor José María, dice Franki. Le sube el vodka de golpe. Me declararon superdotado, lo que me libera de tales obligaciones. Soy el sucesor del Dios Muerto, el payaso de todas las eternidades, el Dioniso despedazado.

Ah, dice el padre de Berniola. Muy bien. Ojalá Bruno fuese despedazado, digo superdotado, pero ya repitió una vez. Ese chico no sé qué tiene en la cabeza.

No quiera usted saberlo, dice Franki. Pero es una gran cabeza, ¿verdad? Invita a comparaciones con un ídolo maui que hubiese adquirido propiedades motrices.

Sí, sonríe el señor José María, con el ceño fruncido.

¿Le han contado alguna vez el chiste del soldador?, añade él.

No, dice el hombre. Pone una mano linfática, de dedos largos, en la reja trenzada de plomo. En su rostro aflora una remota expresión de esperanza.

Me lo contaron hace tiempo y no lo entendí, continúa él. Resulta que un niño está jugando en un descampado, y de golpe se encuentra una máscara de soldador vieja. Se la pone y empieza a hacer ver que es un astronauta, corre por el solar haciendo sonidos de cohete. En esto que aparece el pedófilo del barrio y llama al niño. «Chaval», le dice, «¿quieres que te chupe la pölla?».

José María suelta una risa avergonzada. Mira a su alrededor.

El niño contesta que no y sigue jugando, dice él. El pedófilo vuelve a llamarle. «Chaval», le dice, «¿quieres chuparme la pölla tú a mí?». El niño contesta que no y sigue jugando. El pedófilo le llama por tercera vez. «Chaval, eh, chaval», le dice, «¿quieres que te meta la pölla en el culo?».

El padre de Berniola permanece callado. Ya no sonríe. Se rasca una mejilla, donde crece barba de varios días.

En esto que el niño se levanta la máscara y le contesta: «¡Señor, que no soy un soldador de verdad!».

Franki ríe.

Ja, dice, inseguro, el padre de Berniola. Niega con la cabeza.

¿Lo ha pillado?

Sí, sí. «Un soldador...»

«... de verdad.»

«... de verdad.»

No es un chiste de carcajada, en realidad, añade Franki. Exige ciertas facultades cogitativas.

Sí, ya lo veo. Qué coco tenéis los Prats. Bueno, hasta luego.

Hasta luego, señor José María, dice él. Dele recuerdos a Bruno, dígale que le llamaré cuando llegue a mi destino. «¡No soy un soldador de verdad!»

Continúa arrojando cosas al holocausto. Recuerda las primeras ediciones del padre, se le pasa por la cabeza quemar la casa entera, pero se dice que sería exagerar. Además, le pillarían, y eso estaría en directa contradicción con su propósito para el futuro próximo, que es escapar de ese lugar.

Toma del suelo un libro erótico. Se dispone a arrojarlo a la pequeña pira, ya lo tiene encima de las llamas, pinzado con dos dedos, nota el calor en la base de la mano. El libro se abre por la página en la que está dado.

Se detiene, lo separa del fuego. Lee el mejor párrafo, donde aquel monje francés liberaba en la boca de una joven *los vientos que existían en sus entrañas*. Se carcajea. Lo cierra. Decide llevárselo con él. Se lo mete en un bolsillo. Luego, riendo aún, sigue incinerando cosas hasta que de ellas, de los últimos meses de su vida, solo quedan las cenizas.

Franki se encuentra en la gasolinera Oasis, en la entrada del pueblo. Extiende el brazo y extrae el pulgar del puño y señala a su espalda, hacia Castelldefels y Sitges y el sur. No sabe por qué ha decidido esa orientación. Lo cierto es que cualquier emplazamiento le vale, mientras no sea el presente.

Entrecierra los ojos para que no le ciegue el sol. Tiene campos de alcachofas delante, invernaderos, una torre de agua oxidada, varias chabolas entre los algarrobos. Un descampado baldío que el verano salpicará de amapolas, pero que ahora parece muerto. La fábrica de Peta-Zetas y, al lado, una de cemento, con varias cintas transportadoras rebozadas de argamasa. Los coches circulan sin interrupción por la carretera de Cornellà. Camiones Pegaso, utilitarios Seat, un Ford Taunus, un Citroën Tiburón.

Es casi mediodía. El cielo sigue claro y el aire limpio, o casi. Unas pocas nubes blancas se desplazan con indolencia de un lado a otro.

Su estómago deja escapar un par de borborigmos. Se le olvidó comer antes de marcharse, con los nervios de hacer la bolsa y lo demás. Se vuelve hacia el bar de la gasolinera, se plantea si comprar una bolsa de cortezas, decide que no.

Le gusta la sensación del hambre no satisfecha: se parece lo suficiente a la euforia, y además agudiza los sentidos.

Por añadidura, en el interior del establecimiento se agolpan un puñado de hombres, de rostro tosco y mirada torva, algunos de ellos en cazadoras de cuero con mensajes hostiles, que responden fielmente a la descripción de gente patibularia que ha leído en novelas.

Espera que no decidan robarle. A sus pies tiene la televisión Grundig. No le dio la gana dejarla en casa, la ganó por «Dick Loveman, agente espaciotemporal». Al lado del televisor, en el suelo, la bolsa en forma de lata de refresco, llena de ropa, artículos de aseo y el libro erótico que salvó de las llamas. Todo esto pesaba, ha llegado hasta aquí sudando. Le duelen los dos bíceps, y también la nuca, y el hombro derecho, como cuando se masturbaba en exceso, sin haberlo hecho esta vez.

Media hora antes cruzó la plaza de la iglesia, le dedicó tan solo una mirada fugaz a la efigie de sant Baldiri, parecía igual de turbado que siempre, tras la reja. Descendió por la cuesta serpenteante de la iglesia, deprisa, por si salía algún vecino. Solo alcanzó a ver de reojo las baldosas con imágenes de la pasión de Cristo que decoraban algunas fachadas. Torció a la derecha al llegar a la plaza del ayuntamiento, la fuente no estaba encendida aquel día, y además los árboles y rododendros la ocultaban. Pasó por delante de la terraza del Nuria, luego la del Ateneu Santboià. Las dos estaban medio llenas, de estudiantes que no estudiaban, y jubilados, y también alcohólicos y alguna mujer que Berniola había calificado de «golfa». Apretó el paso. A su izquierda tenía la comisaría de los municipales, y no quería que le preguntasen por la televisión.

Dejó atrás el Santboià, tomó la curva a la derecha. A

su izquierda quedaba el río. No hacía ningún ruido, o su sonido quedaba amortiguado por el tráfico de las autovías. Siguió andando, concentrado en los coches que circulaban junto a él. Se mantenía alerta, por si algún vehículo policial se detenía a su lado. Al final le dio pereza enterrar a la perra, y la dejó en el congelador.

No sabía si sus padres irían en su busca; suponía que no. Lo suyo sería que hubiesen fallecido años atrás, como los de Dick Loveman. Porque no se veía matándolos, con franqueza. Acabar con Perla le había llenado de suficiente aprensión.

Pasó un ferrocarril a su izquierda, observó su figura verde difusa, traqueteando tras las cañas y los cipreses, hasta que su último vagón desapareció por el puente del Llobregat. Tenía ahora las termas romanas a la derecha, no se detuvo a observarlas. De hacerlo, hubiese visto que estaban cercadas por vallas metálicas ineficientes, bajas y vencidas. Entre las ruinas se distinguían bolsas negras de basura, charcos de meados, envoltorios arrugados de kikos. Una pintada de contenido ácrata junto a los mosaicos en latín.

Mientras andaba le impactó la clara conciencia de no querer a sus progenitores. No era algo tan grave como parecía. La Biblia decía *honrarás a tu padre y a tu madre*, no decía que encima tenía uno que *amarlos* (siendo sinceros, él tampoco los había honrado, en especial a su madre, a quien por poco deshonra, pero mejor no pensar en eso).

Gracias a sus facultades cogitativas, muy por encima de la media nacional, él comprendía perfectamente el concepto del perdón, y las propiedades restaurativas, incluso redentoras, que se le suponían, pero se sentía incapaz de conjurarlo.

San Agustín decía que el resentimiento era como *tomar veneno y esperar que muriese el otro*. Si ese era el caso, y posiblemente lo era, pues san Agustín era un experto en dichas cuestiones, Franki tomaría el veneno de todos modos. No veía cómo podía deshacerse del rencor y, aunque pudiese, no tenía claro que desease hacerlo. Sospechaba que aquello le acompañaría toda la vida, aquella quemazón en el píloro, el ardor que le subiría a la garganta cada vez que pensara en su pasado. Era así, y mejor aceptarlo: el resentimiento formaba parte de él, igual que las cicatrices de su vientre. Sí.

Avanzó por el trecho de calle que llevaba a la Oasis; atrás quedaba la silueta de la iglesia, también la del Hotel El Castillo, sobre la loma, y torres eléctricas con los brazos extendidos, un taller de plancha y pintura, unos cuantos cipreses. Distinguió ante él, en la distancia, la alta palmera de la gasolinera, que parecía un enorme diente de león antes de ser soplado. Los coches iban pasando a su lado. Ninguno se detuvo, porque aún no había empezado a hacer autostop; prefería esperar a la gasolinera y, además, tenía ambas manos ocupadas con la bolsa y el Grundig.

Aunque se sentía contento, casi presa de una *euforia inefable*, como Friedrich en Turín, en los pliegues de su abdomen percibía también, el lector merece saberlo, un leve temblor de aprensión.

Llevaba, desde que salió de la casa, visualizando su vida futura. Sería una existencia más bien solitaria –por la propia naturaleza no gregaria del chico, y también por su ya comentada dificultad para hacer amigos– que él dedicaría al estudio y la contemplación. Habría dejado de masturbarse y de acostarse con animales. Su infraerotización alienante se habría convertido, por una alteración de signo, en su mejor aliada. Destinaría su fecunda imaginación a menesteres dignos de él, como escribir de una vez la saga de Dick Loveman, en su versión no libidinosa. Suponía que el viejo cerebro, alimentado regularmente con pescado rico en fósforo y cómics de cierta complejidad argumental, no le dejaría en la estacada, si esa era la expresión.

Quizás a Sonia se le pasase algún día su convicción sáfica. No era imposible. En los libros eróticos solían aparecer núbiles afectas al tribadismo que, tras años de «morder alfombras» (como lo definía Berniola), topaban con un joven *muy bien dotado* y cambiaban de acera, si esa era la expresión.

La diferencia de edad entre los dos seguiría siendo un problema, aunque en realidad la vedruna y él se llevaban solo un año y medio. Lo que ahora parecía una brecha insalvable, incluso pederástica, tal vez no punible por la ley pero sí condenable por el prójimo, con el paso de los años se iría reduciendo conceptualmente hasta resultar primero simpática, luego irrelevante, al final invisible.

Terminarían juntos, Franki y Sonia; acababa de decidirlo. No tendrían perro, por lo que pudiese pasar. Berniola vendría a visitarlos, de acuerdo, pero los padres de Franki se atendrían a una orden de alejamiento rubricada por un juez implacable.

Con aquel pensamiento esperanzador en la cabeza, llegó a la gasolinera. No había nadie poniendo bencina bajo el techo ovalado, de estilo yanqui, que cubría los surtidores. Un palomo, cerca de un surtidor, deambulaba moviendo la cabeza como si le estuviesen llamando desde varios sitios a la vez. Zureó Ba-ba-dup-bup. Luego Uhui-hup, uhu-hup. Cuando él pasó a su vera, el pájaro echó a volar.

El chico se colocó junto a la calzada, a una distancia prudencial, para que no le engullese la fuerza centrípeta de algún tráiler. Depositó el televisor en el suelo, entre sus piernas, le colocó un pie encima, como si fuese algo que había cazado. La bolsa al lado.

Extendió el brazo y cerró el puño y tensó el dedo, señaló hacia el sur, como se dijo, aunque un retiro meridional no formaba parte de sus planes. Quizás por el aspecto del techo de los surtidores, se acordó de *American Graffiti*, que habían echado el año pasado en la filmoteca de verano, y se imaginó en el interior de aquella película, dejando atrás el pueblo y embarcándose en un viaje intrépido. La sonrisa que se dibujó en su rostro no parecía una mueca dispéptica, como tantas otras veces, quizás porque por primera vez en muchos meses era real.

Un Simca de color verdoso que iba en dirección a la playa aminora la marcha, hace luces y se desplaza hacia el arcén que hay frente a la gasolinera. Franki destensa el pulgar. El vehículo se detiene ante él. La chica que va al volante se inclina hacia la ventanilla del copiloto, su cola de caballo insoluble se agita al hacerlo. Pómulos ruborosos, boquita de piñón, *tetillas duras y tiesas que inflaman la vista*, como decía el poeta.

Franki pestañea varias veces, luego se frota los ojos, como haría en una película un mal actor que quisiese cerciorarse que no está soñando.

La ventanilla del conductor desciende.

Escenario: una taberna medio vacía del París ocupado, 1942. Una pistola apunta al paquete del extraordinariamente bien proporcionado Dick.

Tras la pistola está Clara Pou, que se fija en el televisor Grundig que reposa en el suelo y, sin mencionar la incongruencia histórica que representa esa presencia, dice:

Parece que llevas algo pesado entre las piernas, Dick.

Las bromas de contenido libidinoso las hago yo, monada, responde él. ¿Qué te trae por estos lares?

Acaban de soltarme los de la Resistencia. No juntaban un falo entre todos, pero eso no viene a cuento. He regresado para vengarme de ti por la torturante incursión cloacal que me realizaste con la colaboración de Li King, quien está bendecida con ciertas peculiaridades anatómicas que no necesitas que te describa. Vamos. Tira al suelo el pistolón que llevas en el bolsillo y levanta las manos.

Sabes que no se trata de un pistolón, pequeña, dice Dick. Es la pierna del medio.

Los pantalones del fornicador espaciotemporal están ciertamente abultados. Bajo la tela vaquera, un caño del grosor de un vaso de tubo le desciende por la ingle, cruza el muslo y se detiene justo antes de la rodilla. Dick palmea el lugar aproximado donde descansa su burresco glande.

Se me ocurren mejores lugares que el suelo donde depositar mi ballesta láctica, si entiendes por dónde voy.

Siempre entiendo por dónde vas, Dick. Tus símiles priápicos no son precisamente sutiles.

Lo que quiero decir, niñita, es que podría insertar mi miembro asnil, o cerbatana espérmica, en algún emplazamiento espacioso de tu cuerpo. Tu angosto sendero de Sodoma, por ejemplo, también llamado *rectum*.

Tu obcecación anal es remarcable. Te he dicho que ya lo había entendido. Esta vez no me dejaré cazar por tu cháchara libertina, cerdo. Me aburres. No malgastes saliva conmigo. Ni semen.

No me queda mucho de eso, debo decir. Vengo directo de una cadena de montaje de culos, y he tenido que emplearme a fondo.

Acabo de decirte que tus patéticos símiles de erotómano senil me dejan fría, Loveman.

No, no, muchachuela. No comprendes. Me refería a una cadena factual, no literal.

Explícate, por ventura, si no quieres que te pegue un tiro en un cojón.

En mi última aventura, que no puedo contarte con detalle por razones de seguridad galáctica y porque, al ser tú una colaboracionista de la Francia ocupada, en 1942, no comprenderías los detalles...

Al grano, joder.

... me vi obligado a fecundar una cadena de montaje de culos. Espías nazis, como supones. La cinta transportadora los iba dejando ante mí, numerados, y yo les endiñaba mi tripodal carajo, realizaba el viejo dentro-fuera esfinterial hasta que me corría, y a los pocos segundos la cinta se ponía en marcha, y aparecía ante mí un trasero nuevo, listo para el brioso encule.

¿Se trataba de culos solos?

A qué te refieres, pubilla.

Quiero decir si se trataba de dos nalgas desmembradas que pendían de un gancho, por ejemplo, o iban acompañadas del resto del cuerpo.

Entiendo. Buena pregunta, Pou. No me extraña que saques excelentes en todas las asignaturas. Iban acompañadas del resto del cuerpo. Las boches eran todas exbailarinas de cancán, de las que pueden meterse la pierna tras la oreja, si la situación lo exige, pues son muy elásticas, y en esa posición colgaban de cada gancho, como jamones, y ante mí quedaba aquel cestillo hecho de vulva, perineo y conducto excretor, y yo lo penetraba ahora por delante, ahora por detrás, con mi pollón obelístico, hasta saciarme, lo cual era casi imposible, pues mi firmeza en el concubinato es legendaria.

Puedo atestiguarlo, Dick, mal que me pese. No he podido sentarme hasta hace bien poco, desde nuestro último encuentro, e incluso ahora me veo obligada a utilizar un cojín hemorroidal cuando conduzco distancias largas. Pero permíteme que continúe clarificando lo que narrabas. ¿Hablamos de una cinta transportadora circular, en la cual las nazis penetradas realizaban todo el circuito y, cuando se completaba el ciclo, volvían a aparecer ante tu nabo con gigantismo, igual que en un restaurante japonés, o cada tafanario era nuevo, como en un matadero de cerdos?

Tu afán por la claridad te honra, curiosilla. Ahora entiendo por qué te contrataron esos eficientes boches. A decir verdad, no era exactamente una cinta transportadora. Se había erigido un pequeño teatro para representar un juicio farsa, como los de la Banda de los Cuatro en la China de Mao. Un prolijo ujier chino, entre bambalinas, cuando yo le daba la señal convenida, manipulaba un complejo sistema de poleas, y la cadena de higos enemigos empezaba a moverse ante mí, que, como puedes imaginar, ya tenía la virilidad imperiosamente alzada, ante la visión de aquellas vulvas depiladas, axilas hirsutas y carnosos perendengues, y entonces ingresaba mi fortuna seminal en cada una de ellas. Fue una cópula histórica, nena. De hecho, solo de pensar en ello estoy sintiendo el novedoso incremento de mi venablo. Voy a bajarme los pantalones. Atiende. Observa mi embriagante erección.

¿Te he dicho en algún momento que bajes las manos? Oh, cielos. Había olvidado que tu implemento genital se parecía tanto a un basto de la baraja. Podrías llevarlo sobre el hombro, incluso.

Qué me dices si regresamos a la trastienda y, con la colaboración entusiasta de Li King, que está de camino, acoplo mi méntula en tu bollo. O en el sitio que la naturaleza condena, como decía el libro aquel. Lo mismo me da. En tiempos de guerra, todo agujero, etcétera.

No sé, Dicky. Como ya te he dicho, tengo el nalgatorio en carne viva desde tu intrusión *per ano*, y la vieira hecha jirones. Las opulencias siguen llenas de mordiscos y moratones, ni te acerques a ellas. En cuanto a los sobacos..., en fin. Digamos solo que parecía que llevase allí merengues, después de que me realizaras el *coito in axila* repetidas veces. Se me ocurre que tal vez podrías dejarme la cara como la radio de un pintor, si así lo deseas.

No sé si te comprendo, oh, diosa bachiller. ¿Los pintores utilizan algún tipo de radio particular?

Es una expresión vulgar, muy utilizada en mi pueblo. Me sorprende que alguien como tú, tan versado en las artes rijosas, no la conozca. En cualquier caso, no es algo de lo que una dama se sienta confortable hablando en una taberna, ni siquiera en Francia. Acompáñame y te lo explicaré. Pero antes, sostenme las manoletinas un momento, te lo ruego. Quiero mostrarte una cosa. Observa.

Oh, por Belcebú, qué prodigio es este.

Tras horas y horas de entrenamiento, he conseguido que los dedos de mis pies sean prensiles. Hacen maravillas. ¿Sería eso algo que podría suscitar tu truculento interés, oh, escabroso estuprador estelar?

Digamos que no me cierro a nuevas experiencias, Pou. Por añadidura, esa práctica viene recomendada por un buen amigo, de quien me fío a ciegas.

No nos demoremos más, en ese caso.

¿Quién más va a estar allí?

¿Quién *deseas* que esté, Franki?

¿Hacia dónde vas, compañero?

Franki abre un mundano párpado. Ante él, dentro de un coche, hay un joven con expresión espantadiza. Lleva un jersey de cuello alto beis que le hace parecer una tortuga marina. Gafas de pasta redondas y mentón rasurado. Un estudiante de periodismo, quizás, comunista o cristiano.

A ningún sitio, acaban de dejarme aquí, dice él, con expresión distraída. Nota la conmoción hidráulica tensando los eslips. Realiza el gambito del pellizco en glande por encima de los vaqueros, sin darse cuenta. A la vez, es presa de una naciente premura.

P-pero tenías el pulgar extendido, dice el automovilista.

Franki no le responde. Flexiona las rodillas y toma el asa de la bolsa, se la sujeta del hombro, deja que el peso repose en su trasero. Se vuelve a agachar y toma el televisor con la mano derecha. Se incorpora y se vuelve.

Echa a andar en dirección al pueblo, tiene la silueta de la iglesia recortada delante, deja la gasolinera atrás. El tipo del Simca arranca y se aleja de allí.

Si el chico se da prisa, la perra aún no estará rígida como un polo Drácula. Dejará que se descongele, primero. Le pedirá ayuda a Berniola. No ha sucedido nada que no se pueda solventar poniendo en marcha las viejas facultades cogitativas.

Cuando lleva cinco minutos andando, su labio empieza a recuperar la reputada rigidez de los Prats. Pese al peso que acarrea, su paso toma una cadencia positivamente atlética a la altura de la curva del Ateneu Santboià. La recorre hacia la izquierda, cruza a paso rápido por delante de la terraza del Nuria, tuerce a la izquierda por la cuesta de la iglesia y, solo en ese punto, cuando trepa por la calle empinada, ilustrada puerta tras puerta por imágenes de Cristo camino al monte Calvario, empieza a andar más lento, rumbo a la casa vacía.

FINIS

NOTA DEL AUTOR

Agradecimientos especiales a Eugènia Broggi, Valentín Roma y Carlos Zanón. Sus inteligentes revisiones contribuyeron a finalizar la novela en su forma presente.

El autor agradece también la aportación de José Carilla, Ernesto Barba, Antonio Bernabeu, Oliver Mancebo y Esther García Llovet en detalles concretos de la obra.

El *Tratado de psicopatía sexual* del Dr. Viktor Scholtz-Klink está inspirado en (y contiene fragmentos seleccionados de) *Psychopathia sexualis*, de Richard Von Krafft-Ebbing.

ÍNDICE

Impreso en Talleres Gráficos
ROMANYA, S. A.
Sant Joan Baptista, 35
08789 La Torre de Claramunt